堂場瞬一

Doba Shunichi

守護者の傷

角川書店

守護者の傷

目次

装丁：高柳雅人
写真：Getty Images

第一部　敗訴

1

横浜地裁四〇六号法廷。時間ちょうどに裁判官席左側のドアが開き、三人の裁判官が入って来た。水沼加穂留《みずぬまかおる》は立ち上がり、一礼した。

今日は判決とはいえ、これまでの公判と特別な違いはなく、裁判はいきなり始まる。書記官が事件番号を告げ、裁判長が「はい」と短く言って、一瞬だけ法廷内を見回した。

「主文。一、原告の請求を棄却する。二、訴訟費用は原告の負担とする。以下、判決理由を説明します……」

加穂留は、膝《ひざ》の上で両手を拳《こぶし》に握った。勝った。自分が初めて経験する裁判で勝利――警察が訴えられても、まず負けることはないと統計的に分かっているのだが、それでも達成感はあるものだ。

しかし、隣に座る訟務課長の岩下茂樹《いわしたしげき》は、特に何の感慨も見せずに、うつむいたままメモを取っている。判決文は後でもらえるはずだが、それでもここで全部、自分の頭に叩《たた》きこんでしまおうとしているようだった。そんなにマメにやらなくてはいけないのかと疑問を抱きながら、加穂留もメモ帳にボールペンを走らせた。

判決を聞くのは初めてではない。「研修」ということで、民事、刑事の判決公判を何度か傍聴してきた。それでも自分が——神奈川県警が関わる事件は初めてなので、どうしても冷静にメモ取りに徹することができない。

まあ、負ける要素はない裁判だったが。

警察が訴えられるのは珍しくない。中には深刻な訴訟もある——例えば誤認逮捕で無罪判決が出て、元被告が損害賠償請求などを起こす場合だ。そういう時は裁判という公開の場で警察のミスが全て明るみに出され、恥をかくことになる。

しかし大部分は、そこまで深刻なものではない。交通違反の取り締まり方法が不当だとか、ごく普通の取り調べが違法だと訴えるようなものが多い。訟務課が必死になって対応するような裁判は滅多にないのだ。

まあ、それでも自分が失業するわけではないが。

加穂留は、神奈川県警の巡査部長である。警察学校を卒業し、所轄で警察官としてのキャリアをスタートさせた頃の希望は、刑事部。捜査一課で殺人事件などの捜査を担当したいと思っていた。しかし、数年の所轄勤務の後で上がった本部では、捜査一課ではなく、警務部の被害者支援室に配属された。もちろん重要な仕事だが、希望が叶《かな》わなかったショックは大きかった。そこで三年、そしてこの春の異動で訟務課へ……これはさらなるショックで、憧《あこが》れの捜査一課勤務はさらに遠ざかった。

今回の異動に際しては、人事に諭されてしまった。刑事部だけが警察の全てじゃない。警務や総務畑を歩いて、出世を目指すのも手だ。女性幹部が少ない今の状況は、決して正しいとは言えない。時間に余裕のあるうちに、どんどん昇任試験を受けて上を目指せ——。

まだ割り切れたわけではないが、そういう考え方もあると自分を納得させようとしている。確かに警察の仕事では、バックアップ部門も大事だ。そういうところがしっかりしていないと、刑事部も交通部も、思う存分仕事ができない。それに、出世を目指すのも面白いかもしれない。今は、自分のことを「役立たず」と思っている人もいるかもしれないが、「長」がつく立場になって上に立てば、見る目も変わってくるだろう。もっともそれは、三十年ぐらい先かもしれないが。

判決言い渡しはだらだらと続く。読み上げられる判決文はやたらと長い――こういうのは、サマリーでいいのではないだろうか。あんなにずっと朗読しっぱなしでは、裁判長だって辛《つら》いだろう。喉《のど》が弱い人なら、途中で休憩を入れなくてはならないぐらいだ。

それでも今回は、判決内容がシンプルだったので、言い渡しは三十分ほどで済んだ。担当の弁護士が岩下課長に近づいて来て、一言二言会話を交わす。まだこれから裁判が続くような深刻な様子で、会話の内容も聞き取れない。終わった時点で加穂留は深々と一礼したが、向こうは軽く黙礼しただけで、さっさと法廷を出て行った。

「何か大事な話でもあったんですか？」加穂留は思わず岩下に訊《たず》ねた。

「いや、ちょっとした確認だけだ」岩下が不思議そうな表情を浮かべる。今年五十歳になるこの男も、自分とはまた別の、複雑なキャリアを送ってきた。様々な部を跨《また》いで異動を繰り返し、今は訟務課長。淡々としているというか、自分の仕事にさえ興味がないような感じがしている。

「少し早いけど、飯でも食って帰るか？」

「早く報告しなくていいんですか？」

「今は一報だけ入れておけばいい」

「午後は検討会ですよね？」判決、あるいは裁判で重要な証言などがあった場合は、訟務課のスタッフで内容を検討するという。

「そうだけど、うちが勝ってるんだし、問題のある判決じゃなかった。検討するほどの材料もないだろう」

「……ですかね」

なんとなく不満——というか、気が抜けた。そもそも気合いが入り過ぎていたのかもしれない。判決は大きな「イベント」だとばかり思っていたのだが、実際には淡々としたものだった。

「一報を入れておくから、飯を食べる場所を選んでおいてくれよ」

法廷を出て、スマートフォンを取り出しながら岩下は言った。せめて、結果通知の電話ぐらい、自分にかけさせて欲しかったのだが。加穂留は、主文の言い渡しが済んだ瞬間、法廷を飛び出して訟務課で待機しているスタッフに連絡を入れるのでは、と思っていた。判決の前に岩下にそれを話すと、困ったような笑みを浮かべて「そういうことをするのは新聞記者だけだ」と言った。

岩下は、横浜地裁を出て歩き出してから、スマートフォンで話し始めた。目の前は日本大通り。ここから神奈川県庁の脇を通り過ぎて海岸通りに出て、県警本部までは歩いて十分ほど。問題は、このルート上には食事ができる店があまりないことだ。基本的に官庁街のせいか、繁華街やオフィス街よりも飲食店が少ない。どうするかと考えつつ、加穂留は岩下の電話に耳を傾けた。顔つきと同じように淡々とした口調で、しかも自分が話すよりも多く、相手の声に耳を傾けている。訟務課で何かあったのだろうか……緊急事態が起きることなど数年に一度もない、と聞かされていたのだが。

電話を切ると、岩下が何でもなかったように「飯は？」と訊ねる。

「そうですね……」話しながら考える。「この辺はお店がないんですけど……ええと、海岸通りの、税関の近くにカフェがあります」

「カフェ、ねえ」

岩下が微妙に嫌そうに言った。「カフェ」に拒絶反応を示す人はいる。昔ながらの喫茶店に馴《な》染《じ》んでいる、ある程度年配の男性が多い。岩下など、まさにその口ではないだろうか。人生の途中でスターバックスが登場した年齢だから……加穂留は慌てて言った。

「でも、ランチは普通っていうか……カレーも焼き魚もあります」

「じゃあ、そこにするか。帰り道だしな」

「はい」

取り敢《あ》えず拒絶されなくてよかった……しかし自分の仕事は、食事ができる店を探すことではないのだが。

海岸通りを渡り、かなり年季が入ったビルの二階に上がる。加穂留は休日にこの辺を歩いていてたまたま見つけ、お茶休憩で入ってみたのだった。ビル同様、店内も全体に古いが、白を基調にしたインテリアは清潔感がある。今日はまだオープンしたばかりで、客は一人もいない。窓際の席に座ると、海が見えた。

「なるほど……」レジ前でメニューを見た岩下が、納得したように言った。「カフェ飯とかじゃないんだな」

「それっぽいのもありますけどね」

「しまほっけね……」岩下が顎《あご》を撫《な》でる。髭《ひげ》の濃い男で、昼前のこの時間でも、既に髭剃《そ》りが必要な感じになっている。

「からあげもありますけど」

「まあ、タコライスかな」

一番カフェ飯っぽいメニューではないか。ばらばらに頼むと時間がかかりそうなので、加穂留も同じものにした。千二百円は少し高いが、サラダと副菜二品がついている。

「判決って……こんなものなんですか？」注文を終えると、加穂留は訊ねた。

「こんなものって、何が？」

「いえ、あの……淡々としているっていうか」

「負けるはずがない裁判だからな」

「そうですか？」

「こういう訴えは、よくあるんだよ。過去に何回も同じような裁判が行われたけど、県警が負けたケースは皆無だ」

「そうなんですか？」

「うちで集めてるデータをひっくり返してみろよ。同じような訴訟が過去に全国で何件もあって、ことごとく警察が勝ってる。まあ……頭にきて裁判を起こしてやろうって考える人間がいるのも理解できるけど」

今回の裁判は、速度違反で切符を切られた人間が、反則金の納付を拒否して、逆に警察を訴えたものである。判決では、原告側の訴えを全面棄却——交通取り締まりのやり方はしばしば問題視されるが、法律に違反しているとまではいえない、ということのようだ。

「まあ、日本はアメリカみたいな訴訟社会じゃないからこんなもので済んでるけど、警察を訴えたいと思ってる人は少なくないだろうな。特に交通取り締まりのやり方に反感を持っている人は多い」

「ですよね」

「でも本当に深刻な事案は、滅多にないんだ。俺は訟務課は二回目の勤務だけど、神経をすり減らすような案件は一つもなかったな」

「そうですか……」

「変な期待、するなよ」岩下が苦笑する。「訟務課の仕事は、少なければ少ないほどいいんだ。俺たちは県警の守り神だけど、保険みたいなものだから」

「はあ」

何だか一気に気が抜けた。警察が訴えられる——国家権力に対する反発だ、などと思っていたのだが、実際にはそんなに大袈裟《おおげさ》なものではなかった。もちろん、訴えられたら裁判でしっかり戦わなければならないのだが、それも実際に担当するのは弁護士である。加穂留たちは、そのための下準備が仕事ということになるようだ。これでは、弁護士事務所の職員という感じだが、まあ、いずれこういう仕事のやり方にも慣れていくだろう。

タコライスは上品な量だった。岩下は凄《すさ》まじい勢いで食べ始め、すぐに顔を上げて真顔で言った。

「美味《うま》いな、これ」

「ですね」

「贔屓《ひいき》にしようか。本部の近くには、飯を食える店があまりないからな。ここは、気がつかなかったよ」

「目立たないですからね」

「とにかく……」岩下が、背広の内ポケットからスマートフォンを取り出した。メッセージを確認して、急に目を見開く。

「何かありましたか？」些細《ささい》なことが気になってしまう。

「大したことじゃないけど、急いで食ってくれないか？」

「何かありましたか？」思わず繰り返してしまう。

「今日、新人が来る予定だったのを忘れてた」

「そうなんですか？」

「ああ」

「どこからですか？」

「いや、全くの新人」

「じゃあ、所轄から直《じか》ですか？」そういう異動だったら、朝一番で顔を出すのが普通だ。

「そうじゃないんだ。職員採用で、警察学校には行っていない。特例なんだよ」

「特例……」警察の業務は常に、決まった枠の中で行われるもので、特例などないはずだ。

「警察も、世の中の流れに合わせてやっていかないと、社会の流れについていけないだろう」

「はあ……それで、どんな人なんですか？」

「弁護士だ」

「弁護士？」加穂留はまたも繰り返してしまった。「弁護士って、本物の弁護士ですか？」

「そうだよ」

「そんな人が、警察職員に？」首を捻《ひね》らざるを得ない。弁護士ならしっかり金も稼いでいるはずで、警察職員になったら収入はがっくり減るのではないか。あるいは刑事弁護士で、意外に貧乏なのかもしれない。「弁護士は金持ち」というのはイメージだけで、本当に稼いでいるのは、企業法務に関わる弁護士だけらしい。刑事弁護士は儲《もう》からない割に、人の命にかかわる仕事で神経をすり減らしていくという。収入が少ない弁護士業務よりも、安定した警察職員としての仕事を選んだとか……だったら少し情けない感じがする。

「変な妄想するなって」岩下が忠告した。

「妄想って……」

「お前、時々ぼうっとしてるよな？　そういう時、あれこれ考えて混乱してないか？」

「そんなことは……」言い当てられて、言葉が出なくなる。実際自分でも、すぐに変な想像をしてしまうことはよくあると分かっている。他人に話すわけではないから別に問題はないだろうが、こうも簡単に見抜かれてしまうと情けない。

「まあ、いい。さっさと食って戻ろう」

「分かりました」

加穂留も本気で食べ始めた。警察学校では、まず「早飯」を叩きこまれる。ゆっくり食事をしている余裕がないということだが、加穂留はそれが苦手だった。食事はゆっくり食べないと消化によくない——子どもの頃から散々言われていたことを、簡単に覆せるわけではない。今のところ、親の教えが警察学校の教訓を凌駕《りょうが》している感じだろうか。親も警察官なのに。

カフェから県警本部までは、歩いて三分ほど。しかし岩下は、ほとんど走るようなスピードで急いだ。食べたばかりなのに……。

「課長、そんなに急がなくちゃいけないんですか？」

「待たせてるからな。俺としたことが、時間を間違えたよ。今日は裁判を傍聴している場合じゃなかった」

まるで大罪でも犯したような口調。公判は時間がどれだけかかるか分からないから、後の予定を入れる場合はもう少し余裕を持っておくべき、ということか。

訟務課に入ると、岩下は急に歩調を緩めて息を整えた。その視線が向く先は……ずっと一つだけ空いていたデスク。そこに、自分と同年代――三十代前半ぐらいに見える男が座っている。足元には黒いアタッシェケース。ベージュのコートを椅子の背にかけている。ほぼ黒に近いスーツ姿だった。

「新崎《しんざき》君」岩下が声をかけると、男がさっと立ち上がる。中肉中背、警察官に特有の殺気は感じられない。こちらを振り向いた顔にも目立った特徴はなく、次に会った時に思い出せないような顔つきだった。弁護士ってこういう感じなのだろうか。

「いや、すまない。ちょっと時間を勘違いしていた」

「こちらの席でよろしいですか？」

「ああ、そこが君の席だ。コートはそちらのコートかけに」岩下が部屋の片隅を指差した。

部屋の中には数人……訟務課には十人のスタッフがいるのだが――新崎を入れれば十一人だ――今は半分ほどが出払っている。

「紹介は、全員揃ってからにしよう。その前に、ちょっと」

岩下が手招きする。訟務課にも、ごく狭いが課長室があり、岩下は先にそちらに入って行った。新崎が続く。

加穂留は自分の席についた。新崎の席は向かい……隣に座る先輩の右田《みぎた》に小声で話しかけた。

「今の、新人の人ですよね」

「ああ」

「どんな人なんですか？」

「分からねえよ。今来たばかりで、ろくに話してないんだから」

「弁護士だそうです」

「マジで？」右田が目を見開く。「そんな人がうちに？　どういうルートなんだ？」

「詳しいことは聞いてないです」

「静かな人みたいだけどな」右田が首を捻る。「こっちが聞いても、必要最低限のことしか言わないし」

「新しい人が来るって、聞いてました？　私、初耳だったんですけど」

「俺も聞いてない」右田が課長室に視線を向けた。「課長、時々抜けてるよな。肝心なことを言い忘れたり」

「ですね」加穂留はうなずいた。

「しかし、弁護士ねえ」右田がまた首を捻った。

「今まで、訟務課に、そういう人、いなかったんですか？」

「いないんじゃないか？　裁判自体は外部の弁護士に頼んで、無事に済んでいた」

訟務課に来て数ヶ月、加穂留もここでの仕事の仕組みが分かってきた。契約しているわけではないが、関係の深い弁護士が何人かいて、裁判になる時は、そういう弁護士が対応する。訟務課は弁護士と協力して、公判の準備をするのが仕事だ。そんなに頻繁に訴えられているわけではないので、まだ実務を経験してはいないが、「内部の人間に対する聞き取り調査が主になる」と聞いている。警察が訴えられる＝当事者は警察官なので、裁判に備えて詳しく話を聴く、必要ならば周辺調査もするということのようだ。説明を聞いただけでは、いまいちピンとこないのだが……この辺は、実際にやってみないと分からないだろう。

「訟務課の業務強化とかですかね」内部に弁護士がいたら、確かに話は早そうだ。

「強化する意味もないんじゃないかな。そんなに頻繁に訴えられてるわけじゃないし。忙しくなったら、外で頼んでいる弁護士を増やせばいい」

「じゃあ、いったい――」

「俺には分からないよ」右田が肩をすくめた。

その時課長室のドアが開き、岩下と新崎が揃って出て来た。岩下が加穂留に声をかけてくる。

「水沼、ここでの仕事の内容、新崎に教えてやってくれないか？」

「はい、分かりました」加穂留は思わず立ち上がった。教えるほど、自分もここの仕事に慣れたわけではないのだが。

「今日の裁判の結果報告は、午後イチで。それも頼むぞ」

「了解です」

何だか一気に仕事を押しつけられてしまった感じだが、暇よりはいい。加穂留は早速新崎に挨《あい》拶《さつ》した。

「水沼加穂留です。よろしくお願いします」

「ああ……新崎大也《だいや》です」

「ダイヤ？」

「大きいに、也《なり》」うんざりしたような表情を浮かべて新崎が言った。子どもの頃からずっと、名前のことではからかわれ続けてきたのだろう。

「新崎さん、ロッカーは分かりますか？」

「いや、まだ何も聞いてません」

加穂留は右田に顔を向けた。右田が部屋の片隅に並んだロッカーを見てうなずく。「空いてるよ」と無愛想に言った。

「ロッカーは一人一個です」加穂留は新崎をロッカーに案内した。空いているのは……五番だった。「五番が空いていますので、ここを使って下さい」

「ああ」

「私物を置いておく場所はここだけなんですけど……」

「私物はないから、大丈夫です」

無愛想は無愛想だが、必要のないことは喋《しゃべ》らないというタイプかもしれない。加穂留はさらに、備品が置いてある一角に案内した。

「ボールペンやメモはここにあります。ボールペンは使い終わったら交換になります」

新崎がボールペンを取り上げて確認する。

「いや、このボールペンはやめておきましょう」

「はい？」

新崎がスーツの胸ポケットからペンを取り出した。

「これに決めてるんです。慣れてるのを使いたいんですけど、警察は、決まったメーカーの製品を使わないといけないんですか？」

「それはないですけど……自腹は馬鹿らしくないですか？」

「百円ちょっとでやりやすくなるなら、自分で払いますよ」

「そうですか……」

変わった人なのか？　メモなんか、何で書いても同じだと思う。筆記具にこだわって自腹を切るのは、馬鹿らしい感じがするが……。

メモは取らないが、パソコンは頻繁に使う。誰がいつの間に用意したのか知らないが、新崎のデスクには官給品のノートパソコンが載っていた。

「たぶん、新崎さん用に設定されていると思いますけど、立ち上げていただけますか？」

新崎が席につき、電源ボタンを押した。加穂留は、パソコンの横にスマートフォンが置いてあることに気づいた。

「そのスマートフォンも官給品です。基本的に、業務に必要なアプリが入っているだけで初期状態になっていますから、電話番号やメールアドレスはこれから登録して下さい。メールは警察の専用アプリがあります。そこで全職員のメアドを検索できますから……」そこまで喋って、加穂留は渡すべきものがあると気づいた。訟務課の名簿。名前と携帯番号、メールアドレスが入ったもので、新しく来た人に渡されるものだ。自分のパソコンで訟務課の共有ハードディスクを見ると、名簿が更新されている。誰がやったのだろう……分からないが、既に新崎の名前もあった。すぐにプリントアウトして渡す。

「これは？」

「共用のハードディスクに入っています」

「ああ……これですか？」

加穂留は新崎の後ろに回りこんでノートパソコンの画面を覗《のぞ》きこんだ。エクスプローラーが立ち上がっていて、マウスのポインターが「共有ＨＤ」を指している。

「そこです」

「じゃあ、わざわざプリントアウトしなくても……紙がもったいないですよ」

「そうですね」言われて耳が赤くなった。「もったいない」と言われると、このご時世、まったく反論できない。

「プリンターの設定は……できてますね」新崎が首を伸ばして、プリンターの位置を確認した。

「メールの設定も済んでいると思います。何か分からないことがあったら、言って下さい」

「たぶん、大丈夫です」

新崎はノートパソコンを閉じ、加穂留が渡した名簿をその上に置いて、スマートフォンをいじり始めた。面倒な電話番号やメアドの入力を先に済ませてしまおうということだろう。真剣な表情で作業に没頭している姿を見る限り、真面目な人、としか思えなかった。ただし、真面目過ぎてとっつきにくいタイプかもしれない。下手に踏みこんで、刺激しないように気をつけよう。特に自分は、そういうこと——踏みこみ——をやりがちな人間だから。

2

「紹介が遅くなって申し訳ない」スタッフを前にして、岩下が言った。「今日から新たに訟務課に加わった新崎大也君だ。先に言っておくと、新崎君は弁護士であり、ずっと横浜で弁護士業務を続けてきた。誤解がないように最初に言っておくが、私が新崎君をスカウトして、県警に来てもらった」

どういうこと？　加穂留は右田と顔を見合わせた。俺が知るかよ、とでも言いたげに、右田が首を横に振る。

「君たちには言っていなかったが、これは総務部長の直接の指示だ。近い将来、日本もアメリカのような訴訟社会になる可能性がある。そこで訟務課では、いち早く体制を強化し、日常業務の中で様々な状況をシミュレートしていくことにした。そのためには内部に法律の専門家が必要ということで、新崎君に来てもらったわけだ。では、新崎君、自己紹介を」

「新崎大也です」

一歩前に出た新崎がさっと頭を下げる。体幹が弱いな、というのが加穂留の第一印象だった。体幹というか、礼儀作法をきっちり教わったことがないイメージ。警察官は誰でも、警察学校で礼や敬礼の仕方などを徹底して叩きこまれる。それは一生消えないものだ、と教官は言っていたし、加穂留もことあるごとに思い出して、その教えは正しかったと実感している。しかし新崎の礼は、警察官のそれとは縁遠く、崩れていた。まあ、訓練を受けていない人だから仕方ないだろう。別に問題はない——ないはずだ。

新崎の挨拶が続く。低く落ち着いた声だった。

「弁護士としては、主に刑事事件を担当していました。今回お話をいただいて、迷いましたが、司法の安定と発展のために、警察業務に手を貸すやり方もあると判断して、お受けすることにしました。警察のやり方や礼儀に関しては素人ですので、ご迷惑をおかけすることがあると思いますが、よろしくお願いします」

先ほどより深く一礼。おざなりな拍手が上がった。加穂留も手を叩いたが、正直に言えば、どう反応していいか分からない。自分たちスタッフが知らない間に、上が勝手に弁護士をスカウトしていたのも、何だか気に食わなかった。

自己紹介が終わると、今日の裁判の分析に入る。加穂留一人が立ち上がり、裁判の内容を説明した。退屈そうな顔が並ぶ……実際、裁判としてもあまり面白くない内容だったから、仕方ないのだが。この件では、訟務課が動く余地もあまりなかったようで、先輩スタッフにとっても、決して感慨深い事件というわけではなかったようだ。

判決後にはフリーで話し合う反省会が行われるのが常だが、今回は発言も少なく、盛り上がらなかった。報告した立場上、加穂留は何だか侘《わび》しい気分になったが、ここで張り切るのも筋違いだろう。まあ、こういう感じで……自分の仕事のやり方や訟務課でのポジショニングは、おいおい探っていくことにしよう。

「新崎君、弁護士的立場から何か発言は？」岩下が促した。

「判決を精読してから考えます。今の報告では、こちらの百パーセント勝利と考えていいと思いますが、やはり判決文を精査しないと迂闊《うかつ》なことは言えません」新崎がぼそぼそとした口調で答える。どうも暗い……いや、こんな話でテンション高く迫ってこられても困るのだが。

「では、この件はこれで終了」岩下が宣言して、課長室に戻って行った。

横に座る右田が立ち上がった。廊下の方へ向かいながら、加穂留に向かって顎をしゃくる。顔を貸せ、か……この人は乱暴なところがあって、ちょっとつき合いにくい。噂では、高校時代には結構ヤンチャだったという。それが警察官のおかげで更生し、恩返しのために自分も警察官になった——かどうかは知らない。妄想禁止、と加穂留は自分に言い聞かせた。

右田は訟務課の部屋から少し離れると、廊下の壁に背中を預けた。

「お前、どう思う？」

「何がですか？」

「新崎だよ。何かおかしくねえか？」

「おかしい……と言えばおかしいですよね」

「現職の弁護士が警察職員になるなんて、前代未聞だ。何か裏があるんじゃねえか」

「あの、お金のこととかじゃないですか？」

「ああ？」

加穂留は右田に一歩近づき、声を低くした。

「刑事事件専門の弁護士って言ってましたよね？　そういう弁護士って、儲からないってよく聞きます」

「ああ。刑事裁判では、金が動くわけじゃねえからな」

「同年代の民間企業のサラリーマンよりも年俸が低いとか」

「ありうるな」右田がうなずく。「だから警察から声がかかったら、喜んで職員になるってわけか——少なくとも給料は保証されるからな」

「ええ……」

「それでもおかしくねえか？　弁護士なんて、エリート中のエリートだろうが。司法試験を突破した頭のいい人たちが、わざわざ警察に入り直すなんて、ちょっと考えられねえ。警察流の、上意下達のやり方を納得できるかどうか……金がないなら、企業関連の案件を担当するような事務所に入ればいいのに」

「そういうところは、倍率が高いって聞いたことがありますよ」

「お前が聞いてる弁護士の噂話、どこまで本当なんだ？」

「知り合いに弁護士がいます」

「マジか？　彼氏とか？」

「知り合いというか、親戚《しんせき》です」今のはアウトな発言、と思いながら加穂留は答えた。「伯父です」

「へえ」腕組みしたまま、右田が壁から背中を引き剝《は》がした。急に興味を引かれた様子である。

「どこかで開業してる？」

「川崎《かわさき》に事務所があります」

「よし、それだ」右田が両手を叩き合わせた。「お前、その伯父さんに会って、新崎の情報を仕入れてこい。ついでに新崎にも上手《うま》く近づいて、奴の狙いを探れ」

「狙いって……」加穂留は眉間《みけん》に皺《しわ》を寄せた。「何だか陰謀があるみたいじゃないですか」

「おかしいと思わねえか？　課長の言い分は、理想論としては分かるけど、どうも不自然だ。警察に弁護士を引き入れる必要なんて、あると思うか？　今だって、外部の弁護士先生と上手くやってるんだから、必要ないだろう」

「うーん」今度は加穂留が腕組みをした。指摘されると、確かに不自然にしか感じられない。

「まあ、変な感じはしますね」

「だろう？　俺は課長を突《つつ》いてみる。あの人も秘密主義なところがあるから、今回も俺たちに隠して何か企《たくら》んでいるのかもしれない。知らねえうちに後ろからバッサリ、なんて嫌だろう」

「さすがにそんなことはないんじゃないですか……内輪ですし」

「内輪だからって、信用しちゃいけねえんだよ。『警察一家』なんて、あくまで理想論だからな。実際には刺々《とげとげ》しくやり合ってる——それはお前も知ってるだろう」

「本当にそういう状況に巻きこまれたことはありませんけどね」

出身地、出身校などによって、警察には派閥がある。人事も、そういう繋《つな》がりによって決まってしまうぐらいなのだ……何だか嫌な話だが、そういうのは警察に限らず、どこの役所、いや、民間企業でも同じだろう。仕事を始める前のキャリアや人脈は関係なくとも、警察内部で仕事をしているうちに、職場の先輩後輩の関係などでいつの間にか特定の派閥に入っていることになったりする。加穂留も未《いま》だに、交番勤務時代、所轄の刑事課時代の先輩から呑《の》みの誘いが入るのだが、これも自分を特定の派閥に誘いこむためかもしれない。ということは、加穂留はまだどこかの派閥の一員ではないということになる。

「その伯父さんに当たって、それから新崎本人だな」

「スパイみたいですけど」

「仕事を円滑に進めるためだよ」右田が真顔でうなずいた。「知らない間に何かに巻きこまれているっていうのは、最悪だからな」


新崎の歓迎会は開かれない。コロナ禍以降、歓迎会も送別会も基本的には自粛になり、それが今でも続いている感じだ。元々警察は、そういう会合を大事にする組織なのだが、さすがに若手には評判が悪く、風習を見直すいい機会だったと露骨に言う人間も少なくない。

ただし今回は、歓迎会があって欲しかった。酒が入って気持ちが緩めば、新崎も本音を漏らすかもしれない。

しかし、歓迎会ではなくいきなり個人的に誘うのは、いくら何でも大胆過ぎる。やはり右田が言うように、まずは伯父の方から攻めようと決めて、加穂留は夕方、約束を取りつけた。

島谷智《しまたにさとし》は母方の伯父——母の兄で、親戚内では唯一の法曹関係者である。昔から加穂留を可愛がってくれていたので、警察官になろうと思って相談した時は、どこかちぐはぐな会話になってしまった。同じように司法に関わるといっても、警察官と弁護士では立場も仕事の内容もまったく違う。伯父にすれば、俺に聞かれても……という感じだったのかもしれない。むしろ検事にでもならないかと誘われたのだが、加穂留にとって、司法試験挑戦など夢のまた夢というか、考えたこともない世界だった。

警察官になった後も、年に何回かは一緒に食事をして愚痴を聞いてもらっている。実は、訟務課への異動が決まった二ヶ月前にも、話したばかりだった。伯父は加穂留がどんな相談をしても「そういうのが人生だ」と悟ったように言うだけだったのだが、この時ばかりは「裁判は大事な仕事だ」「この機会に法律を学べ」と身を乗り出すように力説したものである。姪《めい》っ子が、自分と同じフィールドに入ってきたと思ったのかもしれない。

県警本部の最寄駅は、みなとみらい線の日本大通りである。横浜まで出て京急に乗り換え——これが結構面倒臭い。横浜駅は巨大で、もしかしたら日本で一番複雑な駅かもしれない。慣れている加穂留でさえ迷いそうになる時があるぐらいだから、初めて来る人にとっては迷宮のようなものだろう。しかも午後五時台、帰宅ラッシュが始まる時間帯は混乱の極みだった。

それでも、京急の上りでは座れた。ほっとしてスマートフォンを取り出し、新崎大也の名前で検索を試みる。それらしき人物は引っかかってこない。SNSでも……弁護士は、積極的に発信しないのかもしれない。アメリカの場合、弁護士も様々な方法で宣伝を行い、依頼人を惹《ひ》きつけるというが、それは訴訟社会ならではの弁護士のあり方だろう。

訴訟社会……課長が言っていたことは、あまりリアリティがない。右田が疑うのも理解できるが、自分たちがまずい立場に追いこまれるかどうかは、何とも言えないところだ。

京急川崎駅に午後六時過ぎ着。伯父の事務所は、駅を出てすぐの、ごちゃごちゃとした繁華街の只中《ただなか》にある。いつ来ても湿度が高く、加穂留は歩き出してすぐ、上着を脱ぎたくなった。まだ五月、長袖《ながそで》にジャケットを着ていてちょうどいいぐらいの気温なのだが、川崎駅周辺だけは気温が少し高い感じがする。

飲食店ばかりが並ぶ繁華街の中で、伯父の事務所は数少ないオフィスビルに入っている。一階と二階が不動産屋、三階が税理士事務所、最上階の四階が伯父の事務所である。

エレベーターで四階に上がり、事務所のドアを押し開ける。「川崎セントラル法律事務所」。伯父は所長で、数人の若手弁護士を抱えている。主に企業関連の法律業務を行っており、弁護士の中では「儲かっている」部類に入るようだ。ただし伯父は、かなり古びたこの事務所から動こうとしない。加穂留が小学生の頃からここにいるから、もう二十年になるだろうか。もっと綺麗《きれい》で広い事務所に引っ越すほどは儲けていないのか、単に面倒臭がりなだけなのか。

顔見知りの事務員に挨拶すると、すぐに所長室に通される。所長室とはいっても、他の弁護士の部屋と比べて特に立派なわけではない。この事務所では、広いフロアをパーティションで区切っただけの小部屋を所属弁護士が使い、中央のスペースを事務職員が共用している形だ。

中に入ると、いきなり煙草の煙が襲いかかってきた。伯父は今年六十三歳になったのだが、まったく禁煙する気配がない。加穂留が子どもの頃から、伯父の記憶は煙草の臭いと強く結びついていた。

「伯父さん、そろそろ煙草は……」加穂留はつい苦言を呈した。

島谷が苦笑して、煙草を灰皿に押しつける。それほど大きくない灰皿には、吸い殻が林立していた。手元で何かをごそごそ言わせると、次の瞬間には右手を口元に持っていき、口を動かし始める。

「やめないとは言ってないぞ。最近、順調に減らしてる。禁煙用のガムが効果的なんだ」

「それって、ニコチンが入ってるやつじゃないの？」だったら煙草を吸っているのと同じではないか。

「煙草に比べたらほんの少量だよ。計画的に煙草を減らして、三ヶ月後には禁煙だ。煙草も高くなったし、ちょうどいいよ」

「今、一日に何本吸ってるかは聞かないでおくわね」

「お前は、はっきり言い過ぎなんだよ。だから、警察官になんかさせたくなかった」

「警察官だからこそ、はっきり言うべきでしょう？」

加穂留はやっとソファに腰を下ろした。一人がけのソファも安っぽい……クッションはへたって体が安定しないし、何より煙草の臭いが染みついていてきつい。伯母さんも、よく我慢できるものだと不思議に思った。あるいは家では吸わないようにしたとか？

「それで、どうする？　飯にしてもいいけど、ちょっと早いな」伯父が腕時計を見た。これも安い、国産のクオーツ時計。「ところで水さん——親父さんは元気か？」

「会ってない」嫌な話題だった。

「喧嘩《けんか》してるわけじゃないだろう？　たまには実家に顔を出せよ。水さん、もうすぐ定年じゃなかったか？」

「そうだけど、向こうも別に会いたくないでしょう」嫌われているわけではないだろうが、「警察官の後輩」として軽く見られている実感はある。何せむこうは、捜査二課で長年活躍した実績のある人だ。それに比べて自分は……島谷も、何もここで言い出さなくてもいいのに。

「用件だけ、先に話してもいい？」加穂留は気を取り直して訊ねた。

「もちろん」島谷が両手を前に投げ出すようにした。ガムを嚙《か》むスピードが早い……それだけ苛々《いらいら》しているのだろう。

「新崎大也さんという弁護士さんを知ってる？」

「神奈川県の人かい？」

その答えだけで、新崎を知らないのだと分かった。

「ええ」

「ちょっと待て」

島谷が体を捻り、背後の本棚からＡ４サイズの薄い冊子を取り出した。ぱらぱらとめくって、すぐに目当てのページを見つけ出す。

「新崎大也、な。うん、横浜市民法律事務所の所属か……ああ、木村《きむら》先生のところだ。ということは、貧乏してるんだろうな」

「そうなんですか？」

「ここの所長の木村先生は、金より正義感の人だから。金にならない刑事事件の弁護ばかりしている。そこの若手の弁護士じゃないかな。その人がどうした？」

「うちに来たんです」

「うちとは？」

「警察職員になって、訟務課に配属されてきたんですよ」

「何だい、それ」島谷が目を見開く。「弁護士が警察職員に？　そんなの、聞いたことないぞ」

「今後、警察に対する訴訟が増えることを見越して、訟務課を強化するために現職の弁護士を迎え入れた、ということなんだけど……」

「今だって、普通に弁護士と一緒に仕事をして、仕事はちゃんと回ってるんだろう？」

「ええ」

「警察の偉い人が何を考えてるかは分からないけど、ちょっと大袈裟というか、先走り過ぎじゃないかね。警察に対する訴訟が増えそうだっていう根拠はあるのか？　神奈川県警の評判が悪いのは昔から同じだと思うけど」

加穂留としては苦笑するしかなかった。しかしすぐに気を取り直して答える。

「データ的には、毎年新たに起こされる訴訟の数は変わらないですよ。それが急に増えるとは思えないし」

「法律が変わって裁判を起こしやすくなるとか、そういう外部要因がないと訴訟は増えないよな。だいたい今でも、日本の司法関係者は数が足りないって言われてるんだから、これ以上裁判が増えたらパンクする」

「それで、裁判になる前に呑み屋で決着をつけるんでしょう」

「それはアメリカの弁護士の話だよ。お前、どこでそういう情報を仕入れてくるんだ？」

「さあ」加穂留は肩をすくめた。言われてみれば、どこで聞いた話か、記憶にない。伯父が教えてくれたのではないかと思うが。

「とにかく、ちょっと変だな」

「そう思う？　困るのは、新崎という人も変わっていることなんですよ。コミュニケーション能力に欠けるというか、秘密主義というか。そういうことも気になって、伯父さんが知っているかどうか……」

「残念ながら、この先生は知らないね」

「そうですか……」

「ま、ちょっと木村先生と話してみるよ。木村先生はよく知ってるから」

「ありがとう」

「しかし、そこまで気にする必要、あるかね」島谷が首を傾げる。「いくら何でも、おかしな人間を警察に入れるとは思えない」

「弁護士から警察職員は、やっぱりおかしいでしょう」

「それは警察側の見方だろう」

「そうだけど、法曹界にも関係あるかもしれないし」

「お前ねえ」島谷が溜息《ためいき》をついた。「もう三十歳だろう？　いい加減、大人になれよ。何にでもすぐに首を突っこむ癖、全然変わらないな」

「気になったら放っておけないの」

「大人は、少しは遠慮するもんだ。人にはいろいろ事情がある。突っこまれたくない事情を抱えている人もいるだろう」

「それこそ、聞いてみないと分からないし……」

「分かった、分かった」島谷が首を横に振る。「弁護士を理屈で言い負かすなんて、大したもんだよ。それに免じて説教はやめておく。とにかく飯にしよう」

「焼肉、いいですか？」

川崎は焼肉屋が多いのだが、この事務所の近くには、加穂留お気に入りの店がある。少し割高だが味は確か……肉の仕入れに自信を持っている店のようだ。

「あのな、本来ならお前が俺に奢《おご》るべきだぞ？　人に頼み事をしてるんだから」

「いいけど……」確かに伯父の言うことは筋が通っている。ただしあの店は、加穂留の給料ではかなり厳しい。今はちょうど給料日前だし。

「冗談だよ。お前に奢ってもらうようになったら、俺もおしまいだ。年長の人間とのつき合い方はよく考えろよ。若い人間が『金を出す』というと、失礼だと考える意固地な爺《じい》さんもいるからな」

「伯父さんも？」

「現役で稼いでいるうちは、お前の世話にはならないよ」立ち上がり、椅子の背に引っかけてあったスーツに袖を通す。「よぼよぼになったら、奢ってもらうさ」

「よぼよぼじゃ、焼肉も食べられないでしょう」

「そういうところだぞ、加穂留」島谷が厳しい表情でうなずいた。「突っこんでいいところとそうじゃないところがある。その違いを見極めないと」

「今のは駄目なところ？」

「いちいち確認するな」

うなずき、加穂留も立ち上がった。自分が一言多い人間だということも、さまざまなことに好奇心を抱く——抱き過ぎる人間だということも自覚している。子どもっぽいと言われればその通りなのだが、何にも興味を持たず、日々淡々と暮らしているだけでは面白くも何ともないではないか。それに好奇心とコミュニケーション能力は、警察官にも必須だと思う。人間に興味を持たない人間はいい刑事になれない——自分は刑事ではないのだが。

3

　翌週月曜日、出勤するとすぐに会議が招集された。課長の岩下は深刻な表情——いつも淡々としているこの人にしては珍しい、と加穂留は警戒した。隣に座る右田に確認すると、「グレイ・イーグルの件らしい」とすぐに教えてくれた。

「あれ、本当に裁判になるんですか？　噂だけかと思ってました」グレイ・イーグル事件は、捜査一課が中心になって摘発した連続強盗事件だった。しかし主犯とされた人間だけが不起訴処分になっている。

「それこそ、この前課長が言っていた、訴訟社会の到来ってことじゃないか？」

「気軽に訴える？」

「状況はよく分からないけど……ま、俺はちょっと変な感じがしてるけどな」

「何がですか？」

「それは後で」右田が課長室を見た。ちょうどドアが開き、岩下が出てくるところだった。プリンターへ向かうと、印字したばかりの書類を取り上げ、近くにいたスタッフに渡す。ペーパーはその後、全員に行き渡った。A4判一枚で、内容は簡潔である。

「グレイ・イーグルの一件、とうとう訴訟になる」

　岩下の説明に、課内の空気が帯電したように緊迫する。

「今日の午前中に訴状が提出される予定だ。訴状は午後には手に入るはずだから、それをもってこの裁判の対応に入る。グレイ・イーグル事件について簡単にまとめたので、まず目を通しておいて欲しい。それで今回の一件は——新崎君中心にやってもらうことにする。実地訓練だ」

少し不穏な雰囲気が流れる。新入り、しかも元弁護士に、急に大きな仕事を振るのはどうだ、ということだろう。加穂留も同じように感じていた。反射的に手を挙げる。

「どうした、水沼」

「私がサポートに入ってもいいですか？　新崎さん、ここでの流儀にまだ慣れていないと思います」

「ああ……おう、そうだな」虚を突かれたような感じだった。「じゃあ、取り敢えずコンビでやってみてくれ。かなり重要な裁判だから、場合によっては他のスタッフもサポートに入る。まずは二人で、下地を固めてくれ」

会議、というか簡単な打ち合わせはそれだけで終わりになった。まあ、訴状も届いていない状態だから、仕方ない。取り敢えず訴状が届くまでに、この事件の概要をしっかり頭に叩きこんでおくことにしよう。

「新崎さん、よろしくお願いします」

「ああ」新崎は顔も上げずに書類を見ていた。「ずいぶん資料が少ないですね」

「これは概要ですから……他にも資料は集めてあります」加穂留は立ち上がり、部屋の片隅にあるファイルキャビネットのところへ向かった。ここには裁判の資料、さらには裁判に「なるかもしれない」事件の資料を集めてある。グレイ・イーグル事件の資料もそこにあった。というより、加穂留が集めたものだった。

分厚いファイルが三つ。中には調書などの捜査資料の他に、新聞や雑誌の切り抜きも入っている。それをまとめて新崎に渡すと、彼は困ったような表情を浮かべた。ノートパソコンが載っているせいでデスクにはあまりスペースがなく、ファイルを広げられないのだ。

「あ、打ち合わせ用のスペースが広いですよ」加穂留はすぐに新崎を案内した。四人がけのテーブルで、ファイルをいっぱいに広げても余裕がある。

新崎は二つのファイルを積み重ね、その上でもう一つのファイルを広げた。加穂留はコーヒーの入った自分のカップを持って、彼の向かいに座る。

「グレイ・イーグルっていうのは、グループ名です」

「自分たちで名乗っていたんですか？」

「いえ、元々は警視庁の命名です。最近、警視庁は同じような手口のグループに関して、色と鳥の名前を組み合わせて呼んでいたんですが、それがマスコミに漏れて、一般にも広がったんですよ」ネーミングとしてはイマイチという感じだ。「グレイ・イーグルは、全国で強盗事件を繰り返していたグループで、うちの捜査一課が中心になって一年前に摘発しました。逮捕者は総勢十名。ただしその中で、主犯格として見られていた男は証拠不十分で釈放され、その後不起訴処分になっています。それからすぐに弁護士を立てて、何度も抗議してきました。ただし納得できなかったようで、今回提訴に踏み切ったと思われます」

新崎は書類に視線を落としたままだった。というより、ほとんど目を通さずに、綴《と》じこんだ書類を次々にめくっていく。単にページ数を数えているだけのようでもあった。

「相手は暴力団でも半グレでもない、もっと緩やかに結びついたグループです。闇サイトでバイトを募集して、全国の富裕層や宝石店などを襲わせていた。実行犯の中には高校生もいました」

「水沼さん」新崎が顔を上げる。かすかに不快そうな顔つきだった。

「はい？」

「グレイ・イーグルの事件について、概要は知っています。新聞やテレビで散々報道されたじゃないですか」

「そうですけど、ニュースでは出ていない話もありますよ」

「だったら、それを教えて下さい。ゼロから聞く必要はないと思いますよ」

「それは——」妙に挑発的な態度に、加穂留は引いた。どうやら余計なことは言わない方がいいようだ。「何か分からないことがあったら言って下さい」

「このデータをまとめたのは？」

「私ですけど」

「どういうまとめかたを？　ただランダムに綴じこんだだけでは？」

「それは——まあ」

否定できない。訟務課でのデータのまとめかたがよく分からなかったので、先輩たちに聞きながらやったのだが、実はあまりはっきりした決まりはないと分かっただけだった。結局、集めた書類を雑に綴じこんで終わり、になっている。

「データの整理方法については、また考えます」加穂留は立ち上がった。このまま前に座っていると、ちくちく皮肉を言われそうだ。

自席に戻って、ゆっくり息を吐き、コーヒーを飲む。振り返って新崎の様子を見ていた右田が、ゆっくりと前を向いた。

「いきなり攻撃されてたじゃねえか」

「データ整理のことを言われると、言い返せませんよ。もう少し、系統だって整理できないですかね」

「うちは他の部署と違って、雑多な資料を扱うからな。決まったルールで整理するのは難しいんだよ」

「……ですかね」

「そんなことで文句を言われても困るよな。奴、かなりつんけんしてる感じだけど、大丈夫か？お前、何で手を挙げたんだよ」

「いやあ……一緒に仕事をすれば、もう少し様子が分かるかもしれないと思いまして。それに私も、早く仕事を覚えたいですし」

「噂通りの出たがりなんだな。向こうは、何だかやりにくそうだったけど」

「コンビでやるのが警察の仕事ですから、これから叩きこんでやりますよ」

「後輩扱いかよ……」

厳密に言えば、新崎の方が加穂留より一歳年上である。しかし警察においては自分の方が先輩なのは間違いない。最初が肝心だ、と気合いを入れた。

「それより、課長から何か情報は入りましたか？」

「それがさ……」右田が身をかがめた。「金曜に、呑みに行ったんだ。そこでゲロさせようと思ったんだけど、課長、いきなりたぬきモードに入りやがってさ」

「そうなんですか？」岩下が時々「たぬき」になるという噂は聞いていた。普段から物事をあまりはっきり言わない人なのだが。

「酒を呑んで酔っ払ってもあやふやに喋り続けるのって、なかなかすごい才能だけどな……絶対、都合が悪い話だよ」

「そうですかねえ」加穂留は振り向いた。新崎は眉間に皺を寄せて、書類を読みこんでいる。

「どうも怪しいな。新崎って、スパイか何かじゃないか？」

「警察の中にスパイですか？　だとしても、課長も……総務部長も絡んだ話ですよ」

「部長が絡んでいるってことは、本部長まで話がいってるよ。お前、何かやばい事情でも抱えてないか？」

「私ですか？」加穂留は両手で胸を押さえた。「そんなわけないでしょう。右田さんこそ、隠し事ないですか？　不祥事とか」

「馬鹿言うな」右田が吐き捨てる。「県警で一番品行方正な俺が、隠し事なんかするはずないだろう」

「そもそも、何か問題があっても、内部調査が基本ですよね」警察の不祥事で、第三者委員会が設置されたなんていう話は聞いたことがない。そもそも警察内の問題に関しては、監察が常に目を光らせている。本当の事件になれば、当該の捜査部署が出てくる。

「そうなんだよ。わざわざ弁護士なんて……だからこの件、怪しいんだ。お前、上手くつき合って情報を引き出せよ」

「うーん……どうですかね」今のところ、新崎と上手くつき合える自信はない。向こうは、普通のコミュニケーションさえ拒否している感じなのだ。

「ちょっと色じかけとかさ……お前じゃ無理か」

「それはセクハラですよ」加穂留は両手の人差し指を交差させてバツ印を作った。

「おっと」右田が両手を前に突き出す。「今のは撤回な……しかし、やりにくい世の中になったよ」

　この人は……何を言っているんだろう。右田は三十九歳。セクハラ・パワハラに対する警察の意識の変化を、リアルタイムで経験しているはずだ。昔の人──それこそ四十代から上の警察官は、厳しいパワハラもセクハラも当たり前だと思って育ってきたのだろうが。

　意識が低い人間を相手にすると疲れる──新崎はどうだろう。


　新崎は、つき合いが悪い。来たばかりなので、親交を深めるためにと何度か食事に誘ったのだが、その都度「いや……」と曖昧《あいまい》に断られて、まだ一度も食事を一緒にしていない。どうしても、というわけではないが、全てを拒否するような彼の態度は気になっていた。

　それでも諦《あきら》めない。昼前──午前中ずっと資料に目を通していた新崎に声をかけた。

「お昼、行きませんか？　近くにいいカフェがあるんですけど」

「いや、食べるなら中の食堂にしましょう。ちょっとこの件の話がしたい」

　おっと、これは前進ではないか？　一緒に食事をする、ざっくばらんに仕事の打ち合わせを行う──いつもやっていることだが、新崎とは初めてなのだ。

「内密の話ですからね……でも、本当は食堂でも仕事の話はしない方がいいです」

「そうですか？」

「マスコミの人たちも、あそこで食べますから」

「そういう人たちは、見れば分かるのでは？」

「まあ……そうですね」殺気が違うというか、警察官かそうではないかはすぐに分かる。「じゃあ、マスコミの連中がいたら話はしないということで」

「分かりました。資料はどうしますか？」

「一度戻します」

「ちょっと中を入れ替えましたよ」

「はい？」

「少し整理しました。これでいいかどうかは分かりませんけど、多少は見やすくなったと思いますよ」

「……そうですか」

何だか自分の仕事を否定されたようでむっとしたが、こんなことで喧嘩している場合ではない。加穂留はファイルをキャビネットに戻し、財布を取りに行った。

十二時少し前で、食堂は混み合っている。加穂留はカレーを選び、空いている席を見つけて料理のトレイを置き、目印になるよう、立ったままでいた。新崎は定食のコーナーに並んでいる。あそこ、ちょっと時間がかかるのよね……と苛ついたが、人の昼食の内容にまで口は出せない。

ほどなく、新崎がトレイを持って歩き始めた。加穂留が手を挙げると、真っ直ぐこちらに向かって来る。A定食——今日は白身魚のフライに野菜の煮つけ、キャベツの千切りだ。ここの揚げ物は油の切れが悪く、胸焼けすることがあるので、加穂留は敬遠していた。そのことを教えてやろうかと思ったが、反応が返ってこないような予感がしたので、何も言わないことにする。

新崎が、魚のフライに醬油《しょうゆ》をかける。

「ソースじゃないんですか？」

「それは、常に議論になることですね」

「議論？」

「アジフライにはソースか醬油か。私自身、決めかねていて、毎回変えます。でも白身魚のフライは醬油一択なんですよ。味が弱いから、ソースをかけるとただのソース味になってしまう」

「あの……」戸惑って、加穂留はつい言ってしまった。「新崎さん、そんなに喋る人でした？」

「失礼しました」新崎が咳払《せきばら》いした。「余計な話でした」

「全然余計じゃないですよ。普通の会話です。ちなみに私は、フライは避けてます——ここでは」

「ここでは？」隣に座った新崎がこちらを見て、目を細める。「どういうことですか？」

「この食堂、フライはイマイチなんです。油切れが悪くて」

「ああ……でも、そういうフライには慣れてます」

「そうなんですか？」

「学生時代から、安い食堂にばかり行ってましたから。料理は、ちゃんと火が通っていればいいです」

「それはちょっと……せっかくの食事なのに」

「栄養補給ができれば十分です」

「ちょっと寂しいですね」

「食べるのより大事なことは、いくらでもありますから」

「例えば？」

　返事はない。何か気に触ることでも言っただろうか？　しかしそれを確認すると、さらにへそを曲げてしまうかもしれない。どうにも分かりにくい人だ……こうやって一緒に食事には来たわけだから、完全にコミュニケーションを拒否しているわけでもないのだが。

　食事に専念する。この食堂のカレーは可もなく不可もなく……時々ご飯がきちんと炊けていなくてダマになっていることがあるが、今日は美味かった。でも、こんなことで喜んでいるようじゃ、私も料理について語る資格はないわね、と皮肉に考える。

ここのカレーの特徴は、とにかく熱いことだ。それでなくても加穂留は食べるのが速くないので、時間がかかる。新崎も、どちらかというとゆっくり食べるタイプのようだ。警察官ではないのだから、早飯の習慣を叩きこまれているわけではないだろうし。

新崎の様子をちらちらと伺いながら、ペースを合わせて食べる。何とか、ほぼ同着で食べ終えた。

「捜査のミスですね」水を一口飲んで、新崎が結論を出した。

「ミス……まあ、結果的にはそうなりますね」加穂留も認めざるを得ない。

「データをざっと見た限りではまだ分かりませんが、実行犯が起訴されているのに、主犯とみなされていた人間が不起訴というのは奇妙です。こういう場合、捜査の手順としては下から上へじゃないですか?」

「そうなりますね」加穂留は本部での刑事としての経験がないから、自信たっぷりには言えないのだが。「実行犯の方が手がかりを残しているパターンが多いですから、先に逮捕して、そこから主犯へたどるルートが普通ですね」

「しかし主犯だけ起訴されなかった……しかもこの主犯は、不起訴になってからすぐに弁護士を立てて、抗議してきた。動きが早くないですか?」

「確かにそうですね」加穂留はうなずいた。「抗議したり裁判を起こしたりすることはあるにしても、もっと先なのが普通だと思います。起訴された人間の裁判の目処《めど》がついてからとか」

「主犯は『自分は一切関係ない』という言い分なんですよね。そもそもグレイ・イーグルの人間ではない、完全な濡《ぬ》れ衣《ぎぬ》だと」

実態をはっきりさせるのが難しい組織なのは間違いない。闇サイトで集めた人間同士は、元々関わりがないので、一緒に強盗を働いても、相手のことをまったく知らないのだ。指示を受けていた主犯格の人間にも一度も会ったことがなく、誰だか分からない——というのが今回の事件の特徴だった。

主犯の男にたどり着いたのは、逮捕された実行犯たちのスマートフォンの解析からだった。頻繁に連絡を取っていた相手を割り出し、逮捕に至ったのだが、その時、そして逮捕後の詰めも甘かったようだ。グレイ・イーグルの連中は、特殊なメッセージアプリを使っていた。やり取りしていた内容は一定の時間が経過すると消えてしまい、復元は難しい。結果、主犯とみなされた男に対する容疑も詰めきれなかったのだ。

「この事件は、かなり注目されましたよね」新崎が言った。

「そうですね、全国規模ですから」

「神奈川県警が手をつけたのは……幸運もあったんですか」

「実行犯が、ここでヘマしたので」

横浜市中《なか》区の宝石店が、閉店間際の時間帯に襲われた強盗事件。大胆というか素人じみているというか、いきなり押し入ってガラスケースを叩き割り、中の宝石を根こそぎ持っていったのだ。店内にいたのは三十秒ぐらいで、まさにあっという間の犯行だったのだが、犯人にとって不運だったのは、この店が警察署のすぐ近くで、かつ、逃走用に用意していたレンタカーで事故を起こしてしまったことである。走り始めてすぐに、車線をはみ出して暴走、対向車線を走ってきた車と正面衝突した。それで犯人の三人はいずれも負傷して逃げられなくなってしまい、署から駆けつけてきた警察官にあっという間に逮捕されてしまったのだ。

そこから指示役につながり、さらに他の犯行グループの存在も明るみに出て、十人が逮捕された。ただし、肝心の主犯だけは取り逃した……全体には、本部長表彰を受けられるような捜査なのだが、主犯を起訴できなかったことで、逆に「黒星」になってしまっている。

「県警のミスについてはあれこれ言える立場じゃないですが、裁判は面倒なことになるかもしれません」

「そうですか？」

「私が弁護士だったら、攻めるポイントはいくらでも見つけられそうです」

「今でも弁護士じゃないですか。資格がなくなったわけじゃないでしょう」

「原告側の担当弁護士として、という話です」

「うーん……まずいですかね」

「訴状を見てみないと何とも言えませんが。弁護士との打ち合わせはいつになりますか？」

「それこそ訴状を確認してから決めます。でも、できるだけ早い方がいいでしょうね」

「内部調査をすることにもなりますよね？　何が行われていたか、きちんと把握していないと裁判はできない」

「そうなります」

こういう手順は想像できているわけだ……弁護士として多くの裁判に関わってきたはずだから、その辺は感覚的に分かるのだろう。頼もしいというべきか──いや、まだ分からない。

「かなり厳しい裁判になると思いますよ。ミスもはっきり分かるでしょう」

新崎がトレイを持って立ち上がった。もう終わり？　見た目では分からないが、せっかちなのかもしれない。

「おい」低い声で呼びかけられ、加穂留ははっと顔を上げた。正面に座る人相の悪い男が、自分を睨《にら》んでいる。

「はい？」

「あんた、どこの人間だ？」

「——訟務課です」

「例の件だな？」男が大きな目をさらに見開く。「こんなところで、でかい声で話してるんじゃねえよ。誰が聞いてるか分からねえぞ」

「……捜査一課の方ですか？」

「強行犯係、宮本《みやもと》だ。そういう話は、自分の席でしろ」

「失礼しました」加穂留はさっと頭を下げた。宮本というこの刑事を傷つけてしまったのは間違いない。たぶん、グレイ・イーグル事件の捜査本部にいたのだ。捜査のミスを指摘され、県警が訴えられたとなったら、心穏やかでいられるわけがない。

「裁判の方、どうなってるんだ？」

「訴状がまだ届いていないので、何とも言えません」

「そいつは、マスコミ向けによく聞くコメントだな」宮本が鼻を鳴らした。

「現段階では……いい加減なことは言いたくないので」

「こんな場所で適当にお喋りしてるのも、かなりいい加減なことだぜ」

「肝に銘じておきます」

加穂留はさっと立ち上がった。後でお話を伺うことがあるかもしれません——と言おうかと思ったが、捨て台詞《ぜりふ》のように聞こえるかもしれない。あまり刺激しない方がいいだろう。トレイを持って、逃げるように足早に歩く。背中に、宮本の視線が突き刺さってくるようだった。

4

二日後、担当弁護士との最初の打ち合わせが行われた。弁護士二人が訟務課を訪れ、新崎、加穂留と面会する。課長の岩下は最初だけ挨拶したが、実務的な話は二人に任せるようだった。

二人の弁護士のうち、年長の今里真由美《いまさとまゆみ》がまず口を開く。口調は深刻だった。

「かなり不利な状況ですね。原告は、逮捕後の取り調べの様子を克明に記録していました。内容は、信憑性《しんぴょうせい》が高いと考えていいと思います。今後、公判で証拠として提出されると思いますので、それを見て対策を立てることになるでしょうね。訴状の内容は厳しいですね」真由美がパラパラと訴状をめくる。あちこちに付箋《ふせん》が貼りつけられ、細かい書きこみもしてあった。あまりにも字が小さいので、向かいに座っている加穂留からは、内容がまったく読み取れない。

「ご指摘の通りかと思います。訴状を見ただけでも、誘導尋問の様子がかなり細かく書かれている。これは嫌がらせではなく、実際に勝てると踏んでの提訴でしょうね」新崎が同調した。

「でもちょっと不思議なのは、今時こんな威圧的な取り調べが本当にあるかどうかです」真由美が首を捻った。「最近、その辺はだいぶソフトになってるんじゃないですか？　可視化も進んでいますから、すぐに表沙汰《おもてざた》になってしまうでしょう」

沈黙……横に座る新崎が自分を見ていることに気づいて、加穂留は慌てて口を開いた。新崎は警察官ではない――警察にきてまだ日が浅いから、取り調べの実情など知る由もないのだろう。

「取り調べに関しては、圧迫的、感情的な方法は避けるようにと徹底されています。暴力はいわずもがなです。ですから、訴状の内容はすぐには信用できないんですが」

「しかし、疑う材料もない」新崎が指摘する。「フィクションとは思えない内容です。フィクションのような提訴もあるとは思いますが」

　それは新崎の指摘通りだった。警察に対する恨みを募らせ、ありもしない事実をでっち上げて損害賠償請求をする——そんな裁判が、年に一件か二件はあるようだ。大抵は事実無根というか、原告側には訴える権利がないという門前払い判決になるのだが。

「訴状で槍玉《やりだま》に上がっているのは、捜査一課の刑事さんたち……名前が具体的に出ているのは五人ですね。この人たちは、現在は？」

「全員、捜査一課にいます。去年のグレイ・イーグル事件の捜査本部にも参加していました」加穂留は答えた。人定はとうに済んでおり、賞罰まで含めて丸裸になっている。五人とも「賞」はあるが「罰」はない——本人たちや周りの人たちと話したわけではないが、優秀な刑事たちと考えていいだろう。

「まずは、訴状の内容に従って、当該の刑事さんたちへの事情聴取が不可欠かと思います」真由美が指摘した。

「そうですね。こちらの言い分を整えるということで——」新崎が手元の訴状に視線を落とした。

「ただし、実際に公判で向こうの言い分と証拠が出揃ってから、再度事情聴取して話を揃える必要がありますね」

「では、そういう方針で。当面の事情聴取はそちらにお任せしても？」

「はい」

「公判が始まってからは、必要に応じて私たちも事情聴取します。でも……この裁判、少しきついかもしれないわね。手柄を焦ったんじゃない？」

「ええと」加穂留は遠慮がちに言った。「こういうことはあまり言いたくないんですが、出会い頭の事故みたいな事件でした」

「本当なら、こういう全国的に広がる事件の場合、警視庁が主体になって捜査するものじゃない？　向こうは戦力も充実してるだろうし」

「何でも警視庁に任せるのは、筋が違います」加穂留は反論した。「神奈川県警にも、十分な捜査能力はありますよ」

「でも、訴えられてる……」

そもそも主犯格とみなして逮捕した人間が不起訴になっている。捜査は完全な失敗だ。

その後も細かいところを詰めて、第一回の打ち合わせは終了。今後も、判決までには何度も打ち合わせをすることになるだろう。真由美とは初対面だったが、頼り甲斐《がい》のありそうな女性なので、加穂留としてはやりやすいと思う。

「それで？」二人の弁護士を送り出すと、新崎が訊ねた。「これから先は？」

「五人に対する事情聴取を進めます。一気にやった方がいいと思いますので、訟務課のスタッフで手分けして」

「私はやらない方がいいでしょうね」新崎が引いた。

「でも、新崎さんも訟務課のスタッフなんですよ」一時的な手伝いというわけではなく、既に神奈川県警の職員である。同じように仕事をしてもらわないと困る。

「私は、外部の人間と見られるでしょう。

「正規の職員――」

「事実と印象は違うので。あなたたちがやった方が、対象者も気を許して話すでしょう。私が出て行ったら、取り調べを受けているような気分になるかもしれない」

「そうかもしれませんが……」

「私にも、多少は慣れる時間をいただきたいですね」

そこまで言われると、加穂留も引かざるを得ない。話している限りでは、新崎は面倒臭がっているわけではなく、自分の立場を冷静に分析しているだけのようだ。弁護士だからと言って、訟務課の仕事にすぐに飛びこめるものでもあるまい。今の真由美との話し合いは、法律の専門的な部分を含んでいたので、得意ジャンルだったと言っていいのだろうが。

岩下と話して、明日一斉に五人に対する事情聴取を行うことになった。二人一組、スタッフの数が少ないので、時間をずらして敢行する。本当は、時間を合わせて一斉にやった方が、向こうが口裏を合わせる余裕がなくなるのだが……。

加穂留にとっては初めての事情聴取になる。食堂で会った強行犯係の宮本の担当になったら困ると思ったが、幸い外れた。話を聴くのは、上尾《かみお》武郎《たけろう》巡査部長、三十九歳。明日に備えて、より詳しく人事情報を調べておくことにした。

横浜市内の高校を卒業後に、県警に奉職。厚木《あつぎ》中央署を振り出しに、本部の捜査一課に上がった後は、ずっと強行犯係に席を置いている。捜査一課一筋で、グレイ・イーグル事件の捜査本部では取り調べを担当していた。ということは、今回の裁判でも、一番厳しく突っこまれる立場だろう。

「上尾か……」右田が嫌そうな表情を浮かべて顎を撫でた。

「もしかしたら知り合いですか？」右田は捜査一課に在籍していたことはないが、年齢は上尾と同じである。警察学校で同期だった可能性もある。

「いや」

「同期とかじゃないんですか」

「違う」パソコンの画面に視線を向けながら言った。「同じ職場になったこともないけど、嫌な噂は聞くよ」

「そうなんですか？」

「かなり傲慢《ごうまん》なタイプらしい。でも、捜査一課のエリートだから、しょうがないんじゃないかな」

「エリート……」

「捜査一課だけじゃなくて、取り調べ担当の役目は極めて重大だ。それは知ってるだろう？」

「ええ」特に捜査一課では、取り調べ担当は各係で固定されている。どんな事件でも、容疑者を逮捕した後は起訴まで取り調べを担当するのだ。他の刑事は証拠集め、証人集めに奔走して、取り調べをサポートする。エースで切り札――それが取り調べ担当なのだ。

「取り調べ担当は、ある程度経験を積んだ中堅以上の刑事が任されることが多い。人間力も問われるから、若い刑事には荷が重いんだ。でも上尾は、捜査一課に行って半年も経たないうちに取り調べ担当に任命された。それからずっと……実際、戦績はいい。だから本人も図に乗って天狗《てんぐ》になってる。傲慢な男だっていう評判は、捜査一課の外にまで流れてくるよ」

「初耳です」

「こういう話は、人脈を広げておかないと入ってこないからな。酒を呑むのも無駄じゃないんだよ……しかしこいつは、今回の裁判で最重要人物になるんじゃないかな」

「ですね。取り調べに失敗したようなものですから」加穂留はうなずいた。

「傲慢な人間がミスして、しかも裁判まで起こされる——上尾としてはかなりショックだろうな。これで評判がガタ落ちになって、取り調べ担当を外されるかもしれない。下手したら、どこかへ左遷もあり得る」

「厳しいですね」

「神奈川県警っていうのは、何かと評判が悪いからな」右田がうなずいた。「最近は監察も人事も厳しくなってる。ヘマした野郎は然《しか》るべく処分しないと、世間も納得しない。左遷ならまだましで、辞めさせる方向へ持っていくこともあるんじゃないか」

この辺の塩梅《あんばい》は難しいだろう。明らかに法律に触れるような問題を起こした警察官なら、法的な処分を受けると同時に、解雇などの内的な処分も受ける。そこまでいかない場合でも、本人にじわじわ圧力をかけて、辞表を提出せざるを得ないような状況に追いこんでいくのだ。

「まあ、あまり情報を収集しない方がいいぜ」右田が忠告した。「その気になれば、周りから噂話を聞けるかもしれないけど、何もない状態で、ゼロからやった方がいいと思う。先入観なしでな」

今、右田から話を聞かされたことで、かなり先入観を抱いてしまったが……余計なことを聞かせてくれたと思う。明日に備えて作戦を考えよう——と思ったところで、スマートフォンが鳴る。伯父の島谷だった。

「ちょっとすみません」

右田に断って、スマートフォンを持ったまま部屋を出る。

「加穂留です」

「ああ、悪いな。この前の話だけど」

「はい」

「ちょっと会うか？　夕方、お茶でも」

「大丈夫です。どこにしますか？」

「今日は地裁の方に行ってるんだ。五時には終わるから、地裁の近くでどうだ？　どこかお茶を飲む店があるだろう」

「じゃあ、後でメッセージを送っておきます。五時でいいですか？」本当は、まだ業務時間内なのだが、まあ、いいだろう。出先から直帰ということもあるのだし。

「こっちはいいよ」

「お茶、奢ります」

「だから、そういうのはいいって」島谷が電話の向こうで苦笑した。

電話を切り、みなと大通りを挟んで地裁の向かい側にカフェがあるのを思い出した。伯父が好きなタイプの店かどうかは分からないが……少なくとも、煙草が吸えるような店ではないと思う。店のデータを伯父に送り、自席に戻ると、右田に小声で告げた。

「新崎さんのことで、夕方人と会ってきます」

「誰だ？」

「伯父です。弁護士の……」

「例の人か。何か情報があるのか？」右田が身を乗り出す。

「まだ分かりませんけど、念の為です……それで、ちょっと早めに出ます」

「分かった、直帰だな。明日は——」右田が腕時計を見た。「九時スタートにしようぜ。今、上尾の班は捜査本部を担当していない待機組だから、一課で摑《つか》まるはずだ」

「明日の朝までに事件が起きる可能性もありますよね」

「その時はその時だ」

実際は、そんなに簡単には割り切れない。捜査本部ができると、刑事はとにかく縛られてしまうのだ。すぐに犯人が逮捕されたとしても、起訴までには二十日ほどはかかる。その間、裁判に向けて事情聴取するのは不可能になるだろう。特に取り調べ担当だったら、一日の大半を容疑者に対する取り調べ、そしてその整理に追われるはずだ。

明日まで何も起きないでくれ、と加穂留は祈るような気持ちだった。

自分の「初陣」なのだから。


島谷は先に来て、コーヒーを飲んでいた。居心地悪そう……店内は若い女性ばかりなのだ。しかも当然禁煙。

「早めに話そう」

「早く煙草が吸いたいんですか？」

「こういう清潔な店は、どうも落ち着かなくてね。煙草の臭いがしないような店は、味わいがない」

「今時、煙草が吸える喫茶店なんかないでしょう」

加穂留は紅茶を頼み、すぐに本題に入った。早く解放しないと、島谷はへそを曲げるだろう。

「それで、新崎さんのこと、どんな感じですか？　お知り合いの反応は」

「それが、どうもはっきりしないんだ。実際に事務所にいて、警察に入るために辞めたことは認めたんだけど、詳しい事情は知らないって言うんだな」

「そうですか……」

「嘘だと思うけど」

「嘘？」

「木村先生――横浜市民法律事務所の所長は面倒見がいい人でね。教師タイプっていうのかな？若い弁護士を一人前に育て上げて独立させる――そういうことを生き甲斐にしている人なんだ」

「何だか警察みたいですね」

「職人っぽい世界かもな」島谷がうなずいた。「本人は、もちろん弁護士の仕事もちゃんとやってるけど、刑事事件を専門にする弁護士が少なくなっている現状を憂えていてね。やっぱり皆、儲かる仕事をやりたがるだろう？」

「伯父さんみたいに？」

「否定はしない」島谷がまたうなずいた。「だから、木村先生が心配するのも当然なんだ。要するに、刑事弁護士の学校、みたいな感覚だったんだろうな。木村先生自身は、不動産でずいぶん儲けてるそうで、あまり金のことを気にしないで、そういうことができるんだろう」

「何だ、やっぱりお金持ちなんだ」

「親が不動産を残してくれるのは、別に犯罪でも何でもない……俺も今回、初めて知ったんだが」

「羨《うらや》ましい話です」楽に暮らしていけるだけの金があったら仕事をしない、自分だけ楽しく過ごせればいい、という人も少なくないだろう。生活の心配がなければ、世の中のために自分の力を役立てたい――そんな風に考えて動く人は少数派ではないだろうか。

「新崎さんっていうのも、結構苦労している人でね」

「そうなんですか？」

「生まれは横浜。今時流行《はや》らない苦学生で、何とか司法試験を突破したそうだ」

「ご家族は？」

「その辺は、木村先生もはっきり言わないんだ。プライベートな問題なんだろうが、知りたければ警察で調べられるんじゃないか？　警察はそういうのが得意だろう」

「伯父さんに話を聴くのも、調査のうちなんですけどね」

「ああ、まあ、そうだね。役に立てなくて申し訳ないが、かなり曰《いわ》くつきの人物なのは間違いないと思うよ」

「やばい意味で曰くつき？」

「やばくはないだろう。経歴的に問題がある人だったら、弁護士になれない。警察官と同じで、高い倫理観が求められるんだ。前科があったら一発アウトだしな」

「確かにそうですね」昔ヤンチャしていて、ぐらいはあるかもしれないが。「でも、何か問題があると」

「その問題が何だか、分からないけどな。警察に入ったことと何か関係があるかもしれない」

「謎が深まっただけか……」

紅茶が運ばれてきたので、加穂留は口をつぐんだ。店員が去るのに合わせてティーポットから紅茶を注ぎ、ミルクを加える。

「まあ、考えてみれば絶対におかしいよな。警察官の方が金銭的にはいい——儲かるってことはないけど、公務員で給料は安定しているのは間違いないんだから。金に困って、安定した仕事に就こうと考えるのはおかしくないかもしれないけど……少なくとも俺は、弁護士から警察官になった、なんて人は聞いたことがない」

「正式には、警察官ではなく警察職員……廃業、ということになるけど」

「弁護士の業務を辞めただけで、資格が消えるわけじゃない……どうも釈然としない。弁護士と警察官、どっちが上とは言わないけど、違和感あるだろう?」

「ありますね」

「話せてるのか?」

「必要最低限は」

「お前も、そんなにコミュニケーション能力が高いわけじゃないんだな」島谷がからかうように言った。

「うーん……達人とは言えないかな」

「何か問題はあるのか?」島谷がコーヒーを一口飲んだ。

「今はないですけど、気味悪いじゃないですか。何か企んでいるみたいな」

「そうか……」島谷が腕を組んだ。「しかし、考え過ぎじゃないか? どうしても気になるなら、本人に直撃すればいいだろう」

「話しそうにないんですよね。上司も何か隠してる感じで」

「だったら別に、心配しないでいいだろう。上の人間が絡んでいるなら、さすがにやばいことはないんじゃないか?」

「陰謀の匂いがするんですよね」

「大袈裟だよ」島谷が声を上げて笑った。「警察内部で陰謀? そんなこと、あるのかね。終戦直後とかならともかく」

「まあ……そうなんですけど」加穂留は紅茶をスプーンでかき回した。紅茶は好きなのだが、何だか急に飲む気がなくなってしまった。

これは、自分——自分たちの感覚の問題なのではないか？　新崎は何かしたわけではない。ただ変わったキャリアの持ち主で、それを自分や右田が警戒しているだけ。それで騒いであちこちを突いて、何もないところに火を点《つ》けようとしているのかもしれない。

ただの時間の無駄ではないか？　こんなことに力を割いているぐらいなら、他にやることがいくらでもあるはずだ。


翌日、右田に詳しいことは話さなかった。「あまりよく分かりませんでした」と言っただけで、すぐに今日の事情聴取の打ち合わせに入る。右田も、新崎のことを心配している余裕はないようだった。

訟務課の仕事で、これが一番緊張するところだと言える。内輪の人間を調べるのは、裁判のためとはいえ気分がいいものではない。もちろん、裁判で勝つための下準備なのだが、事情聴取を受ける方も嫌な気分がするものらしい。

「通告はしてないんですよね」

「ああ。いきなり行った方が、本音を引き出せる」

「捜査一課の方でも、裁判になることはもう知ってます」昨日の食堂での嫌な体験を思い出した。

「ああ、それは分かってる。捜査一課にも知る権利はあるからな。こっちから情報を流してる」

「ということは、事情聴取されることも分かってるわけですよね」

「該当する人間は、な」右田がうなずいた。

「心の準備もできているのでは？」

「お前、何をビビってるんだ？」

「ビビってるわけでは……」

「いや、間違いなくビビってるね。でも、今回の事情聴取はお前がやれよ。俺は口出ししないで見てるから」

「私ですか？」加穂留は自分の鼻を指差した。「でも、初めてですよ」

「何でも初めての時はあるだろう？　どこかで踏み出さないと、いつまで経っても経験できない。それでなくても、訟務課は実務経験を積む機会が少ないんだからさ」

「はあ」

「ここは腰かけのつもりかもしれないけど、ちゃんとやっておかないと、単なる時間の無駄だぜ」

「ちゃんとやってますよ」

「はい、じゃあ、今日の事情聴取はお前の担当な」あっさり言って、右田が立ち上がる。

本気で自分に経験を積ませようとしているのか、単に自分がやるのが面倒臭いのかは分からなかった。

捜査一課——二百人が働く大部屋に入った瞬間、体温が上がり、鼓動が速くなるのを感じた。本当はここで仕事がしたかった。今からでも——いや、今はもう半ば諦めている。これから自分が捜査一課に行けるとは思えない。今回の事情聴取で、その道はさらに遠ざかるかもしれない。「訟務課の生意気な奴が捜査一課志望？　却下」とか。

訟務課のスタッフがぞろぞろと入っていくと、嫌でも注目を集めてしまう。捜査一課は神奈川県警の中でもエリート——実際には部署による軽重などないのだが、殺人事件という重大犯罪を捜査する部署のせいか、世間の人も「警察の代表」と見がちだ。実際、仕事もきつい。そして自分の仕事に誇りを持っている人間は、部外者に対して厳しい見方をする。

去年の捜査本部で主力になったのが五係——強盗事件を担当するセクションだ。ここを中心にして、捜査一課の他の係、窃盗事件を担当する捜査三課、機動捜査隊、さらに所轄からも応援を得て、県警としては最大規模の捜査本部が動いた。しかしあくまで、裁判の対象になるのは捜査一課五係である。

五係の係長は、稲田《いなだ》警部。去年の捜査が終わってから異動してきた人で、グレイ・イーグル事件は直接は担当していない。しかし自分の係が事情聴取の対象になることは当然分かっていて、緊張しきった表情で加穂留たちを迎えた。

最初なので、課長の岩下が話をする。

「訟務課です。今回、県警を相手どって起こされた訴訟の関係で、五係の皆さんに事情聴取を行います。県警を守るために、ご協力をお願いします」

稲田が立ち上がってうなずいた。老けている——実際はまだ四十五歳なのだが、顔には皺が目立ち、白髪も多い。全体に疲れて見えるのは、この件を気に病んでいるからか、あるいは他の理由があるからか。五係が今、何も事件を抱えていないことは分かっていたし、今日もここまでは何も起きていないのだが。実際には、捜査一課長に話をつけており、万が一強盗事件が発生した場合は、もう一つの強盗担当係である六係が出動することになっている。

「捜査一課の他の皆さんの邪魔になりますので、外でお願いします」岩下が淡々と言った。まるで会議の日程を相談するような、一切の感情が感じられない声だった。「会議室を何ヶ所か、それと訟務課の部屋を使いますので、しばらくおつき合い願います」

手帳を開き、順番に刑事たちの名前を呼んでいく。こちらも、病院で順番待ちをする人たちを呼び出すような感じだった。それぞれどこへ向かうかを指示する——取り敢えず三人。

「新井《あらい》巡査部長、大田《おおた》巡査長については、本日中に事情聴取にご協力願いますが、時間はまだ分かりません。待機をお願いします」

緊迫した空気が流れる。企業犯罪や汚職などを担当する捜査二課が企業や官公庁に乗りこみ、「これから家宅捜索をします」と宣言した時には、こういう雰囲気になるのではないだろうか。

「上尾部長、お願いします」加穂留はデスクの列の、係長に一番近い席に座っている上尾に声をかけた。このポジションに席があるということは、取り調べ担当であると同時に、係のナンバーツーでもあるのだろう。異動してきたばかりの稲田は去年の捜査の事情をほとんど知らないはずだから、この男が実質、今回の事情聴取では一番重要な対象になる。

右田が上尾の横に並んで一緒に歩いて行く。加穂留は二人の背中を追った。上尾は身長百八十センチぐらい、背広を着ているが、細身の筋肉質だと分かる。ややガニ股《また》気味なのは、自分を大きく見せようとする人間の癖だ——十分大きいのだが。まず、この大きさにビビらないようにしよう、と加穂留は自分に言い聞かせた。

上尾の事情聴取は、訟務課の部屋で行うことになっていた。いつもの打ち合わせ用のテーブルにつかせ、加穂留はペットボトルのお茶を出した。上尾は乱暴にキャップを捻《ねじ》り取ると、ボトル半分ほどを一気に飲んだ。その間、ざっと上尾の様子を観察する。昨日の段階で、写真で確認していたが、その写真はかなり古いものだったようで、目の前の上尾は四十歳手前という実年齢よりも老けて見えた。もみあげと前髪に白いものが混じり、両の目尻《めじり》には皺が目立つ。目つきが鋭く、顎が尖《とが》っているせいもあって、冷たい印象を受けた。この人が取り調べ担当なんだ、と加穂留は少し意外な思いを味わっていた。

取り調べは、総合的な人間力の戦いだとよく言われている。容疑者と正面からぶつかり合う時には、調べる側の人格も問われるのだ。そして担当者の性格が、取り調べの個性になって現れる——昔から取り調べ担当は、主に二種類に分かれるという。人情派とデータ重視派だ。人情派は、身の上話などで相手の心に入りこみ、あるいは反省を引き出して自供を得る。データ重視派は、客観的な証拠を次々とぶつけて、相手の逃げ場所を奪ってしまう。前者は、決定的な証拠がなく、自供頼りになる場合に向いている。後者はある程度証拠が揃っていて、時間がない時などに有利だ。しかし上尾は、冷たく接して圧力をかけ、相手に恐怖感を抱かせて自白させる手法が得意に見える。

「お忙しいところ、すみませんね」右田がようやく口を開く。愛想がいい——というより謙《へりくだ》っている。今にも揉《も》み手でもしそうだった。普段の彼の態度からは考えられない。

「いや」

「面倒な裁判ですね。感覚的に、相手は……」

「クロでしょうね」傲慢な口調で上尾が言い放った。

「そういう感触ですか」

「ああ、ろくでもない奴だよ」上尾が冷たく笑った。「前科こそないけど、相当悪いことをやってきたのは間違いない。逮捕をもう少し遅らせて、周辺捜査を進めておけば、追いこむ材料が手に入ったはずです」

「残念でしたが……今回の訴訟では、取り調べなどに違法な点があったと指摘して、損害賠償を請求しています。今回は、裁判対策としてお話を伺います。こちらの水沼が担当します」

「ああ……」上尾が腕組みをして、唇を捻《ね》じ曲げた。

「よろしくお願いします」加穂留は素直に頭を下げた。

「あんた、経験はあるの？」馬鹿にしたように上尾が言った。

「はい？」

「取り調べの経験って意味だ」

「――多少は」

「おいおい……大丈夫なのか？」上尾が右田に厳しい視線を向けた。

「これは、捜査一課の取り調べではないですから」右田が緩い表情を浮かべてうなずく。「あくまで警察を守るため、裁判のための事実確認です。ご協力願えますか」

「手っ取り早く頼むよ」上尾が座り直す。「これでも忙しい身なんでね」

「では」加穂留も座り直した。手元にはメモ帳だけ。記録係は自分がやる、と右田が引き受けてくれた。とはいえ「取り調べ」ではないので、通常とはやり方が違う。「まず、今回の件は録音させていただきます」

右田がＩＣレコーダーとスマートフォンをテーブルに置いた。ちらりとそれを見た上尾が嫌そうな表情を浮かべる。

「捜査の取り調べではありませんので、後で確認していただく必要はありません。場合によっては再度の事情聴取をお願いすることがあります。特に公判が始まってからは、向こうの出方に対してこちらも対応を変える必要が出てきますので」

「ああ、分かった――前置きはいいよ」

むっとしながら、上尾が椅子の上で少し姿勢を崩す。ふざけた態度だが、加穂留は焦るな、怒るなと自分に言い聞かせた。上尾が苛々しているのは理解できる。仕事上のミスで上から叱責《しっせき》されたり、処分を受けるならば、仕方ないと納得できるだろう。そもそも警察は身内に甘い組織だから、馘《くび》になるというのはよほどのことだ。ただし、外部から訴えられたとなったら、話は違ってくる。裁判所は警察に忖度《そんたく》などしないし、判決の結果は警察内部でも厳しく受け止められる。本人ができることなど何もない——訟務課が盾になるしかないのだ。

「では、始めます。捜査一課の資料によると、グレイ・イーグル事件の首謀者と看做《みな》された長岡《ながおか》拓也《たくや》から初めて事情聴取を行ったのは、昨年の二月二日——間違いないですか」

「昨年、じゃない」上尾が鬱陶《うっとう》しそうに言った。

「しかし、日付は——」

「去年、一昨年、そういう言い方はしない。具体的な西暦、年号、日付をきちんと提示する。そうしないと、調書に残した時に、後で読む人が分からなくなる」

「では、そうします」高圧的な物言いにむっとしたが、ここで喧嘩をしても何にもならないと自分に言い聞かせた。これも上尾のテクニックなのかもしれない。相手を怒らせて本音を引き出す——だとしたら、かなり古いやり方だと思うが。古いだけならともかく、「威圧的だ」と問題になりかねない。実際、今回の提訴でもそこを問題にしているのだ。

日付を正確に言い直して、加穂留は本題に入った。

「この日、自宅にいた長岡を引っ張って、警察署で初めての事情聴取を行っていますね」

「ちょっと待て」

上尾が、ワイシャツの胸ポケットから、ぼろぼろになった手帳を取り出した。去年の年号が表紙に書いてあるのが分かる。

「俺は手帳派なんでね」言いながら、上尾がぱらぱらとページをめくった。「スケジュールは手帳の方が管理しやすい――ああ、そうだな。二月二日、警察署に長岡を呼んだ。間違いない」

「上尾さんは、自宅へは――」

「俺は行っていない。署で待機していた」

「事情聴取は午後二時から三時間、行われています。最初から容疑者扱いで話を聴いたんですか？」

「そりゃそうだ。実行犯の連中のスマートフォンを解析して、通話記録なんかから、長岡の名前が浮かんでいたからな。複数の実行犯に共通する名前が長岡――中心にいる人間だということは子どもでも分かる」

「初日の感触はどうでしたか？」

「まあ……はっきりしなかったな。判断しにくい人間なんだ。ワルなのは間違いないが、分かりやすいワルじゃない。そういう人間がいるの、分かるか？」

加穂留は質問には答えなかった。質問しているのはあくまでこちらである。上尾のペースに巻きこまれてはいけない。

「本人は、容疑について否定した、と資料にあります」

「ああ」

「この日は、三時間事情聴取して、ずっと否定された、そういうことですね？」

「そう考えてもらっていい。細かいやりとりは覚えてないが」

「取り調べ担当の方は、容疑者とのやり取りを全部覚えているのかと思っていました」

「任意の事情聴取と逮捕後の取り調べは違うんだよ」

「……分かりました。完全否定、ということでよろしいんですね？」

「ああ。のらりくらりだったけど、容疑に関しては完全否定だった。その態度は一貫して変わらなかった」

「次に呼んだのが、翌日――二月三日の木曜日ですね」

「ああ」

「二日続きで呼ばれるとなると、本人もかなり容疑が深くなっていることは意識すると思いますが、態度に変化はありましたか？」

「いや、基本的に全面否認が続いた」

「でも、その日の夕方には強盗傷害容疑で逮捕しています。横浜の宝石店強盗事件に関して、犯行を指示した、という容疑ですね」

「ああ」

「逮捕の決め手は何だったんですか」

　この辺の話は、捜査一課から受け取った資料に全て書いてある。ただし、当事者から直接話を聴く必要はあった。資料と食い違いがあれば、その矛盾を解決しなければならないのだから。今のところ、上尾の話に矛盾はまったくない。

「証言だ。それと、携帯の通話記録。携帯といっても、それは実行犯の携帯だけどな。長岡の携帯には、問題のメッセージアプリは入っていなかった。実行犯たちとの通話記録もなかった。奴は、犯行用にはスマートフォンを使っていなかったんだ。基本的には自宅のパソコンで指示を出していたと見られる。事情聴取を進めると同時に、押収したパソコンの解析を進めたところ、同じメッセージアプリの痕跡《こんせき》が残っていた」

「痕跡？」

「削除したつもりでも、完全に削除はできない。ある程度復元可能だったんだよ」

「そのアプリでは、時間が来るとメッセージは自動的に削除されて、残らない仕組みだったと思いますが」

「ああ。ただ、そのアプリ自体が、普通には手に入らないものなんだ。闇サイトで配布されていて、要するにそういうところに集まってくる連中が、秘密の連絡用に使うんだよ。それに実行犯の連中が、長岡が主犯だと供述していたことも大きい。あくまで状況証拠の積み重ねだが、最終的には落とせると踏んで逮捕に踏み切った」

「逮捕の判断は……」

「それはもちろん、然るべき手順を踏んでいる。俺たちが上申して、捜査一課長が許可し、検察もOKを出した、通常の逮捕手順だよ」

「しかし長岡は一貫して容疑を否認し続け、最終的には証拠不十分で不起訴になりました」

「ああ」上尾が不機嫌そうに唇を捻じ曲げる。

「物証が見つからなかったということですね」

「そうなる」

「分かりました。逮捕後の取り調べの様子を詳しく聞かせて下さい」

上尾が手帳に視線を落とす。表情は険しく、いかにも不機嫌そうだった。

「俺は一応、その日の取り調べの記録はつけている。ただし極めて簡単なものだから、役に立つかどうかは何とも言えないな。特にこの件は――」

「どんな感じの記録ですか？」

「二月四日、完全黙秘。二月五日、送検。検事の取り調べにも完黙。二月六日、完全黙秘……ずっとこんな感じだ」

「最後まで完黙ですか？　雑談にも応じなかった？」

「いや、途中からは完全否定だ。逮捕から一週間後に、急に主張を始めた。自分は一切関わっていない、ということで……そのまま勾留《こうりゅう》満期まで主張を変えなかった」

「そして不起訴処分ですか」

「ああ」上尾が認めた。

「周辺の状況などはどうですか？　共犯者――実行犯と長岡をつなぐ指示役も逮捕したんですよね？」

「二人いた」上尾がVサインを作る。「一人は長岡が主犯だったと証言した。もう一人は、長岡という人間はまったく知らないと……証言は食い違っていたが、おかしくはない。全員が長岡と会っていたわけでもないだろうし」

「変な事件ですね」加穂留は首を捻った。「実行犯の中でも、長岡から直接指示を受けていた人間がいる。でも指示役の一人は、会ったこともないという。どういうことなんですか？　犯行グループの実態は？」

「実態なんかないんだよ」馬鹿にしたように上尾が言った。「俺は、長岡が一人で全部準備したんだと思う。狙う場所が決まったら、その都度必要な人間を闇サイトで集めてくるやり方だ。同じ人間がつるんでずっと悪さをしていれば、発覚する可能性が高くなる――それを避けたんだよ」

「過去に、こういうグループ――グループじゃないにしても、この手の連中の捜査をしたことはありますか？」

「神奈川県警ではない。ただし、警視庁や大阪府警が摘発した事件の情報は逐一入ってきている。

「そういうのを参考にした」

「分かりました」

　ここから先が、一番肝心なところだ。加穂留は言葉を切り、訴状に視線を落とした。

「訴状はご覧になりましたか？」

「ああ」

「原告の長岡氏は、上尾さんを名指しで、取り調べ中に暴言を吐かれたり、威圧的な取り調べで自供を迫られた、と言っています。これは事実ですか？」

「冗談じゃない。確かに俺は、こういう顔をしてるから、相手に怖がられることはある。でも自分でも分かってるから、できるだけ穏やかにやってるんだ。今まで一度も問題を起こしていない――それぐらいは、あんたの方で調べただろう？」

「はい。素晴らしい経歴ですね」

「お世辞はいいよ」上尾が顔の前で手を振った。「とにかく、問題を起こしていないから、これだけ長く取り調べ担当をやってきたんだ。少しでも問題があったら、とっくに外されてる。取り調べ担当は、警察の顔みたいなもんだからな――容疑者にとって、という意味だけどな」

「ということは、この訴えは一方的な言いがかりですか？」

「奴は自棄《やけ》になってるんじゃないか？　不起訴になって釈放されてから、すぐに弁護士をつけて文句を言ってきた。果ては裁判で損害賠償請求――要は金だろう。警察から金を分捕って、陰でせせら笑うつもりじゃないか」

「向こうの意図は分かりかねますが、訴状の内容については全面的に否定する、ということでよろしいですね？」

べた。


「もちろんだ」

「では、その線に沿ってこちらも準備をします」

「よろしく頼むぜ。変な因縁をつけられたらたまらないからな」

「その因縁を排除できるように、取り調べの様子を細かく聴いていきます」

「まだあるのかよ」上尾がうんざりした表情を浮かべる。

「まだ始まったばかりですよ？　本番はこれからです」加穂留は可能な限り穏やかな笑みを浮かべた。

5

午前中、上尾の事情聴取を終えた加穂留は、訟務課を抜け出し、先日岩下と一緒に行ったカフェへ一人で向かった。体力も気力も使い果たしてしまっていたし、裁判について誰かと話し合う気にもならない。少しの間だけでも一人になって、気持ちをクリアにしたかった。

先日と同じタコライスとアイスティーもつける。加穂留はそっと満員の店内を見回した。県警本部が近いので、同僚が来ているかもしれない……いなかった。

タコライスは穏やかな味で、気持ちが落ち着く。アイスティーで胃を落ち着かせ、窓の外を見やる。普段はかすかに海が見えるのだが、今日は雨……景色は煙《けぶ》っている。梅雨入り間近だから仕方がないが。

梅雨というと嫌な記憶しかない。加穂留は中学、高校とソフトボールに打ちこんでいた。梅雨時は、外でボールを追いかけることができず、体育館で筋トレの日々。それが無駄になるわけではないが、何だかひどく馬鹿なことをしているような気分になったものだ。

加穂留は一貫して内野を守り、高校では二年生の時にサードのレギュラーポジションを摑《つか》んだ。打順は二番、あるいは三番。三年の時に出場したインターハイでは、準々決勝で敗れたものの、四試合で打率は五割を超えていた。ホームランを狙うような長距離打者ではなかったが、難しいコースのさばき方は自分でも上手《うま》かったと思う。軽くバットを出して内野の頭を越える当たりを打つのは朝飯前だった。少しでもコースが甘ければ、外野の間を抜く鋭い打球を飛ばす。そのバッティングに目をつけた体育大学から「推薦で来ないか」と声もかかっていたのだが、結局は普通に受験して東京の大学に進んだ。インターハイでは「集大成」と言えるぐらい打てたが、そこから上のレベルで通用する自信はなかったし、将来がどうなるか分からないという、漠とした不安もあったからだ。大学、社会人チームで続けて、三十歳を過ぎて一線を退いた後は、どうやって生きていけばいいのか。普通に就職して、結婚して、キャリアも充実させる——そのためには、ソフトボールを続けてもあまり役には立たない、という打算もあった。

そもそも自分は、そんなにソフトボールが得意ではなかったのかもしれない。

大学へ行ってから、高校のOG会に呼ばれて現役選手たちと試合をしたことがあるが、二年ほどプレーしていなかっただけで、すっかり昔の勘を失っていることに気づいて驚いた。まったく打てないし、得意の守備でも、打球の速さに負けてエラーを重ねた。もしも調子に乗って体育大学へ進んでも、活躍するどころか、練習にもついていけなかったかもしれない。推薦で入って、退部でもすることになったら、大学にも居づらくなっていただろう。人生はどうなっていたか。選択は間違っていなかった……と自分を納得させたものだ。

かといって、今の人生が上手くいっているとも言えない。希望の捜査一課に行けずに、警察の中では傍流としか言えない訟務課で燻《くすぶ》っているだけなのだから。ようやく本格的に仕事が始まったが、果たして上手くいったかどうか……上尾にはずっと馬鹿にされているような感じがした。右田はどう思っただろう。この後すり合わせをしなくてはならないが、今後上手くいく自信がなかった。

溜息《ためいき》をつき、アイスティーを啜《すす》る。店内は賑《にぎ》わっていて、客の話し声が空間に満ちている。気持ちに余裕がある時なら、いいBGMに感じられるかもしれないが、今は雑音でしかなかった。

結局、三十分ほどで店を出た。税関前の交差点を右折して、象の鼻パークに向かう。気分転換に散歩するのにいい場所なのだが、今日は雨が降っているので人も少なく、どこか侘《わび》しい感じがしていた。赤レンガ倉庫も煙っていて、全体に灰色の光景になっている。しばらく傘の下にいて、少し離れたところにある象の鼻防波堤をぼんやりと眺めていた。やがて、体が冷えてきて引き返す。

自信――今の自分にないのはそれだ。希望の捜査一課には行けず、訟務課の仕事にもまだ馴染《なじ》めない。そして仕事場へ戻れば、得体のしれない新崎と顔を合わせることになる。何だか……雨に煙る光景と同じように、自分の生活も霧に覆われているようだった。


「お前、雑談に流れ過ぎだな」右田がぴしりと忠告した。

「そうですか？」

「ああいう時、自分の感想なんか言う必要はないんだ。もちろん、話を聞けば何か感じるのは当然だよ？　人間だったら、感じないわけがない。でも取り調べの時は、そういうのは胸に秘めておけ」右田が拳《こぶし》で自分の胸を叩《たた》いた。「話が上手く転がっていない時は、そういう話をしてもいい。自分の感想や雑談が相手の胸に響くこともあるからな。でも今日は、最初から話はきちんと転がっていた。そういう時には、余計なことは言わないで、とにかく話を進めればいいんだ」

「……分かりました」そんなに下手な事情聴取だっただろうか？　所轄の刑事課にいた頃は、様々な事件で関係者から事情聴取をした。そのやり方で上司や先輩から叱責《しっせき》されたことはないのだが……右田は点が辛過ぎるのではないだろうか。

「水沼さん」声をかけられ顔を上げると、向かいに座る新崎がこちらを見ていた。

「はい」

「午前中の事情聴取のポイントをメモでもらえますか？　箇条書きでいいです。それを見て、今後の方針を決めたいと思います」

「分かりました……この後、もう一人に事情聴取しないといけないんですけど」

「夕方までかかりますか？」

「話の流れによります」

「夕方までには終わらせるよ」右田が面倒臭そうに言った。「水沼は、話が長いんだ。修正するようにちゃんと指導したから、次からは上手くやるさ」

「分かりました。しかし、夕方までかかると考えて……明日の午前中までにメモをいただけますか？」

「あの」加穂留は思わず反発した。「新崎さんが仕切るんですか？　組んでやれとは言われましたけど、新崎さんの指示を受けるようには言われていません」

「指示をしているわけではなく、単にまとめているだけです」

「まあ、それがいいんじゃないか？　新崎さんも、いきなり警察的な事情聴取をしろって言われても困るでしょう」右田が皮肉っぽく言った。「弁護士のやり方とはだいぶ違うのでは？」

「午前中の事情聴取を少し聞いていましたが、確かに違いますね」新崎が認める。「弁護士は、あくまで依頼人の利益を優先して話を聞きます。弁護士が信じなければ、依頼人は孤立してしまって、裁判も成立しません」

「ああ、そうだよね。弁護士は、被告が無罪だと信じて弁護しているわけだ」

「日本においては、そういうケースはまずありません。日本の警察は優秀です。有罪にできる確信がない人間を逮捕するケースは少ないでしょう。ですから弁護士は、情状面を訴えられるように話を聞きます」

「そりゃどうも。解説いただいて恐縮ですね。弁護士さんも、情に訴えて罪を軽くしてもらうぐらいしか、やることがないわけだ」

「否定はしません」

棘《とげ》のある会話だが、加穂留はむしろ驚いていた。ここへ来てから、新崎が自分のことを——この業務とは関係ない弁護士時代の話だが——話すのは初めてではないだろうか。もう少し突っこめば、新崎という人間の本性が見えてくるかもしれないが、右田はそこで会話を打ち切ってしまった。微《かす》かな悪意を漂わせせながら。


午後は、上尾の同僚、大田雅彦《まさひこ》巡査長から事情聴取を行った。三十四歳。去年の事件では、外回りとして様々な人間に事情を聴き、情報を集めてきた刑事である。

上尾は、時折加穂留に対して敵意を剝《む》き出しにしてきたが、大田は大人しかった。こちらの質問に丁寧に答え、淀《よど》みもない。

なさ過ぎる。

時間があったから、質問を予想して答えを準備していたのだろう――直接取り調べを担当したわけではないので詳しいことは知らないが、五係の中でトラブルがあったということはない。大変な事件だったが、通常の捜査と同じ雰囲気だった。上尾が取り調べで難儀しているのは分かっていたが、それで様子がおかしくなったことはない――要するに何もなかった、ということである。

突っこむこともできず、どうにも浅い事情聴取になってしまったが、これは仕方がない。右田も何も言わなかった。

五時過ぎ、事情聴取終了。右田はさっさと帰り支度を始めた。

「右田さん、メモは……」

「ああ、頼むわ。簡単でいいからさ」

さすがに無責任だと思って、加穂留は食い下がった。

「二人でやった方が早くないですか？　明日の午前中に、メモを上げないといけないんですよ」

メモを上げるべき相手、新崎も既に姿を消している。何だか、自分だけが仕事を押しつけられている感じだった。

「今日は子どもの誕生日でね」右田がさらりと言った。

「ああ……」

「早く帰ってやらないとまずいんだ。ワークライフバランスってやつで」

「はあ」

「というわけで、よろしく頼む。後で何かで返すから」

「そうですか……」

「じゃあな」

右田はさっさと帰ってしまった。何なんだ……とはいえ、メモは作らなくてはいけない。あまり時間がないのだ。公判日程はこれから決まるのだが、主任弁護士を務める真由美の読みでは、論旨が明確な訴状なので、比較的早く始まるのでは、ということだった。訟務課の調査で何か面倒な事情が出てくれれば別だが、梅雨明けぐらいには初公判と見ておいた方がいい、という予想だった。

だったらとにかく、必死で素早くやるしかない。

事情聴取の様子は全て録音してあるが、テープ起こしまでする必要はないだろう。記憶と自分のメモを頼りに書き出し、あやふやなところは録音を聞き直して確認する。

今話を聴いたばかりの大田の方を先にやることにした。記憶が新しいし、難しい話にならなかったので、メモにするのも簡単だ——しかしどうせなら、徹底して細かく内容を盛りこんでおこうか。新崎が読みこむのに時間がかかるように……いや、そのメモを元に今後の方針を決める作業は自分もやるのだから、この段階であまり詳しくしてしまうと、自分の首を絞めることになる。同じようにメモを作っている他のスタッフにも「できるだけ簡単に」と声をかけようとしたが、そんな頼みは筋違いだろう。

午後六時、取り敢《あ》えず大田の事情聴取の内容をメモに落とし終えた。指で目を押さえる——こんなことでは眼精疲労は治らない。大きく伸びをし、腕をぐるぐる回すと、異常に肩が凝っているのが分かった。普段は肩凝りなどしないのだが……今日が、それだけきつかったのだ。

「ほれ」

声をかけられ、はっとして姿勢を正す。デスクにお茶のペットボトルが置かれた。

「課長……」

「差し入れだ。残業は褒められたものじゃないけど、今回はしょうがないな」

「右田さんはさっさと帰りましたよ」

「子どもの誕生日だろう？　それは勘弁してやれ。奴のところ、子どもふたりの誕生日が一緒なんだ」

「双子ですか？」

「いや、九歳と六歳かな？　本当に偶然で誕生日が同じなんだ。一回で済むからいいけど、それはそれで結構大変らしい」

「そうなんですか……」独身の自分は、一人パソコンに向かっているのだが。何が人生設計だ、と高校時代の自分に言ってやりたかった。希望の職場に行けず、結婚もしていない。これだったら、思い切って体育大学へ行ってソフトボールに徹底的に打ちこむべきだったかもしれない。ギャンブルのような人生だが、時にはギャンブルだって必要なのではないか。

「あの、課長……」

「何だ？」

「ちょっといいですか」

「いいよ」岩下が、右田の席に腰を下ろす。

「新崎さんって、どういう人なんですか」

「いや、俺もよく知らないんだ」

「でも……」

「上の指示だからな」岩下が人差し指を立てる。

「でも、見つけてきたのは課長でしょう」

「昔からの知り合いってわけじゃない。ただ見つけてきただけだ。前科がなければ問題ないだろう？」

「でも、事情は聞いてるんですよね」

「そんなに気になるか？」

「なりますよ」加穂留は認めた。「新崎さんが所属していた事務所の所長、何か事情を知っているのに隠しているみたいなんです」

「取材したのか？」岩下が眉《まゆ》をひそめる。

「取材はしてません。ちょっと裏から手を回して調べただけです」

「お前も怖いね」岩下の顔が引き攣《つ》る。

「そうですか？」

「どういう手段を持ってるんだよ。とにかく、お前のことは怒らせない方がいいな」

「そんなんじゃないですけど……課長、新崎さんとは初対面みたいな感じなんですか？」

「そうだよ」

「どうやってスカウトしたんですか？　法曹界に、そんなに知り合いが多いんですか？」

「そりゃあ、俺も警察は長いからな。顔は広いんだ」

「こんな話が出た時に、おかしいと思いませんでしたか？　ちょっと調べてみたんですけど、全国的に見ても、弁護士が警察に入って、訟務に関わるなんてないですよね」

「しかし、警察学校に入って、交番勤務から始めることに比べれば、不自然じゃないだろう。専門家として法律で勝負するという意味では、同じようなものだし。企業に勤める弁護士みたいなものだよ」

「うーん……」加穂留は顎《あご》に手を当てて視線を下に向けた。ぱっと顔を上げると、岩下も困ったような表情を浮かべている。「本当は、よく知ってる人なんじゃないですか」

「根拠ない疑念だろう」

「ないです。勘です」

「お前の勘は、まだまだだな……いい加減にして早く帰れよ」

「右田さんは先に帰っちゃうし、新崎さんからは急《せ》かされてるし、今夜は徹夜覚悟です」

「大袈裟《おおげさ》だ——無理するなよ」

無理するなと言いつつ、手は打ってくれないわけだ。課長も、労務管理という意味ではイマイチの人ね、と加穂留は内心呆《あき》れた。

結局八時までかかって、メモを書き上げた。最終的には明日の午前中にチェックしよう。というより、右田に投げてしまってもいいのではないだろうか。自分がベースの部分を作ったのだから、仕上げぐらいは先輩がやってくれてもいいはずだ。

帰るか……デスクの前でストレッチをしていると、業務用のスマートフォンにメッセージが入った。右田？　こんな時間に何だろうと思うと、ケーキを前にした子ども二人の写真を送ってきていた。メッセージは一言、「ＨＢＤ」だけ。子どもの誕生会の証拠写真？　あの人、私が何か疑っていると思ってたのかしら。実際は呑《の》み会に行っているのでは、とか。

どうでもいい。

加穂留はスマートフォンをバッグに入れて、訟務課を出た。自分が最後の一人……夜八時だから、まだ眠くなる時間ではないが、さすがに今日は疲れた。よく眠れそうだが、明日もきつい仕事が待っている。

加穂留の実家は、相鉄いずみ野線弥生台駅の近くにある。大きな施設もない住宅街だが、静かで落ち着いているのは取り柄だ。ただし加穂留は、東京の大学へ進学するタイミングで家を出た。相鉄いずみ野線というのは東京へのアクセスがイマイチで、大学へ行くまでに三回も乗り換えねばならなかったのだ。神奈川県警に入ってからも、実家へは戻らなかった。県警の最寄駅である馬車道、あるいは日本大通りへ行くには、横浜駅でみなとみらい線に乗り換えれば済むのだが、警察の仕事は夜遅くなることも、早朝に呼び出されることも少なくない。できるだけ近くに住みたかった。

何より、父との二人暮らしは避けたかった。

加穂留の一族は公務員一家だ。父親は県警の刑事。亡くなった母親も警察で警務畑を歩いてきた。その他の親戚《しんせき》も公務員だらけである。加穂留にはいとこが三人いるのだが、それぞれ神奈川県庁、大和《やまと》市役所、藤沢《ふじさわ》市役所に勤務している。伯父の島谷が弁護士をやっているのは例外的だが、弁護士も国家資格を取得しないと開業できないという意味では、公務員のようなものではないだろうか。

とにかく、今は一人暮らし。普段は誰にも気を遣わないで楽なのだが、こんなふうに仕事で遅くなった時には少し困る。職場などで夕食を済ませてしまえたら問題ないのだが、帰宅途中で食べるとなると、ハードルが上がる。いや、横浜だから遅くなっても飲食店はいくらでも開いているのだが、大抵は酒とセットなのだ。加穂留は晩酌をする習慣はなく、夕食はできるだけ早く、さっと済ませたいタイプである。今夜はどうしたものか……温めるだけで食べられる冷凍食品は用意しているが、それも味気ない。かといって時間が遅いから、途中で買い物して自炊していたら、夜中になってしまう。

加穂留は、地下鉄ブルーラインでＪＲ関内駅――県警本部まで十分ほどだ――から二駅の阪東橋駅近くにマンションを借りていた。大岡川《おおおかがわ》を挟んだ反対側は京急の黄金町駅。かつては風俗街だったというが、二十一世紀に入ってから環境改善運動が行われ、今では「アートの街」として知られるようになっている。加穂留は、風俗街だった時代の黄金町を知らないが、今でもざわざわした雰囲気は残っていて、夜に一人で歩くには少し気が引ける。

一方阪東橋は、伊勢佐木町《いせざきちょう》に連なる存在とも言える。イセザキモールの端でもあり、加穂留が住むマンションから伊勢佐木町までは、歩いても行ける。そして横浜橋通商店街……全長三百五十メートルもあるアーケード街は昭和の香りが濃厚で、食べ物系の店が多い。休日にざっと歩いただけで、一週間分の惣菜《そうざい》が揃ってしまったりするぐらいだ。

とはいえ、この時間になるともう、ほとんどの店が閉まっている。しかも雨……県警本部から関内駅へ歩いて来るまでに濡《ぬ》れ、阪東橋駅を出て歩き出して、また濡れてしまう。駅から家までは歩いて五分ほどなのだが、その道のりが異常に長く感じられた。しかも腹が減っている。昼に食べたタコライスは、とうに胃から消えていた。

駅を出て、藤棚浦舟通りを歩き出す。南《みなみ》区役所の手前で左折した先が自宅マンションなのだが、周辺にはコンビニエンスストアもない。駅の近くで何か仕入れていくか、ファミレスか……こういう時につくづく、一人暮らしを侘しく思う。誰かに料理を作って待っていて欲しいというわけではなく、一緒に食べる相手がいないのが辛《つら》い。

だけど、こんなことで落ちこんでる場合じゃない。

気を取り直して歩き始めてすぐ、今まで存在に気づかなかった店に気づいた。マンションの一階に入っているパスタの店……看板を見ると、二日前に開店したばかりらしい。工事をやっていた記憶はあるが、パスタの店とは思わなかった。パスタか……悪くない。「生パスタ」の店を謳《うた》っているから、時間もかからないだろう。ここでさっと食べて家に帰り、雨に濡れた体をシャワーで温めてすぐに寝よう。

明るい雰囲気の店内だった。レストランというよりカフェ。什器《じゅうき》は白で清潔に統一され、明るい照明がその雰囲気をさらに高めている。席は三分の一ぐらい埋まっていた。三分の一ぐらい「しか」埋まっていないというべきか。開店したばかりなのにこの感じだと、味も期待できないかも……と思ってメニューを見たら、ラストオーダーが午後九時だった。既に八時四十分。もう客の波は引いた時間なのだろう。

メニューは基本的に、ベーシックなものしかないようだ。時々、やけに凝った、正体が想像できない名前をつけた料理を出す店があるが、ここのメニューは見ただけで全て分かる。基本はパスタ。あとはサラダとスイーツが少しあるだけで、イタリアンの店なら当たり前に揃えてあるワインリストはごく短い。全体の印象はいい――美味《うま》かったら、愛用することになりそうだ。

初めて入る店なので、一番ベーシックなペペロンチーノを頼む。ただしペペロンチーノはもりそばのようなものなので、多少は栄養バランスを考えてミニサラダをつけ、少し迷ってトッピングに茄子《なす》とチョリソーを加える。飲み物はアイスティー。暑かったからビールをやってもいいのだが、何故か今日は酒を呑む気になれなかった。

生パスタは茹《ゆ》でる時間が短い――予想通り、料理はすぐに出てきた。サラダは「ミニ」とはいえボリュームたっぷりで、酸味の強いドレッシングが食欲を刺激する。ペペロンチーノは、ニンニクのいい香りをまとって登場した。ほぼ素のパスタに混じったニンニク片と唐辛子。散らされたイタリアンパセリの緑が映えている。

一口食べて驚いた。ニンニクの香りが口中を突き抜けるが、決して下品な感じではない。ニンニク本来の特徴と相反する表現だが、爽《さわ》やかとしか言いようがない味だった。大ぶりに切られた茄子は素揚げされただけで、茄子特有の食感が楽しめる。チョリソーのしっかりした辛味は、全体を引き締めてくれた。

こんなレベルの高い店が近くにできたんだ、と嬉《うれ》しくなる。調子に乗って「シェフを呼んでくれ」と言いたくなってきた。

呼ばなくても向こうから来た。

「加穂留？」

パスタの最後の一口を食べ終えたところで顔を上げる。慌てて呑みこみ――呑みこむのがもったいなかった――声をかけてきた相手の正体にすぐに気づく。

「理香《りか》？　何で……いや、シェフをやってるのは分かってるけど、何で？」

「加穂留、混乱し過ぎじゃない？」理香が苦笑する。

「いやいや……だって、何年ぶり？」

「OG会で、あんたがエラー三つした時以来」

「何で嫌なこと思い出させるかな」

「加穂留のエラーはショックだったから、覚えてるのよ。高校時代は、困ったらあんたのところへ打たせれば何とかなったのに」

「しょうがないでしょう、もう引退してたんだから……話して大丈夫？」

「いいよ、もう料理は全部出たから」志村《しむら》理香が前に座った。変わっていない――いや、相当変わった。理香は高校の同期で、ソフトボール部のエースだった。インターハイ出場は、ひとえに彼女の力による。卒業後は大学には進学せずに、社会人チームに入ったのだが、すぐに肘《ひじ》を傷めてしまい、わずか二年で引退した。最後に会ったのはその直後……会社を辞めて、シェフになると言っていたのを鮮明に覚えていた。怪我でソフトボールの道を閉ざされたのに、あまり表情が暗くなかったのが意外だった。確かに彼女は、高校生の頃から食べることも料理を作ることも好きだった。しかし大事な指先を守るために、料理は自主規制していた。

「シェフになった話は聞いたけど、東京にいるんだと思っていた」かなり流行《はや》っている名店で働いていると、同期の噂話で聞いた。持ち前の我慢強さと努力を厭《いと》わない性格で、イタリアにも修行に行き、メキメキと腕をあげたのだという。

「今年の頭まで。いつかは地元に戻ってこようと思ってたんだ。たまたまいい物件が見つかったから、チャンスだと思って」

「パスタ専門なんだ」加穂留は店内をぐるりと見回した。「イタリアンの店じゃなくて」

「ラーメン屋みたいな感じね」理香が屈託なく言った。

「それ、近いかも。お洒落ラーメン屋」

「気楽に食べてもらえる店の方が嬉しいから」

「流行るよ」

「そう？」

「美味《おい》しかった。あんた、すごいね」

「まあね。一生懸命修行したから」

「やっぱり大変だった？」

「まあ……ソフトボールの方が楽だったかな。才能だけでやれたし」

大胆なことをさらりと言う。確かに理香は、必死に練習していたイメージはない。もちろんサボっていたわけではないのだが、加穂留が泥だらけになってノックを受けたり、手の豆が潰《つぶ》れるのに耐えながら素振りをしている間、淡々と投球練習をしていた……それでも確実に空振りが取れるライズボールと、内野ゴロを打たせるための小さく曲がるスライダーが絶品だった。実際理香は、試合で二イニングにまたがって、五連続でサードゴロを打たせたことがある。最後は横っ飛びで辛うじて押さえてアウトにしたので、ユニフォームは泥まみれ……理香は、無理に三振を取りに行かず、省エネでアウトを稼いだせいか、汗もかかずに涼しい表情を浮かべていた。

「五連続サードゴロって、ギネスブックとかに載ってもいいぐらいじゃない？」

「まさか」理香が声を上げて笑った。「それで、加穂留は？　ここに食べに来たっていうことは、近くに住んでるとか？」

「そう、ここから五分ぐらい」

「で……警察にいるんだよね？」理香が少し声を低くした。

「うん」加穂留はバッグから名刺を取り出して渡した。

「訟務課……どういう仕事？　捜査一課とかじゃないんだ」

「まあ、バックアップの部署的な？　詳しいことはまた話すわ。理香、実家へ戻ったの？」

理香の実家は、確か弘明寺《ぐみょうじ》である。地下鉄にも京急にも弘明寺駅はあるが、京急に近い方だったと思う。

「ううん、今は上大岡《かみおおおか》。実家の近くだけど……結婚したから」

「初耳なんだけど」非難するように言ってしまって、加穂留は後悔した。考えてみれば、互いの連絡先も知らなかったのだ。それぞれ必死に仕事をしていたら、連絡も取りにくくなってしまう。それに、進学や就職がきっかけで、メールアドレスなどが変わることも珍しくなく、よほどまめに連絡を取り合っていないと、関係は切れてしまうものだ。もっとも、友だちづきあいに熱心な人は、ＳＮＳなどをチェックして繋《つな》がりが切れないように努力しているのだが。加穂留はそういうことをしない。理香も同じだと思う。理香は何事にも泰然としたタイプなのだ。泰然というか、細かいことは気にせず、自分のやりたいことだけやるタイプ。そういう人間でないと、ピッチャーとしては大成しないのかもしれない。

「ごめん、ごめん」理香が声を上げて笑った。「去年結婚したのよ」

「それで今年、この店をオープン？　怒濤《どとう》の一年じゃない」

「まあね」そう言いながら、理香は疲れた様子も見せなかった。選手時代からタフだったのは間違いないが、スポーツ選手に要求されるタフさと仕事で必要なタフさは別物である。実生活が充実していて、疲れを感じる暇もないのかもしれない。

「旦那《だんな》さん、何してる人？　どこで知り合った？」

「それは、後で話すよ……話すと長いから。絶対、近いうちにゆっくり会おう」

「分かった。理香の連絡先は？」

「ＬＩＮＥの交換でもしておく？」

「そうだね」

理香が厨房《ちゅうぼう》に引っこみ、スマートフォンを持ってきた。連絡先を交換して、加穂留はすぐに料金を払った。千五百円分の価値がある味だったな、と嬉しくなる。

「理香さ、これから私のシェフになってよ」

「どういう意味？」

「スポーツ選手が、栄養バランスの取れた食事を摂るために、お店と契約しているっていう話を聞くじゃない？　私もそうしたいな」

「体作りのために？」

「今更？　自分で作るのが面倒なだけだよ」

「ご飯ぐらい自分で作りなよ。栄養バランスを考えたら自炊が一番なんだから。うちに食べにきてくれるのは大歓迎だけどさ」

「毎日でもいいけどなあ」

「毎晩パスタばかり食べてたら、さすがに太るよ」

「はいはい」

古い友人との気安い会話で、一気に気が緩んだ。

「私、ついてるわ」

「何が？」

「今日、結構きつくて。でも理香に会えて、気が抜けた」

「私でガス抜きしないでよ」抗議するように言ったが、理香は笑っていた。

帰り道――雨も上がっている。何だか急に運が上向いてきたように感じた。

6

翌日、出勤してすぐに右田にメモを見せ、内容を確認した。右田は自分のメモとつき合わせ、さらに録音を聞いて数ヶ所を訂正したが、それでも十時前には事情聴取のメモは完成した。締切に悠々間に合う――メモを共有ＨＤに保存して、前に座る新崎に「出しました」と告げる。

「ありがとうございます。他のメモも出ていますから、目を通して下さい。読んだら、今後の展開について相談しましょう」

すぐに、自分以外のスタッフが作ったメモに目を通し始める。どれも必要最低限にきちんとまとまっていた。内容は同じようなもの……違法な取り調べはなかったかと確認するものである。中でも新井巡査部長への事情聴取が重要――新井は、上尾が取り調べをする時に、必ず記録係として取調室に入る人間なのだ。いわば相棒。上尾の取り調べの様子を全て知る人間である。

不法行為、一切なし。しかし最後には、事情聴取したスタッフの印象として「弱気だが真面目なタイプ。上尾を庇《かば》って嘘をついている可能性あり」と記してあった。

これは無視できない。加穂留はすぐに、新崎にこの件を指摘した。

「私も気になってました。担当したのは……」

「福田《ふくだ》さん」

「呼んだ？」近くの席に座る福田佳奈《かな》が立ち上がった。

「ちょっとよろしいですか？」新崎も立ち上がり、打ち合わせ用のテーブルに向かう。加穂留も慌てて後を追った。

佳奈は四十一歳、加穂留以外ではただ一人の訟務課女性スタッフで、八歳の子どもを育てる母親でもある。ずっと生活安全部の少年捜査課にいたのだが、数年前に自ら希望して訟務課に異動してきたのだという——正確には、訟務課を名指しではなく「定時で帰れるところ」へ。警察を辞めて育児に専念するつもりはないが、子どもが大きくなるまでは子育て中心で行きたい。と。夫も警察官で、捜査三課の刑事であるせいか、この希望はすぐに受け入れられた。県警も、女性警察官のキャリアをどう構築していくか、いろいろと試行錯誤している。

「お忙しいところ、すみません」

新崎が馬鹿丁寧に頭を下げた。佳奈が怪訝《けげん》そうな表情を浮かべる。同じ課の仲間なのにどうしてそんな他人行儀に……という感覚なのだろう。新崎が普通に溶けこんでいるとは言えないと思うが。

「新井巡査部長への事情聴取なんですが、この印象についてご説明願えますか？」

「書いた通りですよ。それにただの印象ですから、具体的な根拠はありません」

「弱気だが真面目というのは……」

「そのままの意味です」

「何か、感じる部分はありましたか？　言動の中で、そういう性格を感じさせることがあったとか」

「全体的な印象としか言いようがないですね。ただ……土下座エピソードが出てきました」

「土下座？」新崎が嫌そうに眉をひそめた。彼の人生の中では、誰かが土下座するようなことなどなかったのだろう。

「所轄時代ですけど、先輩にミスを咎《とが》められたらいきなり土下座したそうです。処分されるような重いミスではなくて、普通に仕事をしていれば起こり得る単純ミスだったそうですけど……所轄では今でも語り草になっているそうです」

「そういう人が、捜査一課に行けるものですか？」そんな弱気な人が、と加穂留は首を捻《ひね》った。それなら自分だって……。

「真面目で、言われたことはどんなにきつい命令でもこなす人だから、上からすれば使いやすいんでしょうね。だから記録係も任されている」

「違法行為を隠蔽《いんぺい》する手伝いもしそうなタイプですか？」新崎が厳しく突っこむ。

「想像ですが、上から命令されれば何でもやりそうには見えます」

「裏は取れますか？」

「今のところ、上尾さん本人が否定しているから、それを覆す材料は……というか、裏を取るのは、原告側弁護士の仕事では？」佳奈が冷静に指摘する。

「失礼しました」新崎がさっと頭を下げる。「しかし、この事件の肝になるところだと思います」

「それはそうかもしれないけど……」佳奈は不満そうだった。何故こんな話で突っこまれるのか、理解できない様子である。加穂留も——いや、新崎が気にする感覚は分かるが、訟務課の本筋からは外れている。

「新崎さん、これぐらいで」加穂留は釘《くぎ》を刺した。「疑問が出れば、改めて、ということで」

「じゃあ……」佳奈が立ち上がる。ちらりと加穂留を見た視線には、同情心が読み取れる。あなたも、変な人と組まされて大変ね——と。

　まったくその通りだ。ただし加穂留の場合、新崎に対する生理的な嫌悪感はない。自分もまだ訟務課では日が浅く、仕事に関するプライドが持てていないからかもしれない。正直に言えば、こういう変な人にはむしろ興味がある。危ない感じはなく、ただ謎なだけ……仕事が忙しくなってしまったので、新崎に関してはまだ何も調べていないが、改めて調査してみてもいい。自分も警察官なのだし、その能力を解放すれば、一人の人間を丸裸にするぐらい、難しくないはずだ。

ただしそれは、この裁判の行方に目処《めど》がついてからだ。

「ちょっとやってみたいことがあるんですが」新崎が遠慮がちに切り出した。

「何ですか？」

「上尾さんの周辺の人に話を聴けないでしょうか。上尾さんを丸裸にしたいんです」

「どうやってですか？　直接話を聴くんですか？」

「これが通常の捜査だったら——どうします？」新崎が両手を組み合わせ、肘をテーブルに載せた。

「それは……周辺捜査です。現在、過去を問わず、関係した人に話を聴いて、対象がどんな人間なのか、割り出します」

「じゃあ、それをやりましょう。あなたなら、これまでの上尾さんの所属先から、同僚の名前を割り出せるでしょう。そういう人をリストアップして下さい」

「ええ……」何だか急に話が動き出して、戸惑う。

「できれば、今日の午後から動きたい。課長には私から話しておきます。課長に話が通っていれば、問題ないですよね？」

「ええ」

「では、お願いします」

新崎がさっさと課長室に入って行く。加穂留は自席に戻ったが、どうにも釈然としない。右田がすかさずこの件をいじってきた。

「新崎先生、何だか急にやる気を出したみたいじゃねえか」

「聞こえてました?」

「狭い部屋だから、聞こえるさ。何かあるのかね?　普通、うちではマル対の周辺調査まではやらないぜ」

「ですよね」

「何か、俺らが気づいてないことに気づいたとか……お前、事情聴取のメモは全部見たよな?　何か怪しいところはなかったか?」

「基本、無理な取り調べはなかったと全面否認です」ある意味、口裏を合わせたように。

「そうか……だけど引っかかるよな。先生、何を気にしてるのかね?　情報共有しておけよ。知らない間に変な情報が出て、裁判に影響が出たら困るからさ」

「そんなことぐらい、新崎さんも分かっていると思いますけど」弁護士もチーム仕事には慣れているだろう。軽微な刑事事件なら、一人で全て担当することもあるかもしれないが、大きな事件だったらチームを組んで弁護に当たるのが普通のはずだ。そのための基本は情報共有——そんなことは、どんな仕事でも同じだと思うが。


午前中一杯かけて、加穂留は事情聴取できそうな人間のリストを作った。とは言っても、それほど多くはない。上尾は所轄から本部に上がって以来、捜査一課一筋。つき合いのある人間も限られている、どころか、ずっと捜査一課で机を並べている人間も何人もいる。そういう人の話を聞くのは難しい——実質的に不可能だ。上尾の人間性を問うような質問をしたら、その情報はすぐに上尾の耳にも入ってしまうだろう。結果として、激しい抗議がくるのは簡単に予測できる。新崎が上尾の人間性に興味を持つのは理解できないではないが、もう少しやり方を考えるべき……そう思ったが、加穂留も上手い手を考えつかない。

ランチの前に、加穂留は取り敢えず真っ先に話を聴くべき相手を一人、決めた。所轄の刑事課時代、指導官として直接上尾に刑事の基礎を叩きこんだ先輩・富永《とみなが》。その後は本部と所轄の勤務を繰り返しながら出世し、現在は山下署の刑事課長になっている。四十八歳。加穂留は顔見知りではないので、右田に訊《たず》ねてみた。

「富永さん？　有名な人だよ」

「そうなんですか？」

「神奈川県警囲碁大会の永世名人」

「はい？」

「毎年一回、レクで囲碁大会をやってるの、知らないのか？」

「知りませんでした」加穂留は囲碁だけでなく、ボードゲーム全般にまったく興味がない。休憩時間に行われている対戦を横目で見るぐらいで、県警全体の大会まで行われているのは全く知らなかった。

「そこで三年連続優勝して、『もう出ないでくれ』ということで永世名人に祭り上げられた」

「ということは……どんな人なんでしょうか」

「さあな」右田が無責任に言った。「個人的には知らない。お前が囲碁のことでも分かれば、話すきっかけになるかもしれないけど」

「全然分かりません」

「新崎先生は？」右田が振り返り、テーブルについている新崎に声をかけた。新崎がゆっくりと顔を上げ、「何ですか？」と低い声で訊ねる。

「囲碁。先生、囲碁は分かるかい？」

「いえ」

「じゃあ、分からない同士で頑張って下さい」

右田も、何もこんなに皮肉っぽく言わなくてもいいのに。加穂留は資料をまとめて新崎のところへ行った。新崎は、事情聴取のメモに必死に目を落としている。

「すぐ会えそうな人が、山下署にいます」

「中華街の入り口のところの署ですか？」

「そうです。どうしますか？」

「アポを取らないといけないような人でしょうか」新崎がようやく顔を上げる。

「いえ」刑事課長が現場に出るような事件は滅多にない。それこそ捜査本部を作らなければならないレベルの殺人事件ぐらいである。今日は県内は平穏……会議などに忙殺されている恐れはあるが、それはいつかは終わる。待っていればいいだろう。「行けば会えると思います」

「では、早速行きましょう」書類をまとめて新崎が立ち上がる。

この人はどうしてこんなにせっかちなのだろう。普段どういう暮らしぶりなのかは全く分からないが、こんな風にせっかちにしていたら、奥さんは迷惑するのではないだろうか——結婚しているかどうかも知らないのだが。

県警本部から山下署までは微妙な距離だ。一キロぐらいで、十分歩いていけるのだが、急いでいる時は困る。訟務課はパトカーなどの警察車両を使えるわけではないので、タクシーを摑まえて後で精算しようかと思ったが、一キロの距離にタクシーを使ったら、岩下に皮肉を言われかねない。岩下は健康オタク——というか走るのが趣味で、年に何回かはマラソン大会に出場しているというのだ。山下署へ行くのにタクシーに乗ったら、精算の判子は押してくれても、走ることの効能をたっぷり聞かされそうだ。結局、早足で向かうことにする。

新崎は、走るようなイメージはないのだが、異常な早足で急いだ。ユニフォームを着ていたら、競歩かと思うようなスピードである。山下署の場所は分かっているようで、一切迷わない。加穂留は唐突に空腹を感じた。本部を出たのがちょうど昼過ぎ。普段ならランチの時間である。ということは、向こうも昼食中で席を外している可能性がある——何とか追いつき「先にご飯にしませんか」と声をかけた。

新崎がちらりと振り向き「後にしましょう」とあっさり言った。

「でも、向こうも昼食中かもしれませんよ」加穂留はやんわり反論した。

「それなら待つだけです。着く頃にはもう食べ終わっているかもしれないし」

「そこまでせっかちにならなくても」

新崎が急に立ち止まったので、加穂留はぶつかりそうになった。新崎が振り向き「時間はないと思いますよ」と冷たい口調で言い放った。

「でもまだ、裁判の日程も決まってないじゃないですか」

「経験的に分かります。初公判までに材料を揃えておかないと、後手に回ることになるんです。裁判が始まってから慌てて証言や証拠を揃えようとしても間に合わない。あらゆることを想定して、話を聴くべき人には聴いておかないといけないんです」

「それが弁護士のテクニックですか？」

「警察も同じでは？　しっかり準備してから逮捕する――今回の件は、それを怠ったから不起訴になったんでしょう」

「はあ」何だか自分が説教されているような気分になってくる。

「とにかく行きましょう。時間を無駄にしたくない」

だったら予《あらかじ》めアポを取る方がいいのだが……新崎は無意識のうちに、警察官的なやり方を取っている。関係者に事情聴取する際は、事前に連絡を取らないのも手だ。相手は心の準備ができないから、つい本音を吐いてしまったりする。

本町通りを大さん橋入口の交差点で右折する。この辺は街路樹が豊かで、夏場などは歩いていて楽しいところなのだが、今は雨が葉から滴って歩道に跳ね返り、鬱陶《うっとう》しいだけだ。新崎は依然として迷わずに歩き、中区役所前の細い交差点を左折した。ほどなく、山下署の裏手に出る。警察署にしては珍しく、凝ったデザインの庁舎なのだが、何風かと言われると困る。コンクリート打ちっぱなしでモダンな感じもするものの、優雅な曲線は、戦前の建築をイメージさせる。

そして正面に回ると、途端に中華街の喧騒《けんそう》に放りこまれる――昼間でも派手な印象を振り撒《ま》く中華街を見ると、また空腹を意識する。そういえばこの辺に、隠れ家的な店があるのだった。有名店でも高級店でもなく、本格的な店が並ぶ中に紛れこんだ町中華のような店なのだが、安くて美味い。加穂留は特に中華風の冷奴《ひややっこ》が好きだった。豆腐、大量のネギ、胡麻《ごま》油と塩――材料はこれだけ。店の人に聞いたので間違いないが、自宅で作っても絶対に同じ味にはならないのだった。まあ……昼間食べるとネギの臭いが残るので、人と会う予定がある時には食べられないのだが。

新崎はさっさと署に入って行った。大胆というか何というか……警察に入ったばかりの人なのに、もうすっかりベテランのように振る舞っている。今のところはトラブルはないが、こういう態度が気に食わない人もいるだろう。いつか問題が起きるのでは、と加穂留は心配していた。

まず自分が喧嘩《けんか》するかもしれないが。

慌てて新崎の後を追う。刑事課は二階……勝手に上がっていこうとして、まず近くにある警務課のスタッフに呼び止められる。

「すみません、訟務課のものです」加穂留は慌てて言ってバッジを示した。「刑事課に用件がありまして」

「ああ……どうぞ」そう言いながら、ベテランの制服警官は、新崎に疑わし気な視線を向けていた。

「あの人は新人です」加穂留はつけ加えた。

「あ、そう」それで納得したかどうか、制服警官が引き下がる。

エレベーターに乗りこむと、加穂留はすぐに新崎に忠告した。

「他のセクションに入る時には、必ず身分証明書を提示して下さい」

「なるほど」

「常識だと思いますが」

「それは警察の常識で、世間の常識じゃないでしょう」

「新崎さんは今、警察職員なんですよ。警察の常識に従って動くべきでは？」

まだ続けようとしたが、エレベーターの扉が開いてしまった。考えてみれば、二階へ行くのに、何故エレベーターを使ったのだろう。あんなに急いでいたのだから、エレベーターを待たずに階段を使えばよかったのに。

何だかチグハグだ。

新崎が刑事課の部屋に入って行こうとしたので、加穂留は慌てて止めた。

「私が先に行きます」

「どうして」

「愛想ですよ」加穂留は人差し指を頬に当てた。「初めて会う人には、愛想を振りまいておかないと。新崎さんは、愛想ゼロじゃないですか」

「愛想が必要な人生を送ってきませんでしたからね……任せます」

こういうところでは意地を張らないわけだ、と加穂留は内心首を捻った。この男のこだわりが何なのか、さっぱり分からない。

所轄の刑事課の造りは、規模の違いこそあれ、だいたい同じものだ。出入り口から見て一番奥の場所に課長席があり、その後ろの壁には神棚。課長席に人はいない——しかし、その横にある応接セットに二人の男が向かい合って座っていた。将棋か……所轄時代には、こういう光景をよく見た。警察官にはボードゲーム好きが多く、昼休みには早指しで囲碁や将棋を楽しむ人が多い。早指しなのは、いつ事件が起きるか分からないからだろう。

「失礼します」加穂留は二人のところへ近づき、声をかけた。年長の方の男が顔を向ける。若い方は、将棋盤に視線を落としたまま……どうやらきびしく攻めこまれて、考えこんでいるようだ。

「訟務課の水沼と申します。刑事課長……」

「ああ、俺だ」年長の男——富永がうなずいたが、すぐに怪訝そうな表情を浮かべる。「訟務課？　うちが訴えられでもしたのか？」

「違います。参考までに課長に話を伺いたいんですが、時間をいただけませんでしょうか」

「おいおい、アポもなしかよ」富永が呆れたように両手を広げた。「まあ、いいか。おい、この勝負は終わりだ」向かいに座る若い刑事に声をかける。

「指しかけじゃないですか？　後で……」

「無理、無理。お前の王様はもう死んでるよ。あと二手で王手だ」

「マジですか」

「修行が足りねえんだよ。俺と指すには、勉強し直してこい」

「はあ……」

「いいから、さっさと片づけろ」

若い刑事が、将棋盤を持って自席に戻った。駒を動かさないように慎重にデスクに置くと、腕組みしたまま盤面を凝視する。あと二手で王手と言われて、必死に考えているのだろう……まあ、所轄の平和な昼休みの光景だ。

「今の若い連中は、ゲームは上手いんだろうが、囲碁将棋は駄目だな。頭の体操にちょうどいいのに」

「課長、囲碁大会の永世名人になられたとか」

「ああ、まあな」富永が皮肉っぽく笑った。「三回優勝で棚上げされた……むかついたから、今度は将棋の大会に挑戦する。今、トレーニング中だ――どうぞ」

促されるまま、新崎と並んでソファに腰を下ろす。富永は一度立ち上がり、デスクに置いてあったお茶のペットボトルを摑んでソファに座った。

加穂留は改めて挨拶《あいさつ》した。

「訟務課の水沼です。こちらは新崎です」

「訟務課が何でうちに？」

「去年のグレイ・イーグル事件で、県警が訴えられました」

「知ってる」富永の表情が一気に険しくなる。目つきが鋭く、顎が尖《とが》っているので、相手を怖がらせるタイプだ。そう言えば上尾と似た顔つきである。師匠と弟子の関係だったのは、そういうことも関係しているのだろうか――いや、顔は関係ないか。

「その件で、訴訟の中心になりそうなのが上尾さんです」

「上尾が？　ああ、あいつ、あの件の取り調べ担当だったのか」納得したように富永がうなずく。

「いい迷惑だな。でも、こんな裁判で警察が負けることはないだろう。相手は、限りなく黒に近かったんじゃないか？」

「それは私には何とも言えませんが……訴えでは、上尾さんの強引な取り調べがあった、とあります。それで精神的な苦痛を受けたので、損害賠償を請求するということです」

「強引な取り調べ？　まさか」富永があっさり否定した。「あいつはそんなことをする人間じゃないよ」

「きつそうな印象はありますが」

「顔だろう？」富永が自分の顔を指さした。「確かにあいつは、顔がきつい。いかにもきつく当たりそうだろう？　だからこそ、丁寧に、ソフトに行けって教えたんだよ。俺が――そういう話を聴きたいんじゃないのか？」

「仰《おつしや》る通りです」これなら話が早いと、加穂留はうなずいた。「上尾さんが乱暴な取り調べをするような人かどうか、周辺の人に確認しています」

「一課の連中に聞けばいいじゃないか。あいつは本部に上がってから一課一筋なんだし」

「捜査一課の同じ係のスタッフは、共通の利害関係を持っています」新崎がいきなり割りこんだ。

「つまり、守るべきものは同じです。何か都合の悪いことがあれば、隠蔽もするでしょう」

「聞き捨てならないな」富永が厳しい表情を浮かべる。「無理な取り調べを隠蔽したのか？　今の警察はそういうことはしない」

「そういうことはしないというのは、課長の個人的な感触ではないですか。他の部署がどうかは、証明しようがないと思いますが。明確な不祥事以外でのグレイゾーンについては、数値化できないのでは？」

「おいおい、何だよ」富永が嫌そうに吐き捨てる。「訟務課は、俺らを守ってくれるのが仕事じゃないのか？　喧嘩売りに来たのかよ。逆じゃねえか」

「すみません、新崎は訟務課に――警察に来たばかりでして」

「ああ？」

「中途採用です」元弁護士で、ということは言うべきか言わざるべきか――言わないことにした。そういう素性が分かると、富永はまた反発するかもしれない。そして自分には、そこから生じる怒りを止める術《すべ》がない。加穂留自身、新崎という人間が理解できず、苛々《いらいら》させられることも多いのだから。小声で「私が話します」と告げる。息を整え、姿勢を正して富永と向き合う。

「富永課長は、所轄時代に上尾さんの指導係だったんですよね」

「ああ」

「上尾さんを一番よく知る人だと思いますが、どうですか？　そういうことをしそうな人ですか」

「ないな」富永があっさり否定した。「やりそうな感じがする――見た目でそう思うんだろう？」

「取り調べを受ける人は、確かにそんな印象を受けると思います。正直、ビビりますよね」加穂留は敢えて軽い口調で話した。

「若い頃からそうだったんだよ。奴、昔は結構やんちゃだったっていう話でさ。警察のお世話になるようなことはなかったけど、かなり悪かったようだ。見かねたご両親が、警察学校に叩きこんだ」

「ということは、実際にはそんなにワルではなかったんですね」少なくとも、親の言うことを聞くわけだから。それに警察官には、希望すればなれるわけではない。試験を突破しないといけないのだから、努力も必要だ。

「まあな。でも、あのルックスと態度だ。誤解されやすいのは間違いないから、俺は人と対峙《たいじ》する時だけはそういうのを引っこめろって教えたんだ。というより、それしか教えていない」

「そうなんですか？」

「奴は、警察官としては優秀なんだよ。見こみがあると思ったからこそ、厳しく教えたんだ——ただし、テクニック的なことはほとんど教えていない。警察官としての態度の問題だけだ。刑事の仕事の九割は、人から話を聴くことだろう？」

実際は、書類仕事が九割と言われているのだが……それ以外はほぼ、人と会って話をするのが仕事だ。

「態度ですか……怖そうに見えるんですけど」

「独特のコミュニケーション能力を持ってるんだよ、あいつは。ああいう怖い顔の人間が、口を開くとフランクで優しい——それで相手も心を開く。情報の引き出し方も上手い、というか、相手によってやり方を変えられるんだ。ヤクザみたいに手慣れた相手には、ある程度強硬にいく。たまたま何かやらかしてしまった素人さんに対しては、できるだけ優しく接する。相手の素性が分からない場合でも、一言二言話しただけでどういう人間か見抜いて、対応できるんだ」

「天才じゃないですか」

「ある種の天才だな。奴を教えてた時は、そういう能力は潰さないように気をつけた。態度を少し柔らかくする——それだけだな」

「しかし今回、訴えられています」

「相手は、黒に近いグレイの人間だろう？　警察に対する嫌がらせじゃないのか。そもそも上尾が危ない人間だったら、取り調べ担当なんていう重要な役目を、十年近く任せられるわけがない。きちんと相手を落として、しかも問題がなかったから、ここまで続けられたんだから」

「危ない取り調べをするような傾向はなかったんですか？　ヤクザには強硬に行く、という話ですよね？」

「ただ、暴力・暴言が出るわけじゃないよ」富永がさらりと言った。「合法的な取り調べの範囲での強硬に、だから」

「そうですか……」

「あんたら、心配し過ぎじゃないのかね」

「心配するのも仕事ですから」

「あいつは、根は優しい人間なんだよ。ああ見えて家族第一なんだ。高校時代の同級生と結婚して、子どもは二人。子煩悩で、子どものためなら仕事は犠牲にするぐらいだ」

「そういう印象はないですね」

「それは、あんたの観察能力が低いからじゃないのか」富永が皮肉に指摘した。

「——修行が足りないのかもしれません」

「ま、よろしく頼むよ」富永が膝《ひざ》を叩いた。「あいつは出世するタイプじゃない。将来の捜査一課長候補ってわけじゃないからな。でも、現場では絶対的なエースとして活躍し続けるだろう。捜査一課には、そういう人間が必要なんだ」

「ずいぶん買ってるんですね」

「俺は、若い刑事を何百人も見てきた。中にはどうしようもない人間もいた……辞めちまった奴もいるしな。その中でピカイチだったのが上尾だよ。訟務課でしっかり守ってくれるんだよな？」

「それは訟務課の仕事です。県警の盾だと思っています」

ついい合わせて言ってしまったが、何だか急に恥ずかしくなった。盾……自分はとても、そんな立場にはなれそうにない。


本部へ戻る途中、新崎が急に「ああいうのが事情聴取なんですか？」と切り出した。

「ああいうのって……どういうことですか」

「雑談みたいですよ」

「事情聴取というか、情報収集っていう感じですかね」

「なるほど……」

「頼りなかったですか？」

「そういうわけじゃないですけど、言葉を使う仕事は難しいですね」

確かに……捜査の一線にいれば、まさに喋《しゃべ》ることが仕事になる。取り調べ然《しか》り、聞き込み然り。新崎から見ても頼りないぐらいなら、とても捜査一課へなど行けそうにない。

7

「甲4号を提出します」

横浜地裁第五〇八号法廷。原告側弁護士の動きを、加穂留は注視した。二回目の公判で、前触れなしに出てきた証拠……隣に座っている新崎は微動だにしないが、法廷左側に座る原告側弁護士の方を凝視している。被告側の弁護席に座る真由美がちらりとこちらを見た。彼女にとっても寝耳に水で、かなり困っている――証拠の内容が衝撃的なのだ。

もしも本当ならば。

裁判官が指示して、パソコンが用意された。書記官が、甲4号――USBメモリをパソコンに挿し、しばらくマウスを動かしていた。ほどなく裁判官の方を見て、うなずく。

「被告側弁護士、甲4号を証拠として採用することに異議はありませんか？」

真由美が立ち上がる。

「音声ファイルということですが、再生する前に、サマリーをいただくことはできませんでしょうか」

「用意してあります」

原告側弁護士が、A4サイズの紙を提出した。それを受け取った真由美がすぐに目を通し始める。傍聴席にいる加穂留からも、彼女の表情が一変するのが分かった。すぐに、同席している若い弁護士と顔を寄せて相談を始める。

「いかがですか」

裁判官に急かされ、真由美が立ち上がる。紙を持つ手がかすかに震えているのを加穂留は見逃さなかった。

「この証拠については、事前に申し出がありませんでしたが」

原告側弁護士が立ち上がる。

「昨日になって、急に出てきた証拠です。打ち合わせをしている時間はありませんでしたが、重要な証拠ですので、是非採用をお願いします」

真由美の打ち合わせは続いた。法廷の中で、公判中に同僚弁護士と打ち合わせなど、満足にできるものではあるまい。真由美ははっきりと新崎に視線を向け、首を横に振った。

「今のはどういう意味でしょう」

加穂留は声をミニマムレベルに落として訊ねたが、新崎は自分の人差し指を唇に当てるだけだった。静かにしろ、か……手帳を広げてボールペンを走らせ、そのページを見せた。

聞いてみないと判断できない

証拠としての採用を拒否することもできる。しかし実際に聞いてみないと、その情報の価値は分からないということか。

真由美が立ち上がり、「同意します」と短く言った。声には怒りが滲《にじ》んでいる。やはりこの証拠は、不意打ちの提出だったのだろう。隠しておいて、とびきりの材料として突きつける——弁護士としてはむっとして当然だ。

「それでは、甲4号の証拠を採用します。これから音声を再生します」

裁判官の宣言で、書記官がパソコンを操作すると、すぐに雑音まみれのやりとりが聞こえてきた。解像度が低いが、片方の声の主は分かる——上尾だ。

——いい加減にしろよ。あんたが裏で糸を引いていたことは分かってるんだ。

——冗談じゃないですよ。俺は闇サイトになんか、かかわってない。

——自宅のパソコンを押収する手続きを取った。それを見られても、そんなに余裕たっぷりでいられるかね。

——脅迫ですか？　調べられて困るようなことはないですよ。

——ふざけるな！

そこで何かを殴りつける音が響く。拳でテーブルを乱暴に叩いたような……これはまずい、と加穂留は顔から血の気が引くのを感じた。令和の今、威圧的な取り調べは一切許されない。

——あんた、品川連合と関係があったそうだな。そういうところに出入りするような人間は、ろくなもんじゃない。自分でも金儲けしようと思ったんだろう？

——品川連合なんて知らない。

——ヤクザだろうが！　あんたは高校を出てフラフラしている時に、品川連合との関係ができた。奴らの下で、悪さの基本を覚えたんだろう。

——そんな連中とは関係ない。

——ふざけるな！

二度目の硬い殴打音。本当に、何度もテーブルを殴りつけているのかもしれない。

取り調べの様子を録音したこの音声は、このまま十分ほども続いた。上尾が長岡拓也と見られる相手——加穂留は声を聞いたことがないので断定はできない——を捩り上げ、長岡は必死に否定する。長岡の防戦一方という感じだった。


——おい、あんた、録音してるな？

——任意だから、いいでしょう。

——やめだ、やめ！


音声がふいに切れる。法廷に重苦しい雰囲気が流れる。傍聴人は加穂留たちだけ、それに記者も来ていないから元々静かなものだったのだが、さらに凍りついた感じ……おかしい、と加穂留は疑念を抱いた。

スマートフォンのメモアプリに必死に文字を打ちこみ、新崎に示す。


長岡と品川連合の話は、正規の取り調べでは一切出ていません

新崎がスマートフォンの画面をちらりと見てうなずいた。それから自分の手帳に再びボールペンで書きこむ。

気になった疑問点を集約して下さい。この後、打ち合わせをします

うなずき、法廷内でのやり取りに意識を戻す。真由美が立ち上がり、原告側弁護士に質問をぶつけた。

「この音声ファイルですが、どこでどういう風に録音されたものでしょうか」

原告側弁護士——小柄な男で、大柄な真由美よりも背が低いかもしれない——が余裕を感じさせるゆったりした動きで立ち上がり、背広の前のボタンを止めた。

「録音されたのは、去年の二月二日——原告が最初に任意で取り調べを受けた時です。自分のスマートフォンを知人のスマートフォンにつなぎ、通話をそのまま録音していたものです。取り調べ担当の刑事は、原告が自分のスマートフォンで録音していたと勘違いし、止めるように要求しました。その結果、通話が終わって、録音はここまでになっています」

「今まで証拠として出てこなかったのは何故ですか？　これだけ時間があったら、捏造《ねつぞう》も可能かと思います。ＡＩで、人の声を作り出すこともできるはずですが」

「録音状態が悪かったので、原告が自ら修正していました。それに時間がかかって、今日になってしまっただけです。断じて捏造ではありません」

「元々電話がかかっていたスマートフォン、それに原告のパソコンを調べることを提案します。専門家の調査で、実際に音声ファイルが録音されたのがいつか、分かる可能性が高いと思います」

「原告側はいかがですか」裁判官が話を振った。

「結構です。本日の公判終了後に、原告のノートパソコンを証拠として提出します。ただし、原告が電話をかけていた相手は、当時持っていたスマートフォンを既に買い替えていて、手元には

残っていません」

証拠隠滅、と思ったが、そういうわけでもないだろう。どうもまずい……加穂留は嫌な予感を抱いた。

公判が午前中で終わると、加穂留はすぐに岩下に電話をかけた。呑気《のんき》な声で応答した岩下だが、新しい証拠の話をすると、一気に声が引き締まった。

「その取り調べが本当だとすると、まずいぞ。任意でも、威圧的な態度で迫ったことが分かれば……」

「非常にまずいです」加穂留は同調した。

「上尾が嘘をついていたのか？　こっちに正直に言わなかった？」

そう言われると辛い。話を聴いたのは加穂留であり、本音を引き出せなかったのだから。こんな風に協力してもらえないと、弁護しようがない。真由美にも申し訳ないことをしたと悔いる。

「でも、捏造の可能性もあります」

「どうかな」岩下は疑わし気だった。「捏造はできるかもしれないが、偽物だとバレたら、一気に立場が不利になる。法廷侮辱罪だ」

「それは、裁判所に対する暴言などを取り締まるものだと思います」

「裁判全体が嘘で固められたものになるだろうが……まあ、それは今は考えなくてもいい。鑑定はするのか？」

「そうなると思います」

「分かった。戻ったら詳細を報告してくれ」

「その前に、今里先生と打ち合わせになると思います」

「よかったら、今里先生にもこっちへ来てもらってくれ。今後の対策を一緒に考えた方がいいな」

「分かりました。頼んでみます」

電話を切り、溜息をついて肩を上下させる。そこへ、新崎と真由美が連れ立ってやって来た。

「お疲れ様です」真由美に向かって頭を下げる。

「参ったわね」真由美が首を横に振る。「あんな隠し球があったなんて……この件、上尾さんからは出てなかったわよね？」

「ええ。それで、うちの課長からの要請なんですけど、本部で情報のすり合わせをしたいと」

「その方がいいわね……でも、先にご飯にしない？　怒ったらお腹が空《す》いちゃった」

「それは……私たちに対してですか？」大事な情報を引き出せなかったのだから、怒られるのも当然である。

「そうね、あなたたちに対しての怒りもあるわよ。でも、まだ挽回《ばんかい》のチャンスはあるから。取り敢えず、大きなハンバーガーでも食べて、気合いを入れ直しましょう。県警本部へ戻る途中、開港広場公園の裏の方に、いいハンバーガー屋があるから」

「分かります。海岸通り沿いですよね」

「正解」真由美が加穂留の顔に指を向けた。「食事してから本部に行くって、連絡しておいてくれない？」

「了解です」

何だか頼もしい……危機的状況に陥ってきたのだが、それでもまずは腹ごしらえという発想になるのは、肝が据わっている証拠だろう。この人なら何とかしてくれると頼もしく思ったが、同時に恥をかかせてはいけないと気持ちを新たにする。自分たちを守ってくれる存在なのだ。ここから何とか、巻き返していかなければ。

新崎は「本部に戻ります」と言って行ってしまった。真由美の相棒である若い弁護士も「事務所に戻らないといけないので」と去って行った。加穂留に対して何か微妙な表情を向ける。言いたいことがあるなら言えばいいのに、と思ったが、加穂留はすぐにその意味を知ることになった。

8

参った……真由美が誘ってくれた店は、存在は知っていたものの、加穂留は入ったことがなかった。赤いソファに白黒チェックの床が、いかにもアメリカンダイナーという雰囲気で好ましいのだが、高いのが難点だった。一番安いチーズバーガーが千六百五十円で、飲み物をつけると軽く二千円を超える。警察官の給料は、同年代の他の公務員に比べて決して安くないのだが、さすがにこれは厳しい。あの若い弁護士も、この店の値段のことを言いたかったのなら「高いですよ」と一言忠告してくれればよかったのに。心構えさえできていれば、対処はできた。もっとも、サイズも味も値段に見合ったもの……分厚いハンバーガーはとてもまともに齧《かじ》りつけるものではなく、どこから食べていいか、しばらく眺め回してしまった。真由美が袋に入れて、思い切り上下を潰してから食べ始めたので、真似をする。確かに食べやすくはなったが、袋の中に野菜やパテが崩れ落ちてしまう。どう食べ切るかで、また悩むことになった。フライドポテトもまた大量で、食べ終えた時にはすっかり腹が膨れてしまった。昼から食べ過ぎ……しかし真由美はけろりとしている。体も大きいが、年齢の割に健啖家《けんたんか》なのは間違いない。

腹ごなしに、県警本部まで急ぎ足で歩く。訟務課では、岩下が待ち構えていた。他のスタッフもほとんど揃っている。

岩下は、公判の様子を報告するよう加穂留に命じた。加穂留はメモを頼りに、今日の衝撃的な証拠について説明した。それが終わると、真由美が話し出す。

「後出しジャンケンのようなやり方は気に食わないですが、証拠は証拠です。これから正式に鑑定に回る予定です」

「捏造じゃないんですか」右田がねちっこい口調で言った。

「鑑定してみないと何とも言えないですが、私は捏造ではないと思います」真由美が否定する。

「どうしてですか」右田が食い下がった。

「わざわざ捏造してバレたら、一気に不利になるからです。こういうやり方は……まあ、ないではないですね。後から新証拠が出てきた方が、驚きは大きい。一種のショック作戦で、それなりに効果はあります。個人的に、過去に経験もありますよ」

「今里先生、この証拠の持つ意味は……」岩下が遠慮がちに訊ねる。

「かなり大きいですね。任意の取り調べの時に、こういう乱暴な口調と態度だったとしたら、逮捕後はどれだけひどかったのかと疑われてしまいます。印象は最悪ですね。それと、これは申し上げていいかどうか」

「どうぞ、おっしゃって下さい」岩下は促した。

「言いにくいことですが、事情を聴いた人たちが嘘をついていた可能性が出てきました。実際には乱暴な取り調べが行われていて、それを組織的に隠蔽したと取られてもおかしくはありません」

一斉に溜息が漏れる。加穂留は辛うじて息を呑んだ。溜息などついたら、自分の負けを認めるような感じがしたのだ。

「結果的に、我々は騙《だま》されたことになります」真由美が厳しく指摘した。「再度の事情聴取は必要です。特に上尾さんには……録音されていたことは分かっていたのに、我々には言わなかった。その辺を突っこんで聴く必要があります」

「了解しました。事情聴取をやり直します」岩下が厳しい表情で言った。

それから事情聴取の割り振りがあり、加穂留はまた上尾に話を聴くことになった。二度目の事情聴取は別の人間が担当する手もあるのだが、今回は「最後まで責任もってやれ」という意味かもしれない。確かに自分が、上尾からこの話を聞き出せていたら、事前に対策できたかもしれないのだ。

加穂留は、真由美たちを一階まで送っていった。エレベーターの中で自分たちだけになったので、つい訊ねてしまう。

「厳しい感じですか？」

「厳しいわね」真由美が率直に認める。「今日の音声ファイルが本物だったら、こっちは一気に不利になる。圧迫的、暴力的な取り調べで苦痛を受けたことが証明されるでしょうし、印象は最悪ね」

「何か手はないんですか」

「それは考えるわ。でも……まあ……難しいわね」真由美は弱気だった。

「私は、ここに来て初めて、一から担当する案件なんです」

「それは残念ね」真由美が肩をすくめる。「最初に負けの味を知っている方が、後々いいかもしれないけど。挫折《ざせつ》を知るなら、早い方がいいでしょう」

一般的にはそうかもしれない。しかし自分で経験したいかというと……冗談じゃない、としか言えなかった。

まず、自分の意識を変えよう。これまでの事情聴取が甘かった。取り調べのように、相手の本音をしっかり引き出さないと。


翌日、上尾は不貞腐《ふてくさ》れていた。ワイシャツの袖《そで》を捲《まく》り上げ、ネクタイを緩め、唇を歪《ゆが》めて加穂留を睨《にら》む。

そもそも訟務課へ引っ張り出してくるのが大変だった。あくまで自分の巣——捜査一課で話したいと言い張ったのを、半ば強引に連れてきたのだった。

前回とは布陣が変わっている。加穂留は責任を感じて、今度も自分が事情聴取を担当すると宣言したが、相棒は右田ではなく新崎に変わった。新崎が自ら手を挙げたのだった。どういうことかと興味は湧いたが、確認している余裕はない。そして課長室には真由美が控えている。ドアは開け放したままにして、離れたところから話を聞く作戦だ。

「何で何回も呼び出すんだよ。今日、裁判だったんだろう?」上尾が文句を言った。

「あなたが嘘をついたからです」

新崎がいきなり厳しく切り出した。私が話を聴くと言ったのに……慌てて止めに入る。

「新崎さん、今日は私が——」

「あなたは、違法な取り調べは一切ないと言いましたね」新崎は加穂留を無視して、黙ろうとしない。

「言ったよ」開き直ったように上尾が言った。「だから?」

「それは嘘ではないんですか? 昨日の公判で、新たな証拠が提出されました」

「ああ？」

「長岡氏の逮捕前、任意での事情聴取の時の音声です」

「それは――」声を張り上げかけ、上尾が口をつぐんだ。「野郎、消してなかったのか」

「あなたが消せ、と言っているところまで録音が残っていました」新崎が淡々と言った。

「ふざけやがって……」

「あのスマートフォンは、知り合いのスマートフォンと通話モードになっていたんです」これ以上新崎に話させるとまずいと思い、加穂留が慌てて割りこんだ。「電話を受けた人がそれを録音していました」

「ふざけた小細工だよ」

「小細工についてはともかく、あなたは嘘をついていた」新崎がさらに突っこむ。「何故嘘をついたんですか？　嘘をついてもバレないと思っていた？」

「あんた、何なんだ？　俺は、訟務課の人間に取り調べを受けなくちゃいけないのかよ。おたくらは、俺たちを守るのが仕事だろうが」

「嘘をつかれては、守りようがありません。全て正直に話してくれてこそ、こちらは対策が立てられるんです」

「クソ生意気なこと言うな！」

「いい加減にして下さい！」我慢しきれず、加穂留は声を張り上げた。「お二人とも、感情的にならないで……新崎さん、今日は私が話を聴くということで了解していただいていたはずです。上尾さんも、落ち着いて話して下さい」

「嘘つきなんて言われて、黙っていられるかよ」

「嘘ではないんですか？」

「それは……」上尾が目を逸《そ》らす。

「まず、何が起きていたのか、正確に確認させて下さい」加穂留は、裁判で聞いた音声ファイルの内容を書き起こしたものを上尾に見せた。必死で書き取ったものなので、正確ではないかもしれないが、内容は分かるだろう。「これは、今日の公判で公開されたものです。読んで確認していただけますか」

紙を上尾の前に差し出す。上尾は手を出さず、無言で視線を落とした。一枚目を読み終えて二枚目に移る時、初めて手を出す。読んでいる間ずっと、唇は捻《ねじ》れたままだった。

「クソ野郎が……卑怯《ひきょう》な手を使いやがって」

「こういうやり取りがあったのは間違いないですか」

「——ああ」上尾が渋々認めた。

「普段から、こういう高圧的な事情聴取を行っているんですか？　それともこの時だけですか？」

「こいつはふざけたクズ野郎なんだ」

「品川連合と関係があるという話はどうですか？　捜査一課の資料では、長岡と品川連合の関係は触れられていません。裏が取れている話だったんですか？」

「裏は……何でもかんでも裏を取ればいいってもんじゃないんだ。これは単に、相手を揺さぶるための作戦だったんだから」

「はったりですね？」加穂留は指摘した。

「はったりでも何でもいいんだよ、相手が喋れば。それに、長岡と品川連合の関係が噂されていたのは間違いないんだ」

裏が取れていない適当な情報をぶつけていたわけだ……違法ではないが、相手を騙そうとしたのは間違いなく、取り調べの有効性が疑われてしまう。

結局この男の取り調べは、いい加減だったのだ。このままでは裁判は——負ける。

上尾も最終的には、この録音が本物だと認めた。しかし「何故」がはっきりしない。ミスを認めるのが恥ずかしかったから、ということだろうと思ったが、加穂留の方から誘導尋問するわけにはいかない。これは、交番勤務の時に、先輩から真っ先に叩きこまれたことだった。「こちらから『こういうことだろう』と絵を描いて、相手に認めさせてはいけない」「相手が言い出すのを待て」

その通りだと思ったが、実際にそういうノウハウを活《い》かす機会は、残念ながらほとんどなかった。一方上尾は——今日公開された事情聴取の様子では、明らかに相手を犯人だと決めつけ、追いこんでいる。

「上尾さん、何故ああいう圧迫的な事情聴取をしたか、どうしても話していただく必要があります」加穂留は迫った。エアコンはついているのに妙に暑く、首筋に汗が滲むのを感じる。

「さあね」上尾が耳をつまんで引っ張った。「もう一年以上前だぜ？　いや、一年半近いか。そんな昔の、たった一日の出来事、覚えていろって言う方が無理だろう。こっちは毎日忙しいんだ」

「グレイ・イーグル事件ぐらい大きな事件は、神奈川県警でも数年に一度しかないでしょう」

「事件は毎日起きるんでね」上尾が耳を擦《こす》った。苛立ちが溢《あふ》れ出るように、真っ赤になっている。

「とにかく、流れだよ」

「流れ？」

「流れで、ああいう感じになる時もあるだろう。向こうがふざけているなら、しゃんとさせてやらないといけない。こっちは命懸けでやってるんだ。マル被にも真剣になってもらわないと困る」

「それは分かりますが……根拠もない暴力団の話を持ち出すのはまずいんじゃないですか？」

「相手を落とすためには、多少の圧力は普通だろうが。あんたは、命をかけて取り調べをやったことがあるか？」

「……いえ」

「だったら分からねえだろう。目の前には、どう考えても犯人なのに喋らないふざけた野郎がいる。時間もない。そういう時、ぶん殴る以外は、何をしてもいいんだよ」

「それが神奈川県警捜査一課の伝統ですか？」

「あんたが絶対に知ることのない、捜査一課の伝統だ」

「でもそれが、裁判で問題になって――」

「ここまでだな」上尾が椅子を蹴《け》るように立ち上がった。「いい加減にしてくれ。なんで身内に説教を受けなくちゃいけないんだ？　あんたらは県警を守る守護者だろうが。これじゃ、裁判で俺たちを攻撃してくる連中と同じじゃねえか」

上尾が踵《きびす》を返したが、すぐに振り向き、新崎に人差し指を突きつける。

「あんた、見ない顔だけど、何者だ？」

「訟務課の新崎です」

「覚えておくぞ。何だか知らねえが、あんたは警察のやり方を知らねえみたいだな。俺がゼロから基本を叩きこんでやってもいいぞ」

「訟務課の仕事は、警察の他の部署とは違いますから」

「ああ？　あんた、何がしたいんだ？」

「警察を守りたいと思っています」

「そうは思えねえな！　痛い目に遭わねえように気をつけろよ！」

捨て台詞《ぜりふ》を残して、上尾は部屋を出て行った。加穂留は椅子に背中を預け、ゆっくりと息を吐いた。何なんだ、あの人……ちらりと横を見ると、新崎は平然とした表情で、手帳にボールペンを走らせている。

「新崎さん、平気なんですか？」

この男は最初、上尾に突っかかっていった。しかし一度引いてからは何も言わない——急に態度が変わっていた。

「何がですか？」

「上尾さん、どう考えても何か隠してますよ」

「大したことではないでしょう」新崎がさらりと言った。「要するに、自分が悪い手を使って容疑者に迫り、しかも失敗した。そのミスを認めたくないだけでは？」

「そして捜査一課全体で、そのミスを庇い合っている？」

「そうかもしれません」認めて、新崎が手帳を閉じた。

「あの……何で平気なんですか？」加穂留は質問を繰り返した。

「ああいう人なんでしょう」新崎が淡々と言った。「あのタイプはどこにでもいます。自分に自信を持っていて、絶対に間違わないと思っている。実績も勢いもあるから、周りも口を出しにくい。その結果、本人は天狗《てんぐ》になってしまい、真実が見えなくなる。全てを自分に都合のいいように解釈して、現実がそれに合わないと、現実の方を改変しようとします」

「それは許されないでしょう」

「ところが世の中には、そういう人間がいくらでもいるんです。そういう人は——直らない。定年で辞めるまで、ずっとそのままです。諦《あきら》めるか、さっさと辞めてもらうか、どちらかですよ」

「我々には、人事に口を出す権利はありません」

「もちろん、そんなことをするつもりはないですよ」新崎が首を横に振った。「ただ、そういう人はいる、というだけの話です。あなたの言う通りで、訟務課には人事をコントロールするような力はありませんけど、できることはあるんじゃないですか？」

「訟務課の仕事は、警察を守ることです」

「守るべき価値がないと思った相手がいたら——何もしないのも仕事ではないですか？」

「攻撃から守らないということですか？」加穂留は目を見開いた。「それは、訟務課として仕事の放棄だと思います」

「人間には——社会にはさまざまなレイヤーがあります」

「レイヤーって……層のことですか？」

「ええ。ラグビーはお好きですか？」

「好きか嫌いかどころか、全然分かりません」

「二〇一九年のワールドカップが日本で行われたことは？」

「それは知っています」神奈川県内でも試合が行われ、警察も警備に出動した。加穂留自身は現場に出たわけではないが、周囲がざわついたので、イベントの雰囲気だけは味わったと言っていいだろう。

「決勝戦、イングランドと南アフリカ——南アフリカが勝ったんですけど、準優勝のイングランドの選手たちが、メダルを首にかけなかったりして、問題になったんですよ。よき敗者に相応《ふさわ》しくない、ふざけた態度だと。ラグビーでは、どんなに激しい試合でも、終わったら全てを水に流すのが基本です」

「ノーサイド？」

「ええ」新崎がうなずく。「ただしあの決勝戦では、ノーサイドの精神が崩れたと言っていいでしょう。イングランドに対する非難の声もありました。ラグビー発祥の地の代表チームが、ラグビーの精神を汚してどうする、と。ただし私は、大変なものを見たと感動しました。あれは人間の究極の姿です」

　この人は一体、何が言いたいんだ？　ラグビー好き？　もしかしたら自分も選手だった？　加穂留は、高校の時のラグビー部の連中しか知らないが、ラグビー経験者というのは独特のオーラを放っている。その一つが、フィジカルエリートとしての自負だ。ラグビー経験者同士は、初対面であっても、怪我やきつかった練習の話ですぐに打ち解けるようだ。他のスポーツの経験者がそこに入って行っても、馬鹿にしたように適当にあしらう。しかし新崎は、ラグビー経験者には見えない。

「ええと……それとレイヤーの話と、どこがどうつながるんですか？」

「ラグビー選手だからといって、生活の全てがラグビースピリットで動くわけではない、ということです。普段は理性で押さえこんでいる人間としての本性——一番底にあるレイヤーが、ふとしたタイミングで噴き出すことがある。重要な試合でさえ——それが、あのワールドカップの決勝だったと思います。上尾さんもそうじゃないですかね」

「刑事としての上尾さんと、人間としての上尾さん？」

　新崎が無言でうなずく。しかしすぐに、首を横に振った。

「今のは余計な喩《たと》えでした。スポーツと実生活を一緒にしてはいけませんね。実生活の方がはるかに複雑なんですから」

「はあ」

「それよりあなたのやり方――かなり強引でしたけど、警察的にはあれでいいんですか」

「揺さぶれたとは思います」

「弁護士になった時、先輩から教わったことがあります。依頼人と話す時、会話を中断させてはいけない。話し続けることです。話し続ければ、相手の気持ちも変わって、隠していたことを喋り出すかもしれない。ひたすら話し続けることです」

「はあ」勉強になります、と言いかけて口をつぐんだ。弁護士と警察官では、やり方も違うだろう。

そこへ真由美と岩下がやって来た。二人の前に揃って腰を下ろす――表情は申し合わせたように渋かった。

「すみません」加穂留は反射的に頭を下げてしまった。「落とせませんでした」

「いや、落とすというのは違うぞ」岩下が訂正した。「これは容疑者の取り調べじゃない。守るための事情聴取だ」

「でも、本音を引き出せなかったと思います。嘘をついた理由は分かりませんでした」

「時間を置いて、また話を聞けばいいさ。要するに、ヘマしたのを認めるのが恥ずかしいだけだと思う。プライドが高い人間だったら、不思議じゃない動きだよ」

「しかし、いずれにせよミスがあったわけです」

「しかも致命的なミスですよ」新崎が指摘した。「もしも、常態的にあんな取り調べが行われていたら……これまで黙っていた容疑者――元容疑者も声を上げるかもしれません」

「いや、まさか」岩下が否定したが、表情が苦しそうだった。予想もしていない、痛いところを突かれた感じ。

「私も、その可能性はあると思いますね。勝ち馬に乗るということもありますから」真由美が認めた。「でも今は、そういうことは考えなくていいでしょう。問題は、この裁判をどう戦うかです。正直、非常に難しい状況になりました」

「勝てないと？」

岩下が低い声で訊ねると、真由美が無言でうなずいた。

「向こうは、相当入念に準備をしてきたようです。長岡という人が本当にグレイ・イーグルのリーダーかどうかは分かりませんし、真相は永遠に解けなくなってしまうかもしれない。下手な仕事は、捜査にも県警の面子《メンツ》にも悪影響を及ぼしますよ」

「ご指摘ごもっともですが、裁判はこれからですから」

岩下がとりなすように言ったが、真由美の表情は晴れない。引き続き関係者から事情聴取を続けるように指示してから、立ち上がった。ひどく疲れている——それはそうだろう。負けると分かっている戦いでも、最後までやり抜かねばならないとしたら、その徒労感はとんでもないものだろう。

加穂留は慌てて真由美を追いかけた。

「先生、ちょっとお時間いただけますか？」

「何？　もう反省会？」

「はい。ご指導いただければ」

真由美が左腕を持ち上げて腕時計を見る。

「あまり時間がないけど、どうする？　お茶を飲むところを探していたら、時間がなくなっちゃうでしょう」

「上でどうですか？」

「上？」

「二十階の展望ロビーは、見学者がいなければ、静かです」

「ああ、あの楕円形《だえん》にはみ出したところ？　あれ、展望ロビーなんだ……警察的には、特に必要ない場所よね」

「はい。でも、内密の話はしやすいです」

「十分でいい？」真由美が人差し指を立てた。

「大丈夫です」

二人は二十階まで上がり、展望ロビーに出た。幸い見学者はゼロで、閑散としている。

「へえ、いいところじゃない。港が一望できるんだ」真由美が窓辺に寄った。楕円形の展望ロビーは海側、市街地側両方に張り出しているが、眺望がいいのは圧倒的に海側だ。

真由美が、手すりに尻《しり》を預けて腕組みをし、「それで」と切り出した。

「先生、これで負けたらどうなると思いますか？」

「どうなるって？」

「上級審に持ちこむべきかどうか」

「それは、あなたたちが決めること。私は弁護士だから、あくまで依頼人の意向に従うだけよ。でも……コスパとタイパを考えないと。お金と時間をかけるだけの価値がある事件かどうか、見極めるべきね」

「先生の見極めは——」

　真由美が黙って、加穂留の顔を凝視した。その時間が、居心地が悪くなるほど長い。それで加穂留は、真由美の本音を悟った。無理。この一件では警察に勝ち目はない。

　加穂留は思わず溜息をついてしまった。

「何よ、若いのに」説教するような口調で真由美が言った。

「そんなに若いわけじゃないです。三十歳を過ぎましたし」

「今の三十歳は、昔の二十歳よ。まだまだ駆け出し」

「駆け出しでも、上手くできる人はいるはずです」

「そういう相談は、私には受けられないわ。警察の仕事のことは分からないしね」

「すみません。変な愚痴言っちゃって」加穂留は頭を下げた。「変な話ついでに、もう一ついいですか？」

「何？」

「新崎さんなんですけど、弁護士なんですよ」

「知ってるわよ」短く言って真由美がうなずく。

「弁護士時代の新崎さんをご存じですか？　一緒に仕事をしたりしたことは……」

「ないわね」真由美があっさり否定する。

「じゃあ、弁護士としての新崎さんはまったく知らないんですか？」

「そう。ここへ来て初めて会った。私としては助かるけどね。法律的な話を、説明なしでできるから」

「そうですね」加穂留はうなずいた。警察官も法律に絡んで仕事をするが、弁護士とは理解の深さが違う。「でも、何か……かなり戸惑っているんです。弁護士さんが、弁護士業務を辞めて警察職員になるなんて、聞いたこともありません」

「私もないわね。でも最近は、どんな仕事でも交流というか横の乗り入れというか、そういうのが普通になってるんじゃない？　新崎さんのことも、そうでしょう。今後はこういうパターンも普通になるかもしれない。私みたいに外の人間を使うよりも、内部に弁護士がいた方が、訴訟にも対応しやすいんじゃない？　企業に常駐する弁護士もいるから、そういう感じで」

「それは私が決めることではないんですけど……どうも、新崎さん、扱いにくいんです」

真由美が声を上げて笑った。腰かけていた手すりから立ち上がり、加穂留と正面から向き合う。

「それは私に言われてもどうしようもないわ。新崎さんとは仕事の話しかしないし、それで困ったことは一度もないから、あなたがどうして困っているのか、理解できない」

「新崎さんが異質な存在だから、かもしれません。ある意味、警察にとって弁護士は敵みたいな感じがあるじゃないですか。裁判では、戦う相手ですし」

「弁護士と戦うのは検事だし、そもそも日本では有罪率が異常に高いんだから、戦いが成立しないでしょう」

「そうは言っても、ですね……」

「新崎さんのことは、私に聞いても無駄よ。何か気になるなら、彼と直接話したら？　話さないと分からないでしょう。あなたも、コミュニケーションが苦手ってわけでもないみたいだし」

「そうですかねえ」自分では、失格ではないかと落ちこんでいる。上尾から早くに本音を引き出せていれば、今日の新しい情報にも対処できていたはず――事前に知れていたはずだ。

「彼とは年も近いんでしょう？　普通に話してみればいいじゃない。っていうか、そんなこと、弁護士がアドバイスするようなものじゃないわよ」

「すみません」加穂留は頭を下げた。「相談料、お支払いしないといけないですよね」

「今度、お茶でも奢《おご》って」真由美が笑みを浮かべる。「あなたから相談料は取れないわよ」

「ありがとうございます」

「じゃあ――」真由美がまた腕時計を見た。「次の公判に向けて、気持ちを引き締めていかないと。打ち合わせも頻繁にやらないといけないけど、しっかりね」

「はい」しかし、とてもしっかりできる状態ではなかった。


訟務課へ戻ると、岩下を中心に、スタッフたちが話し合っていた。岩下の表情は深刻で、最悪の事態を想像させる。

「すみません……何かありましたか?」加穂留は遠慮がちに輪に入った。

「何かあったわけじゃないが、明るく楽しくとはいかないな」岩下が言った。何とか笑みを浮かべようとしたようだが、顔は引き攣るばかりだった。「まあ、とにかく再度事情聴取を進めて、方針を改めよう。弁護士とは連絡を密にして、公判対策を考え直す――それしかないな。さあ、仕事に戻ろう。いつまでも不安がっていても仕方がない」

岩下の言う通りなのだが、そう言われても不安が消えるわけではない。加穂留は自席に戻ったが、気持ちは落ち着かなかった。

しかし前の席に座る新崎は、平然とした様子で、ハイスピードでパソコンのキーボードを叩いている。

「新崎さん」

「何でしょう」顔も上げずに新崎が言った。

「不安じゃないですか？」

「何がですか」

「裁判、上手くいくかどうか」

「裁判は、互いの主張をぶつけ合って、どちらの主張に理があるか、争う場です。本来、どちらが勝つかは分からないものです」

「だったら、負けても何とも思わないんですか？」

「裁判というのはそういうものです」

「でも我々は、警察を守るために必死にやっているんですよ？」

「長岡の弁護士も必死だと思いますよ」

「あんたさ」右田がいきなり割って入った。声には苛立ちが混じり、今にも手を出しそうだ。「何でそう、他人事みたいに言うんだよ。あんたもうちのスタッフなんだから、もっと必死になってくれないと困る。壁を作るなよ」

「私は、やるべきことをやっています」

「気持ちの問題なんだよ！」

「右田さん……」加穂留は右田の手首を摑んで止めた。「今は、内輪で言い争っている場合じゃないでしょう」

「そんなことは分かってる！　こういう危機的状況にある時こそ、一枚岩にならないといけないんだ。だけど、それを拒絶する人間がいるんだから……」

「馴れ合いとチームワークを混同するのは、よくないんじゃないですか」新崎が反論する。

「何だと！」右田が気色ばんだ。

「私は私の仕事をこなしています。皆さんも自分の仕事をきちんとやって――それができてから、初めてチームワーク云々《うんぬん》を言うべきじゃないですか」

「話にならねえよ」

吐き捨て、右田が訟務課を出て行った。残されたスタッフは凍りつき、無言。新崎が平然とキーボードを叩く音だけが響いている。

「新崎さん……」加穂留は忠告しようとしたが、新崎は耳を貸す気配がない。

まったく、冗談じゃない。この事件は、訟務課を壊してしまうかもしれない。

いや、訟務課を壊しつつあるのは、この新崎という男かもしれないが。加穂留は、彼の前に見えない壁の存在を感じた。

9

横浜地裁五〇八号法廷での判決公判。加穂留は緊張して、言い渡しを待った。

「主文。一、原告の訴えを認め、被告は賠償金二百万円を支払うものとする。二、訴訟費用は被告の負担とする」

法廷がざわつき、記者たちが一斉に傍聴席を立って飛び出して行った。うるさい……加穂留は出入り口を睨《にら》みつけたが、裁判長は平然としている。重大な裁判の判決で、記者たちが一報を伝えるために飛び出していくのは、よくあることなのだろう。そもそも、裁判とはそういうものだと加穂留も想像していた。

ざわつきが一段落すると、裁判長は判決言い渡しに戻った。加穂留は頭を殴られたような衝撃を受けたまま――こうなることは予想できていたが、実際に警察の「全面敗訴」の判決を聞くと、ショックは大きい。

しかし何とか気を取り直し、必死でメモを取り続けた。あとで判決文はもらえるのだが、ここで完全に自分の頭に叩《たた》きこんでしまうつもりだった。

原告側の言い分は、ほぼ百パーセント認められた。当初証拠として提出されていた原告の詳細なメモ――取り調べの様子を再現して書き残したものは、客観性に欠けるので証拠能力は弱い、と真由美は判断していたのだが、逮捕前の音声ファイルの存在がやはり大きかった。その後、原告側は、長岡のスマートフォンとつないで会話を録音していた男性を証人として呼び、当時の状況を説明させた。この男性もいかにも怪しい……それこそどこかの暴力団と関係していてもおかしくないルックスと態度だったが、証言の内容は一貫していて矛盾もなかった。さらに音声ファイルの鑑定でも、「事情聴取時の声と判断するのに無理はない」「後からの捏造《ねつぞう》と言う材料はない」との結果が出た。

判決言い渡しは三十分ほどで終わった。真由美たちと早く打ち合わせしないと……閉廷した後も法廷に残って話をしたが、詳しいことはここでは話せない。急いで県警本部へ戻る必要があった。

「ここを出たら記者連中に摑《つか》まるわね。今は話をしない方がいいと思う」

「県警で、会見の用意をしています」負けたら……という前提での話だ。広報は、どこまで真剣に考えてくれているだろう。そういえば、「敗訴」の一報を入れなくてはいけない。急いで法廷を後にしようとした時に、スマートフォンが鳴ってメッセージの着信を告げた。岩下。

「ネットで速報が出た。詳細を報告してくれ」

「分かりました」

とはいっても、裁判所の中では電話もできない。加穂留は新崎、真由美たちとエレベーターに乗って裁判所の正面に出たが、そこでは記者たちが待ち構えていた。この場合、やはり「負けた方」のコメントが欲しいのだろう。何しろこういう裁判で、警察側が負けることはほとんどないのだから。

「後ほど——すぐに連絡します」

すぐには連絡できなかった。記者たちの輪があっという間に狭まる。

「先生、コメントをお願いします」

「全面敗訴ですが、この後はどうしますか？」

記者たちに囲まれて身動きが取れなくなってしまったが、真由美はまったく動じていなかった。記者たちの顔を見渡すと「被告である県警と相談した上で、会見することになると思います。現段階では、私の口から何も申し上げられませんので、会見を待って下さい」

右田が記者たちを乱暴に押しのけ、真由美が通る道を作った。加穂留は真由美の脇についてガードする。もみくちゃにされたが、何とか抜け出した。わずか三段の低い階段を降りるだけで転びそうになる。何とかこらえて、県警本部から迎えに来ていた覆面パトカーに滑りこんだ。

後部座席に真由美と並んで落ち着いた瞬間、助手席に座った右田が「出して」と運転手に命じる。加穂留は呼吸を整えながら前髪を指先で引っ張ったが、そこでここにいるべきもう一人の人間がいないことに気づいた。

「右田さん、新崎さんがいません」

「ああ？」右田が怒鳴るように言った。

「どうしますか？」

「放っておけ。子どもじゃないんだから、一人で帰れるだろう。今は一刻も早く本部に戻るのが大事なんだよ。奴がいないと話が始まらないわけでもないし」

そう言われると反論できない。実際加穂留も、依然として新崎とは上手《うま》くコミュニケーションが取れないままなのだ。既に秋——新崎が仲間に加わって半年が経ち、この厳しい裁判に必死で一緒に取り組んできたのだが、彼の周りにある透明な壁は、まったく崩れていなかった。彼の狙いも分からないし、結局分からないまま自分はそのうち異動していくのでは、と最近は諦《あきら》めている。

真由美に今後のことを相談しようとしたが、話しかけられる雰囲気ではない。しかし彼女の方から口を開いた。

「マスコミ対策で失敗したわね。こんなに注目されるなら、こちらもきちんと対策を取っておけばよかった」

「そうですね」

最初は、この裁判はマスコミの注目をまったく集めていなかった。県警が訴えられるケースでは、マスコミの連中も一応弁護士に取材して訴状は確認するのだが、大抵は「因縁だ」と判断してきちんと裁判取材はしない。しかし今回は、音声ファイルが証拠として提出された後で、長岡の弁護士がマスコミに売りこんだのだろう。今日の判決公判では、記者席は一杯だった。

「私はこういう経験はないんだけど、警察側はどうするの？」

「一応、敗訴も想定して、会見する準備は整えてあります。ただ、訴状を検討する時間が必要ですから、すぐには会見を開けません」加穂留は答えた。昨日のうちに、訟務課で様々なケースをシミュレートしておいたのだ。

「取り敢《あ》えず、会見の前にコメントぐらいは出しておくべきね」真由美がアドバイスして、腕時計に視線を落とした。「昼前か……マスコミの連中は、夕刊と昼のニュースで躍起になっている時間帯よ。彼らはまだ、昔ながらの締め切り時間帯で動いているから」

加穂留はスマートフォンを取り出し、岩下に電話をかけた。

「今、本部へ移動中です」

「こっちはもう、大騒ぎだぜ」岩下は早くもうんざりしていた。

「五十パーセントの確率で負ける——昨日からそういう話をしてましたよね」

「そりゃそうだが、負ける前提で動くのはきついもんだよ」

「でも、負けました」口にすると、それだけで胸が痛む。

「分かってるよ」

「会見は、すぐにはできないですよね？」加穂留はスマートフォンをきつく握った。

「判決文を精読してからだな」

「その前に、コメントを出した方がよくないですか？」真由美の提案を持ち出した。「いや、もちろんそれは広報の仕事なんですけど……マスコミの連中、かなり殺気立ってます」

「だろうな」岩下が低い声で認めた。「奴らにとっては美味《おい》しい話だよ——広報に確認する。コメントぐらい、用意してると思うけどな。こっちへはどれぐらいで着く？　説明している時間もないだろう」

「すぐです。信号に引っかからなければ」

電話を切り、真由美に状況を報告した。真由美は一度うなずいただけで、黙って目を閉じてしまった。何か考えているのか、短い睡眠を貪《むさぼ》ろうとしているのか——と思案しているうちに、本部へ着いてしまった。

重要な判決の日ということで、訟務課には弁当が用意されていた。質素な稲荷寿司《いなりずし》と干瓢巻《かんぴょうま》きだが、それでも助かる。

岩下が課長室から出て来た。一緒にいるのは、広報県民課長の島野《しまの》。昨日、判決に備えた打ち合わせをしたが、細身の神経質そうな男である。外見通りに、実際に話しても、細かいところに一々引っかかる人間だった。こういう人は広報に向かないのではないかと思うが……県警の広報の大きな仕事がマスコミ対応である。最近は大人しい記者が増えてきたというが、それでもかなりしつこく強引な人間が多いのは間違いない。そういう連中の相手をするには、もっと鷹揚《おうよう》な人間の方が合っているのではないだろうか。あまりにも細かくしつこい攻撃に対しては、真摯《しんし》に答えるよりも適当に受け流す方がミスがないはずだ。

「じゃあ、よろしくお願いします」岩下が頭を下げる。

「会見は……三時かな」島野が腕時計を見た。

「それぐらいですかね」

「うちからも人を出すから、判決の分析を急ぎましょう。間に合うかな」

「もちろんです。弁当を用意してますから」

「用意がいいことで」

皮肉っぽく言って、島野が訟務課を出て行った。岩下が溜息《ためいき》をついて肩を上下させる。そこで初めて加穂留に気づいた。

「ああ、帰ってきたか」

「残念な結果でした」

「まあ……裁判は勝つ時も負ける時もある。すぐに判決の分析にかかってくれ」

「広報は、何か声明を出すんですか？」

「取り敢えず無難な内容で……三時から、俺と捜査一課長が会見する」

「一課長まで？」加穂留は思わず目を見開いた。捜査一課長の会見自体は珍しくない——そもそも神奈川県警の課長の中で、一番多く会見するのが捜査一課長だろう。ただしそれは事件捜査に関してであり、こういう会見は滅多にない。

謝罪会見になるのだろうか。

加穂留は稲荷寿司を頬張りながら、判決文の読み込みを始めた。泉平《いずへい》の稲荷寿司だとすぐに気づく。油揚げ部分は甘いのだが酢飯の酸味が強く、稲荷寿司に特有の粘るような甘ったるさがないので、さっぱりしていていくらでも食べられる。当然、合うのは熱く濃い渋茶……しかしその準備はないから、ペットボトルのお茶になる。

自分でも判決を聞いていたので、読んでいるうちに内容が蘇《よみがえ》ってくる。基本的にはこちらの完敗だ。捜査一課の担当者たちが「強引な取り調べはなかった」と最初に主張したのがマイナスになってしまったようだ。その後で「多少乱暴な物言いがあった」と認めたために、結果的には「虚偽の証言だった」というニュアンスが強くなってしまったことになる。前に真由美が言っていたが、最初に上尾たちが容疑を認めていたら、もう少し戦いようがあったと思う。

「水沼、ポイントを書き出してくれ。メモでいい。後で俺の方のメモとつき合わせて、必要な内容が揃っているかどうか、確認しよう」

「これを、捜査一課長とかが読むんですよね？」

「取り敢えずはな。刑事部長も、下手すると本部長もだ」

判決文をコピーして、最初から渡してしまった方がいいのではないだろうか。もっとも、判決文はそれなりの長さがあるから、忙しい上の人たちが読んでいる暇はないのかもしれない。だからこういうサマリーも必要ということか。自分の記憶を整理して、問題点を洗い出す役にも立つ。だいたいまとまってきたタイミングで、午後一時。顔を上げた時、目の前に新崎が座るのが見えた。

「新崎さん……どこへ行ってたんですか？」

「戻るついでに食事してました」

そんな暇があるか、と言おうとしたが、彼は弁当が用意されていることは知らなかったはずだ。その状態で、一方的に彼を責めるのは、酷《こく》だろう。とにかく今は、新崎に絡んでいる暇もない。

右田が「メモ完成」を告げ、「俺がドッキングさせて精査しておく」と言ったので、加穂留は一時解放された。ペットボトルのお茶を飲み干し、立ち上がって伸びをする。ふと打ち合わせ用のテーブルを見ると、真由美が判決文を読みこんでいた。手もとには……弁当がない。加穂留は寿司を彼女のところへ持って行った。

「先生、お寿司ですけど……」

「ああ、ありがとう」素直に言って、真由美が折を受け取る。それほど怒りも動揺もしていないので安心した。

「少し休んで下さい。お茶、淹《い》れます」

「あるわよ」真由美が、巨大なトートバッグの中から飲みかけのペットボトルを取り出した。

「じゃあ、ちょっと休憩するわ。仕事場でご飯食べて、申し訳ないけど……上の展望ルームは飲食禁止でしょう？」

「あそこはNGですね」

「あそこにカフェでも開いたら、流行《はや》りそうだけどね。お金を儲《もう》けておかないと、賠償金が払えないかも」

「先生、それは――」

「ごめん、ごめん。死刑台のユーモア」

残念ながら誰も笑っていない。真由美はまったく気にしない様子で、稲荷寿司を頬張り始めた。さすがにペットボトルでは申し訳なく、加穂留は熱いお茶を用意した。自分の分も淹れ、テーブルの向かいに座る。

「あら、ありがとう」

「どうなりますかね」

「まだ読めない部分が多いわね。今日はバタバタで何も決まらないと思う。控訴するかどうか決めるのは私じゃないけど……」

「提出期限、二週間ですよね」

「考える時間は、少しはある。でも……」真由美が、汚れた指先をペロリと舐めた。加穂留は立って、ティッシュペーパーの入ったボックスを持ってきた。真由美が一枚引き抜き、指先を丁寧に拭《ぬぐ》う。しかし、決して消えない汚れが着いてしまったように、嫌そうな表情を浮かべた。

「お勧めしない、ですか」

「新しい材料がないのよね。今から新しい証言や証拠が出てきたら、それこそ嘘みたいに聞こえるでしょう。弁護士としては、こういうことを言うべきじゃないかもしれないけど、諦めも肝心だと思う」声を低くしたまま、真由美が早口で言った。

「控訴しない、ということですか」合わせて加穂留も声を小さくする。

「それも選択肢の一つ。でも、決めるのはあなたたちだから」

「あなたたち――私には、発言権はありませんよ」

「それもまた問題だけどね。階級や年齢、性別に関係なく、誰でも意見を表明できないと……警察には無理か」

「まあ、それは否定できませんけど」

「とにかく会見ね。これを無事に乗り切ったら、後のことを考えればいいでしょう」


無事に済みそうになかった。総務部の会議室を使って開かれた会見には、数十人の記者が集まっている。カメラマンやテレビのカメラも……テレビカメラの照明のせいか、部屋の中は夏のように暑くなっている。今日は木枯らし一号が吹いた、肌寒い日なのに。

神奈川県警は、記者クラブ加盟の社を飼い慣らしている、と加穂留は会見前には聞いていた。政治家の会見などと違い、事前に質問を集めるようなことはしないが、それほど厳しい質問はこないはずだ、と。

会見で話すのは、捜査一課長の福井《ふくい》と岩下。広報県民課長の島野と真由美も控えている。福井たちが答えに詰まったら、すぐにヘルプに入る予定だ。

最初に、岩下が裁判全体についての県警のコメントを読み上げる。

「今回の判決に関しては、県警側の主張が認められず、残念な結果になりました。判決の内容には承服しかねる部分がありますので、今後関係各所と相談して控訴するかどうかを決めたいと思います。現時点では白紙です――訟務課としては以上です」

ついで、捜査一課長が口を開く。

「捜査一課の手法を違法だと断言されたようで、今回の判決は非常に遺憾だと考えます」

そこまで言って大丈夫？　加穂留は急に心配になった。判決を全面批判するような発言は、誤解を招くのではないだろうか——いや、福井は本気で判決にむかついているのかもしれないが、だとしても本音は隠しておくべきだろう。

「捜査一課は常に、問題が出ないように徹底して捜査を続けてきました。多少の問題をあげつらって、それをさも大変なことのように取り上げるのは、いかがなものかと思います。私は部下を信じています。真っ当な人間として、刑事として、仕事をするように教育もしてきた。それが捜査一課の誇りであり、伝統であり、この裁判はそれを否定するものです」

横に座る岩下が何度も視線を送ったのに、福井は気づかない。完全に興奮していて、耳が真っ赤になっていた。誰か止めないと……広報県民課長の島野が割って入った。

「では、質問をどうぞ」

福井の独壇場は終わったが、質疑応答の方が恐怖だ。神奈川県の記者は緩いというが、全員がそういうわけではあるまい。普段は取材相手に対して大人しくしていても、いざという時には牙《きば》を剝《む》く記者もいるだろう。

事実、加穂留の想像通りになった。

記者たちが一斉に手を挙げ、島野が指名していく。

「日本新報の萩原《はぎわら》です。先ほど一課長は、『多少の問題』と仰《おつしや》いましたが、公判で明らかにされた事情聴取の様子は、度を越している印象です。相当高圧的なやり方でしたが、今でも問題ないとお考えですか」

「事情聴取、取り調べの中では、担当者も興奮してつい言葉が荒くなることがあります。映像なしの音声だけだと、実際にはどうだったか、分かりにくいのではないですか」

「つまり、判決による認定は誤りだと？」

「そうは言っていません。判決は判決です」

散々悪口を言っておいて「悪口ではない」と言うようなもので、これは印象が良くない。自分に権利があったら、一課長を演壇から引き摺《ず》り下ろして、強引に会見を中止にするのに、と加穂留は思った。

「東日新聞の春日《かすが》です」今度は女性記者。「捜査一課の手法は違法ではないと、確信しておられるわけですよね？」

「その通りです」

「では、判決の認定が誤っているという解釈でよろしいでしょうか」

「私には、判決を批判する権限はありません」

「判決を認めて従う、ということでいいでしょうか」

「裁判はこれで終わりではありません。高裁、最高裁と判断を仰ぐ機会はまだありますから、関係各所と相談して、今後の対応を決めます」

加穂留は会議室の後方で、壁に背中を預けて立っていたのだが、真由美がすっと近づいて来た。

「あの一課長、ああいうタイプの人なの？」

「ああいう、とは？」

「自分のやってることを否定されると、急に感情的になるタイプ。苦労してのし上がってきた管理職のオッサンには多いんだけどね」

「個人的には存じ上げていない人ですので、何とも言えません」

「私、帰っていいかな」真面目な口調で真由美が言った。

「いや、それは……発言しなくても、オブザーバーとしてここにいていただかないと困ります」

「あの調子で暴言を吐き続けて、私がフォローするなんて、勘弁してよ」

「そういうことにはならないと思います……が」加穂留も歯切れが悪くなるのを感じた。実際、今は何を言っても自信がない感じになってしまうだろう。

「まあ、見てるけど」真由美が肩をすくめる。「私の出番がないことを祈るわ」

「私も、先生にご面倒をおかけするのは本意ではありません」

「あなたも大変ねえ」真由美が溜息をつく。「女性で警察官……やっぱりきついでしょう」

「先生が想像する十倍ぐらい大変です。今度、愚痴を聞いてもらえますか？」

「この件が一段落したらね。いつになるやら、だけど」

質問は続いた。地元紙のベテラン記者が、目先を変えた質問をぶつける。

「現在も進行中の、グレイ・イーグル事件の公判ですが、今日の判決が影響することはありませんでしょうか」

「それは、警察が関与することではないので、何とも言えません」福井が不機嫌に言い放った。

確かに、刑事事件であっても、裁判に関しては警察は関与できない。検察から新たな証拠を探すように指示されたりすることはあるが、自発的に動くことはないのだ。

それにしても、今の指摘は気にかかる。不起訴になった主犯格の人間に対して、警察は違法とも言える事情聴取を行った事実が認定された。確かに最高裁で裁判が確定するまでは「そういう事実があった」と決まるわけではないが、それでも実行犯の弁護士は、この判決を利用しようとするだろう。捜査全体の違法性を持ち出して、根源から覆そうと作戦変更する可能性もある。そもそも、主犯格を起訴できなかった時点で、この捜査は失敗だったかもしれないが。

その後、福井はようやく落ち着きを取り戻し、相次ぐ質問に対して「現段階では何とも言えない」「答えられない」「分からない」と曖昧《あいまい》な回答に終始した。

会見は一時間近くに及び、終わった時には自分が会見していたわけでもないのに、加穂留はげっそり疲れていた。マスコミの連中も、いざとなるとこれだけしつこく、厳しくなれるわけだ。

さて、記事も同じように厳しいトーンになるのだろうか。あれこれ考えると心配でならなかったが、今はとにかく、何も考えずに八時間、ひたすら眠りたかった。まだ一日も終わっていないのに、二日分の仕事を一気にこなしたような気分だった。

10

今日は、夕方から各社の記事がネットで出始めるはずで、それをチェックする仕事が残っている。そういうのは本来、広報の役割なのだが、今回は訟務課も主役――なりたい主役ではないが――なので、自分たちでチェックしておくことにした。岩下が「夕飯も弁当を用意する」と言ったのだが、それは断る。訟務課で二食続けて弁当を食べたら、体はともかく精神的なダメージがきつそうだ。帰りは理香の店で夕飯にしよう、と決めて気合いを入れ直す。彼女が作るパスタを食べれば、明日への活力も湧いてくるだろう。

六時を過ぎると、示し合わせたように各社の記事が出始めた。判決の原稿は昼前に出揃っていたので、今度は先ほどの会見の原稿……かなり厳しいトーンだ。

昔から事件記事には力を入れている東日が一番厳しい。

今回の判決に関して記者会見した県警捜査一課の福井繁《しげる》課長は、「裁判はそれ（捜査一課の方針）を否定するものです」と反発した。控訴については検討中としているが、判決に対する反発は、警察幹部の発言としては異例であり、今後の対応が注目される。

批判的なリードに続いて、本文では課長のコメント、さらに質疑の内容も詳しく紹介されている。さらに、解説までついていた。

【解説】今回の県警捜査一課長の会見には、警察の焦りが現れている。

この事件は、全国で多発していた強盗事件「グレイ・イーグル事件」の一つであり、各県警が捜査を展開していた。その中で、神奈川県警は、いわば幸運で犯人を逮捕できた。それまでの捜査の積み重ねがなかった中での逮捕であり、結果的に、主犯格とみなした男性（39）を逮捕したものの、不起訴処分になった。

今回の裁判はこの男性が原告となって起こしたものだが、捜査の甘さがそのまま県警の敗訴につながった。詰めが甘いと言われても仕方のない失態であり、現在横浜地裁で行われている実行犯の公判にも大きな影響を与えそうだ。また、県警は一般的な捜査の方針についても見直しを迫られる恐れがある。

厳しい、厳しい……それぞれの記事を保存して、加穂留は引き上げることにした。精神的なダメージは大きい。そして明日の朝は、また朝刊をチェックしてコピーし、回覧することになる。さらに詳しい記事が、県警を攻めてくるかもしれない。

この敗北は、何日も——何ヶ月も尾を引きそうだ。


ラストオーダーぎりぎり……理香には事前に連絡を入れて、「何とか間に合うように行くから」と頼んでおいた。冷たい風が吹き荒《すさ》ぶ中、ほぼ走るようにして、ラストオーダーの五分前に店に飛びこむ。

いつの間にか人気店になっていて、テーブル席は全て埋まっており、加穂留はカウンターに案内された。フロアの女性店員ともすっかり顔馴染《なじ》みになっていたので、何とか笑顔を浮かべて——笑ったのは今日初めてかもしれない——注文を済ませた。何度かメニューが変わって、理香はナポリタンのバリエーションを追加していた。本格的にイタリアンの店で修行したのにナポリタンとは？　と問い詰めたら、理香は悟ったような顔つきで「日本人は誰でもナポリタンに戻る」と言ったものだ。そもそもナポリタン自体が横浜発祥と言われているし、アレンジも効くし……というわけで、今日の加穂留は「アラビアータ・ナポリタン」にした。二種類のパスタがくっついたような料理だが、ケチャップの甘さの奥にある爽《さわ》やかな辛さは、確かに「アラビアータ」の雰囲気だ。

幸い今日は、ブラウスは濃い茶色だった。加穂留はパスタを食べるとよくソースを飛ばして、後でぶつぶつ言いながら手洗いする羽目になるが、この色なら飛んでも目立たないだろう。

ところが店では、紙エプロンを用意してくれた。

「こんなの、用意することにしたんですか？」フロアの女性に訊《たず》ねると、軽く笑われる。

「いつも服にソースが飛んでいるからって、シェフが」

そんなことまで気づかれていたか、と思うと恥ずかしい。エプロンを広げてみると、駅前にあるスープカレー屋のロゴ入りだった。あの店でもらってきたのか、と笑ってしまう。しかし、わざわざ自分のためだったら、ありがたいと考えるべき？　持つべきものは友だち……だろうか。

理香が出て来て、ニヤリと笑った。

「似合ってるわよ」

「何、それ」

「加穂留、昔からソースを飛ばすよね。『シミズヤ』でも、いつもお絞り二つもらってたじゃない」

「私、何か致命的な問題があるんじゃないかな」シミズヤは加穂留たちの高校のすぐ近くにあった喫茶店だ。喫茶店だがフードメニューが爆発的な量を誇っていたせいで、運動部連中の溜《た》まり場になっていた。加穂留の定番の注文はミートソース。確かに毎回ソースの染みを作っては、お絞りを余計にもらっていた。

「加穂留、何かあった？」理香が目ざとく気づく。

「何でそう思う？」

「顔色、よくないよ。四打数ノーヒットの時みたいな感じ。加穂留はすぐに顔に出るもんね」

「でも、ソフトボールとは違うわよ。四のゼロでも世の中には何の影響もないけど、今はね……仕事でミスしたら、やばいのよ」

「聞かない方がいいよね。でも、加穂留って、ミスしないタイプだと思ってた」

「ミスっていうか、エラーでしょう？」

「まあね」輝かしい過去の記憶か……加穂留は実際、打撃より守備が好きだった。野球でもソフトボールでも同じだが、サードに要求されるのは何より反射神経である。右打者が思い切り引っ張った強打が襲ってくるから、何も考えずに、とにかく反射神経に任せる。エラーが極端に少なかったのは、反射神経と動体視力がよかったからだろう。

そして今、そういうものは仕事の役に立たないとつくづく思い知っている。警察の仕事で要求されるのは、加穂留には乏しい能力——持久力とコミュニケーション能力だ。

「気を遣ってもらって、どうも」加穂留はさっと頭を下げた。

「分かりやすいからねえ。こういう時、素人があれこれ聞くと、かえって鬱陶《うっとう》しいでしょう？私だって、今日の味つけがおかしいって言われたらむかつくし」

「でも、それは言うよ。こっちは、一食一食命懸けだし」

「大袈裟《おおげさ》よ……食べたら元気出た？」

「うん。でも、辛さ二倍でもよかったかな。それぐらいの方が気合いが入った」

「ここ」理香が唇の下を擦《こす》ってみせた。「ソースがついてる。あとで腫《は》れるよ」

「そんなに辛かったかな？」加穂留は慌ててナプキンで顎《あご》を擦った。確かに真っ赤なソースがついている。気のせいかもしれないが、ヒリヒリするようだった。

「人間の口の粘膜ってすごいよね。とんでもない熱さや辛さに耐えられるんだから……そう言えば、ここ、加穂留以外にも警察の人が来るよ」

「誰？」

「いや、名前は……プライバシーがあるから。名刺はもらったけど」

ということは、名前は知っているわけだ。そしてかなり印象的な客なのも間違いない。この店は回転が速い。理香も、馬鹿丁寧に時間をかけて接客しているわけではあるまい。よほど記憶に残るようなことがあったのだろう。

「その人がどうかした？」

「異常に辛いもの好きなのよ。アラビアータの辛さ二倍に、さらにタバスコをかけて食べるんだから」

「それは……胃をやられそうだね」

「だけど平気なのよ。まあ、元々辛さに強い人もいるし、食べ続けて慣れちゃう人もいるんだけどね。私は無理だな。味見でも辛いぐらいだから」

「確かに舌が馬鹿になったら、シェフはまずいよね……それで、誰？」

「しつこいな」理香が苦笑する。「何でそんなに気になるの？」

「こういうところで、知ってる同僚にばったり会うの、嫌じゃない。気まずいよ」

「そんなもの？」

「そんなもの」

食い下がってみたが、理香はその人の名前を教えてくれなかった。まあ……こんなことで気力を使ってもしょうがない。今日はいろいろあったから、さっさと風呂《ふろ》に入って体を温め、寝てしまおう。

理香が会計をしてくれた。お釣りを渡す時に、折り畳んだ紙片が一枚。顔を上げると目が合ったが、理香は素知らぬ表情でうなずくだけだった。

店を出て、紙片を広げる。懐かしい理香の字……小学生の頃から習字をやっていた理香は達筆で、黒々とした太いボールペンの文字は読みやすい。

新崎大也

マジか。

寝不足だ。

モヤモヤしたままベッドから抜け出した加穂留は、デスクに置いた紙片を取り上げた。新崎があの店に頻繁に通っていたということは、この近くに住んでいる可能性が高い。理香の店は名店になる可能性を秘めているが、まだ、遠方から客が通って来るほどは名前が売れていないはずだ。

普通、異動してきた人間がいれば、すぐに丸裸にされる。最近は、個人情報保護のためか、住所や電話番号を簡単に明かす人は少なくなっているものの、警察はそういうわけではない。今でも気軽に情報を交換し合う。ただし新崎はそういう話にまったく乗ってこないので、誰も彼の家を知らないはずだ。調べれば分かるのだが、そういうことをする気にもなれないというか……。

朝食用のトーストを焼きながら、理香にメッセージを送った。

常連のお客さんって、同僚も同僚。私の前に座ってる人。

送信したが、既読にならない……それはそうか。理香も朝は早いはずだが、午前六時半だと、まだ夢の中かもしれない。

何だかな——もしかしたら今朝も、駅へ向かう途中でばたりと出くわすかもしれない。いや、地下鉄で通っているとは限らないのだが。この辺だと、バス便もある。

この情報を知ったからと言って、どうということもないのだが……理香の店の話をしても盛り上がるとは思えない。「辛いものが好きなんですね」という話題は、親しくなれるきっかけになりそうだが、新崎には通用しそうにないか。今後、理香の店で出会《でくわ》したら気まずい思いをするだろう。店にいないのを確認して入り、目立たない席でこそこそと食べてさっさと帰ることにするか――味気ないが、理香の店は貴重な「台所」である。それを失うわけにはいかなかった。

判決翌日――しかも敗訴した翌日の訟務課には、どんよりとした空気が流れていた。普段も決して賑《にぎ》やかではないのだが、今日は空気が重い。一日経って少しはショックが薄れるどころか、むしろ雰囲気は悪くなっていた。

こういう時は、同僚との気楽なお喋《しゃべ》りも効果がない。手を動かすに限る――加穂留は率先して、スクラップ作りを進めた。訟務課でデータとして残しておくためで、新聞を切り抜いてスクラップブックに貼りつけるほかに、それをスキャンして電子データとしても残す。加穂留の感覚では、PDFファイルで残っていれば十分なのだが、上の世代は紙がないとどうしても不安らしい。

コピー機がスキャナーを兼ねているので、何度も自席と往復してスキャンを終える。あとは検索しやすいようにきちんとタグづけして保管する。その作業を始める頃、ようやくスタッフ全員が揃った。いつものように、新崎は最後……遅刻にはならないが、必ずぎりぎりに出勤する。店の件を持ち出してみようかと思ったが、言葉を呑んだ。今日はとても、そんな軽い話題を持ち出す雰囲気ではない。

課長室から岩下が出て来て、新崎を呼んだ。バッグをデスクに置いたばかりの新崎が、そのまま課長室に入って行く。そう言えば、コートも着ていないんだ……昨日木枯らし一号が吹いて今日はさらに寒くなり、加穂留はウールのコートを出すべきかどうか、悩んだぐらいなのに。

「何か手伝うか？」今日に限って新崎よりも遅く出て来た右田が声をかけてくる。

「大丈夫です。あとはスクラップブックに貼って、ファイルを保存するだけですから」

「貼りつけだけでもやってやるよ」

何だか気持ち悪い……普段の右田は、雑用をできるだけこちらに押しつけようとする人間なのに。

「ありがたいですけど……いいんですか？」

「何かやってないと、落ち着かねえんだよ。昨夜は散々呑んだのに眠れなかった。裁判長の顔がずっと頭に浮かんでてさ」

そう言えば右田の顔はむくみ、目は腫れていた。

「自棄酒《やけ》ですか」

「外で自棄酒はまずいと思って家で呑んだんだけど、子どもには泣かれるわ、嫁さんには鬱陶しがられるわで最悪だった」

「それで眠れなかったんだから、丸損ですね」

「それを言うな」渋い表情を浮かべて、右田がペットボトルのお茶をごくごくと飲んだ。「記事、貸せよ」

加穂留は、切り取った新聞記事をまとめて渡した。右田がのろのろと立ち上がり、スクラップブックを取りに行く。グレイ・イーグル事件関連のスクラップブックは十数冊になっていた。さて、とパソコンに向き合った瞬間、課長室から新崎が出て来る。岩下も……岩下も目の下に隈ができていて、顔色が悪い。

「ちょっといいか」

岩下が全員に声をかけて、室内をぐるりと見渡す。新崎は自席に戻って来た。

「今後の方針なんだが、控訴する方向で決まりそうだ。昨日から、幹部の間で話し合いが行われて、今日の午前中には結論が出る。引き続き、訟務課でこの件を担当していくことになる」

溜息こそ漏れなかったが、部屋の空気が急に澱《よど》んだ感じになった。あれだけはっきりした「負け」を通告されたのに、まだやるのか？　何か逆転できる要素でもあるのかと、加穂留は疑念を抱いた。

隣に座る右田のスマートフォンが鳴った。画面を確認して顔をしかめたが、電話には出ず、ワイシャツの胸ポケットに落としこんでしまう。岩下が続けた。

「二週間待たずに控訴の手続きを取ることになると思う。我々は捜査一課五係のメンバーに再度事情聴取を行い、今回の裁判の問題点をあぶり出す……基本的には五係の人間が何故嘘をついていたかを知りたい。それが分かれば、何か取っかかりが摑めるかもしれない」

きつい仕事になるわね、と加穂留はうつむいて溜息をついた。既に二回、事情聴取を行っている。もう一度となると、向こうも切れるかもしれない。しかし訟務課は関わらないわけにはいかないし……単に意地だけで控訴するなら勘弁して欲しい、と心から思った。

加穂留自身、事情聴取に問題があった、と今では確信している。あれだけはっきりした音声ファイルが出てきてしまったら、弁解は不可能だし、逮捕後の取り調べでも問題があったであろうことは容易に想像できる。そして、「録音されてしまった」ことも気になった。脇が甘いというか、それほど怪しい相手なら、何か仕かけてくることを事前に予想していて然《しか》るべきだったのではないだろうか。捜査一課は警察の顔、のような感じで威張っているが、最優秀のメンバーが集まっているわけではあるまい。たまたま五係に「できない」連中が集まったのか、全体にレベルが落ちているのか。自分が捜査一課にいたらどうだろう、と想像したが、加穂留がいても実力を底上げできるものではあるまい。そもそも自分は、捜査一課では仕事ができないと烙印《らくいん》を押されたも同然なのだから。

課長の訓示が終わると、右田が部屋を出て行った。電話をかけて来た相手と話すのだろう。ここで話せないということは、プライベートな用件か。

朝の作業が終わったので、加穂留は思い切って新崎にちょっかいを出してみた。

「新崎さんは元気ですね」

「何ですか？」返事は素っ気ない。

「昨夜は自棄酒の人も多かったみたいですよ。新崎さんは呑まなかったんですか？」

「自棄酒を呑んでも、判決が覆るわけではないですから」

「それはそうですけど……」どうしてこう、杓子《しゃくし》定規なことしか言えないのだろう。子どもの頃に何かあったのか？　弁護士になろうと決めて、ずっと勉強一筋、人と交わる余裕がまったくなかったとか。しかし弁護士という商売は、ひたすら人と関わる仕事である。きちんと話さないことには、何も始まらない――新崎自身がそう言っていたではないか。

課内がざわついてきた。具体的にどんな仕事になるのか指示待ちなのだが、不安が高まっているのだろう。話がしにくい雰囲気になった。取り敢えずコーヒー――立ち上がったところで、訟務課の出入り口で右田が手招きしているのが見えた。私？　自分の鼻を指さすと、右田がさらに激しく手招きした。

廊下に出ると、右田が黙って歩き出す。訟務課からかなり離れたところで、ようやく切り出した。

「一課にいる知り合いから電話だったんだけどさ」

「はい」何の話だ？

「一課長が、とち狂った司令を出してきたらしい。長岡を洗い直せってさ」

「それは……再捜査っていうことですか？　一事不再理に反するような気がしますけど」

「一事不再理は、裁判に関してだろうが。無罪判決が出たら、刑事上の責任を問われないってやつ。仮に後から犯人だと分かっても、手遅れってことだ。だけど長岡に関しては、裁判を受けたわけじゃない」

「じゃあ、一事不再理の原則は当てはまらないわけですね」

「ただし不起訴になっているから、実質的には無罪判決を受けたみたいなものだろう。起訴されたら有罪っていうのが、日本の司法システムの基本みたいなものなんだから」

「それでも捜査するんですか？」

「嫌がらせだよ」右田が顔をしかめる。「あるいは圧力」

「本気でそんなことしようとしてるんですか？」加穂留は目を見開いた。

「分からない。今朝、一課長が三係の係長を呼んで指示したそうだ。俺の知り合いはその三係にいるんだけど、訟務課が絡んでるんじゃないかって心配して電話してきたんだよ」

「まさか……ですよね」

「昨日、課長同士が話し合って何か決めた可能性はあるけど——それはないか。うちの課長の方針は、一課長の方針とは方向性が違うよな」

「ですね」

「一応、課長に話しておくよ。うちと捜査一課が、全然違う方向へ動いていたら、やべえだろう」

「一課は何を考えてるんですかね」加穂留は首を捻《ひね》った。こちらを訴えた人間の周囲を嗅《か》ぎ回って圧力をかける——そんなことが効果的だと、本気で思っているのだろうか。長岡は、捜査一課を上手く罠に嵌めたような人間である。いくら用心してかかっても、返り討ちにされる恐れもある。そもそも長岡が「不当な捜査を受けている」と訴えたら、世論はまた捜査一課——県警批判に向くのではないだろうか。

「一課長が錯乱してるんじゃねえか？　だとしたら、誰かが止めると思うけど。さすがに、刑事部長が釘《くぎ》を刺すんじゃないかな」

「この件に関して、どうして一課はおかしくなってるんですかね」

「確かにおかしいよな。普通の状態じゃねえ。ただ、変な興味を持つなよ」

「私は別に……」

「お前、首を突っこみたがりだからなあ」右田が指摘した。「噂話に首を突っこむぐらいならいいよ。だけどこの件、一人でこそこそ調べ始めたら、やばい気がする」

「だったら皆でやればいいじゃないですか」

「捜査一課に問題がある——だとしても、それを調べるのはうちじゃなくて監察の仕事だよ」

「もしも相手が間違っていることが分かっていても、弁護しないといけないんですか？　それって、良心にも常識にも反することですよね？」

「そういう話は、新崎先生としておけよ。あの人、有罪の人間を弁護したこともあるだろう。そういう時にどんな気持ちか、聞いておけばいいじゃないか」

「まあ……そうですね」聞いて答えてくれるわけではないと思うが。

「ややこしいことになりそうだな」右田が顎を撫《な》でる。そう言えば今日は、髭《ひげ》を剃《そ》ってくる余裕もなかったようだ。

まったく……この件は、自分たちをどんな風に傷つけていくのだろうか。

11

「いや、特に理由はないです」新井巡査部長があっさり言った。

「理由はないというのは、どういう意味ですか」新崎が突っこむ。

「ですから、言わなかったことには理由はないという意味です」

「違法だという認識は？」

「それは……」

新崎の追及は厳しい。弁護士の事情聴取というより、検事の取り調べという感じだった。

訟務課の、いつものテーブル。しかしこれまでとは様子が違う。新崎が急に「このスペースは隔離すべきだ」と言い出して、巨大なファイルキャビネットを動かしたのだ。何を考えているのか……後で確認すると「取調室がないなら、人目につかない場所を作るべきです」ということだった。それは一理ある……訟務課の開けたスペースで話を聴いていると、どうしても集中できない。こちらもそうだし、向こうも同じだろう。かといって、どこかの取調室も借りにくい。部屋には余裕があるので、ファイルキャビネットを動かして一角を区切っても、さして狭くなる感じではなかった。そして、誰かに話を聴く時には実に快適になった。

新井は三十歳を少し出たところ——加穂留より一年上である。童顔で真面目そうだが気が弱い感じ……先輩に脅されて「黙っていろ」と言われたら、一切反発せずに従うだろう。

「事情聴取に問題あり、ということは裁判で認められました。我々としては、新しい方針と作戦で控訴審に臨まねばなりません。そのためには、真実を知っておくことが大事なんです」新崎はぐいぐい迫っていく。まるで横浜地裁での一審ではなく、東京高裁に移っての控訴審こそが本番であるとでも言いたげだった。

「高圧的、暴力的な取り調べは違法だと、警察学校などで教わらなかったんですか」皮肉まで混じってきた。

「それは、もちろん……」

「だったら、上尾さんの事情聴取に問題があることは分かったはずです。その場で止めなかったのはどうしてですか？　後輩として止められなかった？」

「それは――先輩ですから」新崎の指摘を実質的に繰り返したような発言だった。

「先輩が間違いを犯しても、何も指摘できないような空気が捜査一課にあるんですか？　それとも上尾さんが口止めした？」

「そんなことはありません」

「これは大事なことですが、この件を誰かに話しましたか？」

「いえ」新井が顔を背ける。視線の先にあるのは、動かしたばかりのファイルキャビネットの裏側だ。

「では、係の人は――捜査一課の人は誰も知らなかったということですか？　あなたと上尾さんだけの秘密だと？」

沈黙。厳しく責められ、答えに窮しているのは明らかだった。握り締めてテーブルに乗せた両手は白くなっており、顔色も悪い。

「新井さん」加穂留は柔らかい声で話しかけた。「水沼です。あの、何も自分のキャリアをドブに捨てることはないんじゃないですか？　私たちは、控訴審で勝てるように頑張るつもりです。

でも、取り敢えず一審で、違法な取り調べがあったことは認定されました。あなたがどうしてこの件を止めなかったのか、上にきちんと報告しなかったかがはっきりしなければ、私たちも庇《かば》いきれないんですよ」

「私は別に……」

「新井さん、まだ若いじゃないですか。私より一個上ですよね？　まだまだやり直せる——正直に喋ってもらえれば、私たちで何とかサポートできるかもしれません。でも、喋ってくれないと、どうしようもないですよ」

「あなたが自分の人生を捨てるかどうかは、あなたの自由です。でも私なら、誰かのために自分の人生を捨てたりしません」

「捨てる？」

「上尾さんを庇えば、今は『よくやった』と褒められるかもしれません。でも将来的には、それがあなたを追いこむ可能性もある。悪いことがあったなら正直に話して下さい。今は辛いかもしれませんが、それがあなたを救うことになるはずです。捜査一課だけが警察の全てじゃないでしょう？　他にもあなたの能力を活《い》かせる部署があると思います」

「俺を一課から追い出すつもりですか？」

「一課にいたら、あなたの手は汚れる一方かもしれませんよ。私たちは、あなたを助けたいんです」

新井の喉仏《のどぼとけ》が上下した。迷っている……緊張している……握り合わせた手は震えているし、顔面も蒼白だ。先輩にすれば、御し易い相手だろう。少し脅せば言うことを聞くタイプのはずだ。

新崎が急に手綱を緩めた。自分の名刺を取り出し、裏に携帯の番号を書きつけて渡す。

「私の個人用の携帯の番号です。いつでもかけてもらって構いませんから……もう一度言いますけど、私たちはあなたを守ります。それを忘れないで下さい」

新井を送り出すと、新崎が少し驚いたような表情で加穂留を見た。

「……何か？」

「いえ、ちょっと驚きました」

「何がですか？」

「あなたは、人から話を聞き出すのが上手いみたいですね。まだ慣れていないかもしれないけど、相手の気持ちに切りこんでいる」

そうだろうか？　自分ではよく分からない。まあ、新崎が自分と何か話そうとしているなら、それはそれでいいが。

「今の事情聴取の内容を検討しましょう」と新崎が言い出した。

「どうします？　お昼でも食べながらにしますか？」ちょうどそういう時間だ。

「後にしてもらっていいですか？　鉄は熱いうちに打て、です。それとも県警では、昼食時間は決まっていて、それ以外の時間に食べていたら叱責《しっせき》されるんですか？」

「そういうわけじゃないですけど」そんな決まりがあったら、外回りの人間は食事ができなくなってしまう。「……まあ、いいです」

「それで、どう思いました？」早速新崎が切り出す。

「絶対、上尾さんから脅されてますよね。脅されてなくても、何も言わないように忖度《そんたく》しているとか」

「そんなところだと思います」新崎があっさり同意した。「警察という組織は、上下関係が厳しいのでは？」

「外で働いたことがないからよく分かりませんけど――はい、確かに先輩の言うことは絶対ですね」

「先輩が違法行為をしても、庇うぐらいに？」

「私は経験ありませんけど、そういうことがあってもおかしくはないですね」

「五係全体で、上尾さんを庇っているんでしょうね。先輩を立てるということは、後輩も大事にするのでは？」

「同族意識というか、警察一家という考え方は普通です。それがチームワークだと教わっています」

「悪のチームワークになるかもしれない」新崎が皮肉っぽく指摘した。

「それはまあ――そうかもしれません」実際今回は、悪のチームワークが働いて、こういうことになったのではないだろうか。「新崎さん、どういう方向へ持っていきたいんですか？　裁判の方針は……」

「それは今里先生が中心になって決めることです。私はサポートするだけです」

「でも新崎さんは弁護士資格を持っているんですから、今里先生と共同して方針を立てることもできますよね？　って言うか、その方が効率がいいし、いい作戦も立てられそうですけど」

「それは私が決めることじゃないので……とにかく今は、どうして五係の人たちが嘘の証言をしたのかを、探り出さないと」

「それで、結果的にやはり五係で違法行為が行われていたと分かったらどうするんですか？　そういう人たちも弁護するんですか？」

「弁護するのは今里先生ですが――」

「おっと、失礼」

急に声をかけられ、加穂留ははっと顔を上げた。岩下が、弁当箱を持って狭いスペースに入って来たのだった。

「課長、今日はお弁当ですか？」

「たまにはな……書類を広げ過ぎて、課長席で飯が食えないんだ。ちょっとテーブルを貸してくれないか？」

「はい——お茶でも淹《い》れますか？」

「若い奴がお茶を淹れないことは、訟務課の決まりだろう。自主的に淹れてくれる分には構わないけど」

「では」

加穂留は熱いお茶を用意した。戻ると、岩下はまだ弁当に手をつけずに、新崎と話しこんでいる。この二人も怪しい——新崎は他のスタッフとはほとんど話そうとしないのに、課長とはよく会話を交わしている。岩下が課長室に新崎を呼びこむこともしばしばあった。

「あのな、一課長の押さえつけが始まるみたいだぞ」岩下が言った。

「押さえつけって……一課長を押さえられる人間なんかいるんですか」

「刑事部長。実は、昨日からお冠なんだ」

「ああ……でしょうね」

神奈川県警の刑事部長はキャリア組である。グレイ・イーグル事件を手がけたのは前の刑事部長の時代で、現在の刑事部長には関係ないのだが「裁判で負けた時の刑事部長」という事実はついて回る。今後の出世競争に影響が出るほどの傷とは思えないが、苛《いら》つくのは間違いないだろう。しかも一課長は、昨日の会見で散々突っこまれて、批判的な記事も掲載された。そんな矢先に

「長岡を調べ直す」とぶち上げたら、刑事部長の怒りに油を注ぐようなものだ。とはいえ、捜査一課も秘密主義の人間ばかりではないということが、これで分かった。三係の人間は本気で一課長に激怒し、さらに上にタレこんだのだろう。

「たぶん、一課長と直接話して、長岡の再捜査はやめさせると思う。まあ、うちとしてはありがたい話だな。裁判に悪い影響が出なくなるとしか思えない」

「それでよろしいかと思います」新崎がうなずいて立ち上がり、加穂留に声をかけた。「昼飯、いきますか」

「あ、はい」

「打ち合わせの邪魔だったか?」岩下が言った。そんなことは、最初から分かっていたはずなのに。

「大丈夫です。どうせお昼の時間ですから」

加穂留はさらりと言った。これで新崎のことをもう少しよく知ることができるか……知ってどうなるものでもないだろうが、好奇心は抑えられない。首を突っこみ過ぎという右田の忠告を思い出し、胸に刻んだ。

県警本部の欠点は、周囲に食事ができる場所があまりないことである。横浜の中心部の中ではエアポケットのような場所で、飲食店が少ない。中華街は遠いし、飲食店が多い馬車道駅の近くまで出るにも結構時間がかかる。今日は、春に見つけたカフェか――加穂留はすっかり常連になっていた。

「新崎さん、好物は何なんですか?」

「何でも食べますよ。雑食なので」

「パスタとか」カマをかけてみた。

「好きですけど、パスタがいいんですか？　近くにありますよね」本部のすぐ向かいに、イタリア料理の店がある。

「いえ、昨夜パスタだったんで」

「二日続きはまずいですね」

二人はぶらぶらと歩いて、たまたま見つけたカフェに入った。ここには入ったことがない……外から覗《のぞ》くと、店内は空《す》いている。ランチ時に空いている店は、味に難ありのことが多いのだが、贅沢《ぜいたく》は言っていられない。

店に入ると、カレーの匂いが鼻を刺激した。カフェだがランチ時はカレー推しの店のようで、メニューには三種類のカレーがある。新崎は迷わずグリーンカレーにした。一番辛そうなやつ。

「辛いの、好きなんですか？」昨夜の理香の話を思い出す。アラビアータの辛味増しにタバスコ大量。

「頭がすっきりしますからね。今日みたいに寒い日は特にいい」

加穂留はキーマカレーにした。昨日の辛いパスタを思い出し、少し抑えることにしたのだ。このキーマカレーが、とてつもなく辛い可能性もあるが。

「新崎さん、弁護士時代はもっといいものを食べてたんじゃないですか」

「いや、昼飯の定番は弁当でした。事務所の近くに弁当屋があったもので」

「忙しくて弁当？」

「それにお金がなくて」

「弁護士はお金持ちのイメージがありますけど」

「誤解です」新崎があっさり否定した。「今里先生に聞いて下さい。刑事弁護士の懐具合は厳しいですよ」

「そんなものですか」分かっていることだったが、取り敢えず会話が転がっているのでほっとした。弁護士時代の話題だったら、抵抗なく話せるのかもしれない。

キーマカレーは、一分と待たずに出てきた。皿の上にご飯を丸く平らに敷き詰め、その上にカレーを載せて、半分に切ったゆで卵を真ん中に置いたものだった。早速食べると、辛味はそれほどでもない。肉々しいカレーを噛《か》み締めると、旨《うま》みがじんわりと口の中に広がる。いいキーマカレーだった。

新崎のグリーンカレーはやはり相当辛いようで、食べているうちに額に汗が滲《にじ》んでくる。しかしスプーンを動かす手は止まらず、あっという間に食べてしまった。やはり辛いものが好きなのは間違いない。加穂留は三分遅れでフィニッシュ。新崎は、一緒に頼んでいたアイスコーヒーを既に空にしてしまっていた。アイスコーヒーが欲しくなるような辛さだったのだろう。しかし冷たい飲み物のおかげか、額の汗は引いていた。

「新崎さん、今日、ずいぶん厳しく当たりましたね」

「そうですか？」

「判決前とは別人みたいですよ」

「嘘をつかれたら、誰だって頭に来るでしょう。しかもまだやるっていうんですから、呆《あき》れます」新崎が肩をすくめる。そういう動きは初めて見た。

「無理だと思いますか？」

「私が担当者だったら、諦めるように必死で説得します」

「そんなに？」

「あれだけはっきりした負けは珍しいですよ。あちらさんが、裁判を起こすことを想定して録音していたかどうかは分かりませんが、一課の皆さんは出し抜かれたんです。これ以上続けると、さらに恥をかく可能性もある。まだなにか、隠し球があるかもしれませんよ」

「そう思います？」

「可能性としては」

「新崎さんは、どうするべきだと思うんですか？」

「控訴しないで、さっさと忘れることです。記者会見でも出ましたけど、他の被告の裁判に悪影響が出る恐れもありますよ」

「ええ」

「面子《メンツ》を考えて、意地を張って……それだけで続けるのは、時間と金の無駄です。さっさと引いて、頭を引っこめて、噂が消えるのを待った方がいいでしょう。裁判ではよくあることです」

「控訴しないで、なかったことにする？」

「ええ」新崎がうなずいた。「裁判で時間と金を無駄にするよりも、さっさと忘れて前に進む、ということです。それで上手くやっている人はいくらでもいますよ。我々も、状況を見て控訴を諦めるように説得することがあります」

「本気でそう思ってるなら、課長を説得したらどうですか？」

「今の私は、一介の職員です。こういう大事なことを進言する立場にはありません」

「でも、法律の専門家なんですから……それに、課長とよく話してるでしょう。相談を受けてるんじゃないんですか？」

「まさか。趣味の話ですよ」

「趣味？」加穂留は首を傾げた。「課長と趣味が一緒なんですか？」

「将棋ですよ、将棋」新崎が人差し指と中指を伸ばし、駒を置く真似をした。

「そうなんですか……」嘘だ、と思った。課長が新崎を呼んで話している時は、常に深刻な表情で、将棋の戦法を話題にしている感じではない。しかし突っこむのはやめにしておいた。今日は、これまで話した時間の合計よりも長く、新崎と話しているかもしれない。何となく「関係構築」の光が見えてきたのだから、無理しない方がいいだろう。今日この後は、向こうから話しかけてきたら返事する、ぐらいにしておこう。

焦ることはない。裁判は日程で急《せ》かされるが、新崎とのつき合いは長くなるはずだから。


「一課長を、ですか？」

その日の夕方。思いもよらない岩下の指示に、加穂留は思わず聞き返した。岩下の表情も真剣――深刻である。自分で決めたはずなのに、躊躇《ためら》いと戸惑いが感じられる。

「実は、刑事部長に呼び出されたんだ」暗い声で岩下が言った。「部長が、一課長の言動にお冠だっていう話はしただろう？」

「ええ」

「長岡の再捜査については直接命令してやめさせたそうだけど、それだけでは気が済まないらしい。グレイ・イーグル事件の違法な捜査に関して、一課長が自分で命じた、あるいは報告を受けて看過していた疑いがあると言っている」

「課長はどうお考えですか」新崎が冷静に訊ねる。

「俺か？　俺は……」岩下が顎を撫でた。「これだけ大きい事件になると、一課長には逐一捜査状況が報告される。直接指示をすることも珍しくない。しかし、『ぶん殴ってもいいからゲロさせろ』とは絶対に言わないはずだ。暗黙の了解で命じることはあるかもしれないが、言葉にはしない――証拠が残りかねないからな」

「ぶん殴るように、無言で指示したんですか？」加穂留は目を見開いた。

「喩《たと》えだよ、喩え」岩下が顔の前で手を振った。「そもそも最初は、この事件は楽勝だと思われてたじゃないか」

確かに。捜査記録を読み返して分かったのだが、現行犯で逮捕された若者四人は、自分たちがやったこと、指示されたこと、そして指示してきた相手をあっさり喋ってしまったのだ。闇サイトを見てアルバイトに応募してくるような若者たちだから、ろくな人間ではないのだが、これまで警察と関わったことは一度もなかった。見ただけでも怖いオッサンたちを前にしてすっかりびびってしまい、何も言われずとも全面自供してしまったのだろう。実行犯は使い捨て、というのがこの手の闇サイトを使った犯罪の基本であり、主犯格の人間は、絶対に自分に手が届かないように工夫している。

ただしこの時は、実行犯があまりにもあっさり自供したために、長岡は自分との関係を断ち切る時間さえなかったようだ。だからこそ、実行犯を逮捕してから三日で長岡の居場所を特定し、その翌日には最初の事情聴取……これ以上は望めないほどのいいペースだろう。

話が壊れ始めたのはその日からだ。順調に進んでいた捜査で、一課長が乱暴な指示を与えるとは思えない。

「あのな、一課長に話を聴くのは、圧力だから。刑事部長が、自分の手を汚したくないから、訟務課にやらせようとしているだけなんだ」

「それに乗ったんですか？」

「乗るもなにも、刑事部長の命令を断れるわけがないだろう」岩下が口をへの字に曲げた。「一回貸し、と考えてくれ。刑事部に恩を売っておいて、悪いことはないと思う」

「裁判に負けたことで、捜査一課はうちに対してかなり恨みを抱いていると思いますが」加穂留は指摘した。

「余計なことは言うな。とにかく、一課長の事情聴取を頼む」

「課長が自ら出ていかなくて大丈夫ですか？」さすがに相手が課長だと、こちらも相応の人間がいかないと、と思う。

「現場のことは君らに任せてるだろう。しっかりやってくれ。新崎君、構わないね」

「ええ。今から行きますか？」新崎が腕時計を見た。

「いや、今いるかどうかは分からない。捜査一課長は外へ出ていることも多いからな」

「では、覗いてきます。いなければ、明日の朝、巻き直します」

「こっちへ連れて来いよ」岩下が忠告した。「一課長室には、記者連中も出入りしている。見つかると面倒なことになるぞ」

「では、こちらへ」新崎が立ち上がり、加穂留に声をかけた。「行きましょう」

「マジですか？」釣られて立ち上がったが、未《いま》だにこの指示が信じられない。「本当に捜査一課長から事情聴取するんですか？」

「ああ」岩下が真顔でうなずき、すぐに相好を崩した。

岩下は、捜査一課長をいたぶって本気で楽しんでいるのかもしれない。

「馬鹿なこと言うな」捜査一課長の福井が、乱暴に吐き捨てた。「私が指示した？　そんなわけないだろうが」

「指示はなくても、事実としてはどうですか？」加穂留は食い下がった。「そういうことがあったとは、ご存じなかったんですか」

「ない」

「指示もない？」

「ない」

福井が腕組みをして、天井を睨んだ。ネクタイを外し、ワイシャツの袖《そで》を肘《ひじ》のところまで捲《まく》っている。太い腕がむき出しになっているが、白い毛がかなり目立つ。年齢を感じさせるところだった。何もなければ、福井はこの後、県内のS級署の署長を務めて退職するはずだ。晩節を汚すわけにはいかないと必死になっているだろう。天下りにも影響するだろうし。

「では、今回の件に関しては、一課長は蚊帳の外だったと考えてよろしいですね」新崎が確認した。

「ああ？」

「それなら、昨日の会見でのご発言も理解できます。ご自分の部下に対して、『真っ当な人間として、刑事として、仕事をするように教育もしてきた』と。つまり、判決で指摘されたような乱暴な取り調べは、想定もしていなかったということですね？」

「あれが事実かどうかは分からない」福井は、ありえない可能性に縋《すが》っているとしか思えなかった。

「裁判で認定されたことです。真実と言えるかどうかは分かりませんが、事実です」

「君らは、うちを守るつもりなのか、潰《つぶ》すつもりなのか、どっちなんだ？」

「訟務課の仕事をしているだけです」新崎がさらりと言った。

「内輪を攻撃する――どういうことなんだ」

「事実関係を全て把握しておきたいだけです。私たちは、あの事件の捜査本部にいたわけではないですから、証言によって解明するしかありません。控訴に向けて、時間がないんです」

「俺は、通常業務で忙しくて、時間がない」福井が言い返す。

「承知しています」加穂留は手帳を開いた。「今日一回だけで終わりにしたいと思いますので、ご協力、よろしくお願いします」

「まったく……」福井が舌打ちした。「いい加減にしてくれよ」

「我々も、いい加減にしたいです。でも、県警を守るためですから」

「手短かにしてくれ」

しかし新崎は、手短かにする気など一切ないようだった。ねちねちと質問を続け、相手の答えの些細《ささい》な矛盾に突っこみ、失われた記憶を掘り起こそうと、言葉を変えつつ質問を繰り返す。三十分も経つと、福井は必要最低限のことしか喋らなくなり、疲れが見え始めた。福井だって、現場の刑事だった頃はこうやって相手を体力的に削っていたはずだが。「やられる方」の感覚は理解できない、そもそもしようともしない人なのかもしれない。

新崎はほぼ一時間、喋り通しだった。それでも疲れた様子も見せない。話がまとまりつつあったところで、新崎がボールペンの尻《しり》でテーブルを二度叩《たた》いた。予《あらかじ》め決めておいた「締め」の合図で、それは加穂留が行うことになっていた。

「それでは、この辺で……ご協力ありがとうございました」

「こういうのは、今日だけにして欲しいね」福井が首をぐるりと回した。

「それについては、刑事部長のご意向もありますから」

「部長の？」

「異例ですが、今回の事情聴取の件は刑事部長にも報告を上げることにしています。総務部長と刑事部長の話し合いで決まったことで、私たちは言われた通りにやるだけです」

「刑事部長が……」福井の顔が蒼白になる。

キャリア官僚と現場の関係は微妙だ。キャリア組は、将来警察庁の中枢で指揮を取るための「訓練」の意味もあって、地方の警察に派遣されてくる。現場のたたき上げの「長」よりもずっと年下の人間が上司として来ることもしばしばだ。経験が浅い、頭でっかちの人間だと分かっているから、現場には何となく反発する気持ちがある。しかし「事故」があるとキャリア官僚本人だけではなく、現場も猛烈なダメージを食《くら》うから「とにかく無事にお帰りいただく」のがキャリア官僚に対する基本的な態度である。いい事件を挙げて、箔《はく》をつけられたら最高だ。課長や部長で赴任してきた人間が、後に本部長で返り咲いてくることもあるから、恩を売っておいて損はない。

一方キャリア官僚にとっては、事件捜査、指揮の訓練というより、一癖も二癖もある警察官をいかにまとめ上げるかの実地訓練が、地方勤務の意味と言われている。地方によって警察のカラーは違う――捜査手法や生活習慣、人間関係などがそれぞれ独特だ――ので、それを学んでおくことで、将来はどんな人間を相手にしても対応できる、ということだ。いずれにせよキャリア組にとっては、任期中、部下が不祥事を起こさないことが大事である。

しかし今回は、不祥事になりかねない――いや、長岡が不起訴になった時点で、既に不祥事なのだが。刑事部長は来年の春、警察庁に戻る予定だが、果たしてうまくいくだろうか。この不祥事の責任を取らされて、他の県警へ流れていく、ということも考えられる。

「刑事部長も、いろいろと気にされることがあるでしょうから。あまり困らせない方がよろしいんじゃないですか」

「大きなお世話だ！」吐き捨て、福井が部屋を出て行く。取り残された二人は、顔を見合わせて同時に溜息をついた。

「ちなみに、どうして最後の締めは私なんですか？」加穂留は訊ねた。

「女性が締めた方が、柔らかい雰囲気で終わるかな、と。その方が、トラブルになりにくいでしょう」

「若干、女性蔑視《べっし》の匂いがしますが」

「立ってるものは親でも使え、とも言いますけどね」

「そうですか……どうします？」

「テープ起こしはやっておきます。お疲れ様でした」テーブルに置いたスマートフォンを取り上げ、新崎が言った。

「私がやりますよ」

「もう六時を回ってます」新崎が壁の時計を指差した。「皆で揃って残業する必要はないでしょう」

「でも……」

「エネルギーが切れかけ、みたいな顔をしてますよ」新崎がうなずいた。「帰って、美味しいものでも食べて下さい」

　この雰囲気は悪くない……二人でテープ起こしをして、後でファイルを合体させれば、一人でやる場合に比べて半分の時間で済む。終了予想時刻、午後七時ぐらい。一緒に夕飯を食べに行って、もう少し関係を詰めても悪くはないだろう。

しかし焦り過ぎも良くない。今日はこれぐらいにしておいてやるか。

「じゃあ、あとはお願いします」

「明日の朝、確認して下さい。それから課長に提出します」

「分かりました」

加穂留は荷物をまとめた。他のスタッフは既に全員、引き上げている。ここでも話せるのだが、新崎はスマートフォンにつないだイヤフォンを耳に突っこみ、早くもキーボードを叩き始めている。一瞬だけ目が合ったので軽く黙礼すると、礼を返してくれたので、仰天する。もしかしたら、自分の取り調べを見て、少しは評価してくれたのだろうか？　とにかく、互いに挨拶《あいさつ》するだけでも、大きな進歩だ。

12

翌朝出勤すると、加穂留は打ち合わせ用のテーブルの方で人の声がするのに気づいた。打ち合わせには早い時間なのだが……近くのロッカーにコートをしまいがてら確認すると、右田、佳奈、さらに二人のスタッフが深刻そうな表情で話し合っていた。加穂留に気づくと、佳奈が手招きする。何だか嫌な感じ……と思ったが、先輩に呼ばれているので拒否するわけにもいかない。

「昨日からずっとよ」佳奈が愚痴るように言った。

「はい？」

「昨夜の呑み会の議題を、今朝も引きずってるの」

「どういうことですか？」

「ちょっと座れよ」

右田が言った。とはいえ、テーブルには椅子は四脚だけ。加穂留は自分の椅子を引いてきて座った。

「何ですか？」背筋を伸ばして訊ねる。

「課長の指示、おかしくねえか？　それと、お前もだ。お前というか、お前の相棒の新崎」

「新崎さんは別に、相棒じゃないですけど」加穂留はやんわり抗議した。

「今は組んでるんだから、相棒だろうが……新崎、話を聴いてる一課の連中を追いこむみたいに厳しくやってるみたいだな」

「ああ……はい、そうですね」これは認めざるを得ない。「私もちょっと、厳し過ぎるとは思ってました。喧嘩《けんか》を売ってるように見える時もあります」

「やっぱりな……」右田が溜息をついた。

「佳奈さん、どういうことですか？」佳奈の方が冷静に見えたので、加穂留は彼女に疑問を投げた。

「うん……捜査一課の中で、うちへの不満が高まってるのよ。特に新崎君に対して。もちろん彼もうちのスタッフだから、事情聴取をするのも当然なんだけど、やり方がね……検事が容疑者を追及する時みたい。警察官が警察官を調べる時は、やっぱりいろいろ配慮しないといけないのよ」

「今回の件でも、ですか？」

「デリケートな事件なんだから、相手を怒らせないように気を配る――あなたも含めて、私たちはずっと警察にいるから、警察官がどんな話にどんな反応を示すかが分かってる。相手を怒らせないで話をするノウハウは持ってるわよね？」

「そうだといいんですが」最年少の自分には、まだそこまでのテクニックはないのでは、といつも情けなく思っている。だいたい、スムーズに話を聞き出すことができないのだ。

「課長の指示もイマイチおかしいんだけど、新崎はそれに変な形で乗っかって暴走してるんじゃねえか？」右田が指摘する。「捜査一課の連中はミスした。しかもそれを隠蔽《いんぺい》したのは間違いない。でも、それを裁くのは俺たちの仕事じゃない。警察の中でやるなら、監察だ。新崎は、何だか県警を分断しようとしてるみたいなんだけどな」

「まさか」彼がそんなことをする意味が分からない。県警に恨みを抱いている？　いやいや、そんな人間だったら、そもそも県警に入ろうとは思わないだろう。もっとも、本格的な訴訟社会に備えて――という最初に聞いた言い分は、今でも信じられない。何か裏があるのでは、となおも疑っている。

右田がぐっと背中を伸ばすようにして、新崎の席を見た。急に立ち上がり、そちらへ向かう。加穂留は慌てて後を追った。

「新崎さんよ、あんた、訟務課の仕事を勘違いしてるんじゃねえか？」右田がいきなりふっかけた。

「はい？」新崎は目を細くして短く言うだけだった。

「あんたのやり方で、捜査一課は疑心暗鬼になってる。あんたの狙いは何なんだ？」

「真相を明らかにすることです」

「裁判で勝って、県警を守ることじゃねえのか」

「そのためにはまず、真相を知らなければなりません」

「あんたは、警察のやり方が分かってねえんだよ。捜査一課には、大事な仕事があるんだ。それの邪魔になるようなことは――」

「捜査一課のやり方が正しいと思いますか？」

「ああ？」

「裁判で、違法だと認定されたんです」

「で、あんたがそれを是正すると？」右田が皮肉っぽく言った。

「私には、そんなことをする権利はありません。ただ、捜査一課の取り調べがどんな風に行われていて、何が問題なのかをはっきりさせる必要があります。そうしないと、今後も同じように訴えられて負ける可能性がありますよ。そういう可能性を取り除くのも、訟務課の仕事じゃないんですか？」

「あんたに何が分かるんだよ！」右田が吠えた。「警察のことなんか、何も分かってねえだろうが」

「中にいると、ローカルな常識だけに囚われてしまって、世間の常識とずれることがあります――どんな世界でも同じでしょうが」

「俺が常識からずれてるって言うのか？」

右田がデスクを回りこんで、新崎に迫ろうとした。加穂留は慌てて腕を摑んだが、体重が違い過ぎて引っ張られてしまう。

「右田さん」

佳奈が素早く前に立ちはだかった。ゆっくりと首を横に振ると、右田が舌打ちして部屋を出て行く。まるで猛獣使いだ……。

「聞くのは嫌かもしれないけど、右田さんが言ったことは、訟務課の中の主流的な意見だから。

肝に銘じておいて」

「私は私の仕事をやるだけです」

新崎が淡々とした口調で言って、ノートパソコンの電源を入れた。佳奈がほんの少し長く、厳しい視線を浴びせかける。それから廊下に向けて顎をしゃくった——表に出ろ、か。こんなところで、高校生の喧嘩みたいなことをしなくても。

佳奈に続いて廊下に出る。幸いというべきか、右田はいなかった。佳奈が腕組みをして、溜息をつく。

「あなたさ、彼のやり方、おかしいと思わない？」

「うーん……おかしいです」加穂留は認めた。

「一緒に組んでやってると、よく分かるでしょう？」

「警察のやり方を知らないのは、間違いないと思います。ただ、新崎さんの言うとおりで、警察の常識が世間の常識かというと……」

「何だ、あなたも彼に毒されてるのね」呆れたように言って、佳奈が両手を広げた。

「そういうわけじゃないです」否定したが、新崎の言葉の一部は素直に受け入れられる。一般的に考えれば、彼の理屈はまったくおかしくないのだ。特定の集団の中でしか通じない常識は、確かにあるだろう。

「とにかく、訟務課の中では、彼のやり方に不満が高まってる。そもそも彼がうちにいること自体が、不自然で怪しいじゃない？」

「それは——確かにありますね」

「あなたも気をつけて。コンビを組んでると、同類だと思われるから」

「まさか」加穂留は思わず両手をきつく握った。「私だって、何かおかしいと思ってるんですよ」

「それで？」

「だから、ちょっと探りを入れようかな、と……いろいろ話は聞いてます」

「何か分かったの？　ああいう変な人は――」

佳奈が口を閉ざし、急に柔らかい笑みを浮かべる。一礼すると「お早うございます」と軽やかな声で挨拶した。加穂留も振り返り、岩下の姿を認めてさっと頭を下げる。

「朝から女子会か？」

「今は、女子会なんて言いませんよ」佳奈が軽い口調で言った。

「じゃあ、何と？」

「ただの会合です」

「ああ、そうか」軽い調子で言って、岩下が訟務課に入って行った。

「私は、課長に探りを入れてみるわ」佳奈が小声で言った。「新崎君の事情、絶対に知ってるわよ。そもそもあの人が黒幕かもしれない」

「まさか」

「世の中に『まさか』ってことはないのよ」佳奈が顔の前で人差し指を振った。「あなたも、本当に新崎君のことを調べているなら、気をつけて。彼の変な動きに巻きこまれないように」

「そんな風にはなりませんよ」

「言いくるめるのが得意なのが弁護士だから」

「気をつけておきます」

廊下で一人になり、深々と溜息をつく。一体何なんだ……新崎の言動は自分も気に食わないが、課内でこんなに嫌われていたとは。このままでは、誰とも一緒に仕事ができなくなる。それは別に構わないが、課内を掻《か》き回されて、環境が悪くなったらたまらない。

よし、ちゃんと彼の本音を見極めよう。そのためにはコミュニケーション——会話が大事だが、右田に責められた新崎が、話に応じてくれるかどうか。

右田も迂闊《うかつ》だ。感情の赴くままにあんなことをしていたら、遠くない将来に大変なことになる。こうやって、組織は崩れていくのかもしれない。その原因は——やはり新崎だ。原因が分かっていれば取り除けばいいのだろうが、果たしてそんなことができるかどうか。

加穂留はそのまま外へ出た。少し頭を冷やしたい——しかしコートが必要な寒さにやられて、すぐに引き返すことになった。

今日の自分は、完全に調子がおかしくなってしまっている。

新崎のせいだ。

おかしい。

嘘をつくのは分からないでもない。自分のミスを隠すために、適当な理由を並べていくうちに、結果的に嘘になってしまうのはよくあることだ。

問題は、嘘だとバレた後だ。明るみに出てしまったら、もう隠している意味はない。それなのに誰も、嘘をついた理由を明確に説明しない。

五係の全員から二度の事情聴取を終えた日の夕方、加穂留は一人展望ロビーに上がった。夕焼けをぼんやりと眺めながら、何とか気持ちを落ち着かせようとする。鼓動は激しいままで、かすかに吐き気がするぐらいだった。今の自分に必要なのは美味《うま》いワインとか……いや、きついエスプレッソかもしれない。

夕日を眺め続けていると目をやられる。この展望ロビーのガラスも、もう少し工夫してじっくり夕日を眺められるようにしてもらえないか……いや、わざわざ夕日を眺めにここへ来る人はいないだろうが。

広いロビーに加穂留一人。しかし、ふと人の気配に気づく。逃げる必要はないが……新崎だった。書類に視線を落としながら、ゆっくりとこちらへ歩いて来る。声をかけるべきかどうか迷い、一歩後ろへ引いた瞬間、新崎が顔を上げた。不思議そうな表情を浮かべて立ち止まる。

「何……してるんですか」思わず訊ねてしまった。

「休憩ですよ」新崎がさらりと言った。「行き詰まると、たまに来ます。あなたは？」

「休憩……じゃなくてサボりですね。今日は疲れました」

「そうですか。お疲れ様です」

彼の口からそんな台詞《せりふ》が出たので、加穂留は仰天した。こんな風に感情――心遣いを見せるようなことは今までなかったのに。

「でも、贅沢言っちゃいけないですよね。訟務課で扱う案件は、いつかは終わりますから。他の部署だと、担当した事件を解決できないで、いつまで経っても引きずることがあります」

「重要事件なら、時効はありませんからね」

「時効があるような事件でも、解決できなければやっぱり引きずるものです。例えば、被害額三万円の窃盗事件でも」自分はそういう事件を捜査したこともないが。

「そんなものですか。元気がないなら、美味いものでも食べてエネルギーをチャージしたらどうですか」

それで思い出した——嫌なことを。来月になったら、父親と食事をしなくてはいけないのだ。加穂留はこの件を、新崎との距離を詰めるために使うことにした。プライベートな事情を明かせば……。

「面倒なことを思い出しました」

「何がですか？」

事情を説明した。新崎は、何が問題なのだと言いたげだったが、最後まで話すと納得したようにうなずいた。

「そうですか……お父さんとは微妙な関係なんですね」

「だいたい、退職祝いで娘と食事なんて、変じゃないですか。職場の人がいくらでも奢《おご》ってくれるでしょう。警察って、そういう仲間意識が強いですし」

「でも、親子ですから」

「苦手なんですよ」

「苦手……同じ職業なのに？」

「自分と比べて、娘は何て出来が悪いんだろうって、馬鹿にしてるんです」

「まさか」

「そういう人なんです」

謹厳実直。昇任試験には興味がなく、定年まで巡査長のままだったが、貴重な戦力として活躍した。「本籍地」は捜査二課で、後輩たちから「数字の水さん」と呼ばれるほど数字の解析に強かったのだが、去年からは自宅に近い所轄の警務課に勤務している。定年間近になると、通勤に便利な所轄で楽な仕事について、きつい仕事のリハビリをする、というのもよくあることだ。父はそのコースに乗り、のんびり暮らしているはず――かどうかは分からない。もう何年も会っていないのだ。

だからこそ「飯でも食おう」と言われた時には驚いた。自分のことなど馬鹿にしきって、視界にも入っていないだろうと思っていたのに。

展望ロビーに来たのは気分転換のため――確かに気分は変わった。悪い方に。

新崎が少しだけ話に乗ってきたのは救いだろうか。


早めの退職祝いなんだろうな、と加穂留は考えていた。そしてここは自分が奢るべきだろうと……自分のことを馬鹿にするのは勝手だが、加穂留だってもう警察の仕事に慣れ、きちんと給料をもらっている。ここで奢れば、多少は父親に対する劣等感を拭い去れるのではないか。

しかし父は、寿司を取るから家に来い、と言った。寿司は嫌いではないが、このタイミングで奢ってもらうのはどうだろう。しかし言い負かすだけの材料もなく、結局は数年ぶりに自宅を訪れた――大掃除もするつもりで。どうせ日曜日だし、十二月になったし、家は汚れているだろうし。

久々に、相鉄いずみ野線弥生台駅で降りる。駅前にはこぢんまりとしたロータリーがあり、いかにも郊外の私鉄沿線の駅という感じだ。加穂留の実家は、駅から歩いて五分ほど。ささやかな商店街を抜けた先にある一戸建てで、かなり古くなっているし、六十歳になる男の一人暮らしだから、相当汚れていると覚悟していた。幸い、寒いがよく晴れた日――家中の窓を開け放ち、空気を入れ替えながら掃除をしよう。夜までに終わるといいのだが……。

予想は外れた。

玄関からして、綺麗《きれい》に掃除されている。母が生きていた頃は、ここにはよく花が飾られていた。さすがにそこまでする気にはなれないのかもしれないが、それでも塵《ちり》一つ落ちていない。下駄《げた》箱さえ、綺麗に磨き上げられていた。普通、こんなところまでは掃除しないのだが……下駄箱の上には、家の鍵《かぎ》などを置くためだろうか、小さな金属製のトレイがあった。これは、自分が実家にいる時にはなかった——どこかへ旅行にでも行って、土産に買ってきたのだろうか。元々は灰皿なのかもしれない。父は数年前に禁煙したはずで、灰皿から鍵置きに転用した可能性もある。

そんなことをぼんやりと考えていると、父親が出て来た。小綺麗な格好——白いボタンダウンのシャツにグレイのスラックスを合わせており、ジャケットだけ羽織ればそのまま仕事に出かけられそうな格好なので驚く。昔は服装に無頓着《むとんちゃく》で、よくシャツに食べ物の染みを作っていた。自分が、パスタを食べてソースを飛ばしてしまうのは、一種の遺伝かもしれない。

「出かけるの?」

「どうして?」

「綺麗な格好してるから」

「普通だぞ」父が首を傾げる。

「シャツ、ちゃんとアイロンかけてるじゃない」

「ノーアイロンだ。これが一番楽だな。洗って干しておけばいいんだから」

そういうことか……加穂留は納得して、ようやく玄関に上がった。父の背中を追ってリビングルームに入ると、予想していたよりも片づいている。元々、歩いているだけで散らかしてしまうと、母親が文句を言っていた人なのに、これは何かおかしい——女性か、と加穂留は訝《いぶか》った。誰か親しい女性ができて、家を掃除してもらっているとか。いやいや、そもそも女性が家を片づけているという発想が時代遅れだろう。

「まあ、座れ」

「ケーキ買ってきた。食べるでしょう？」

「飯の後でいいかな」

「いいけど……新寿司《しんずし》？」昔から駅の近くにある寿司屋だ。子どもの頃からたまに、親に連れられて行ったし、出前も取っていた。

「ああ。とうとう三代目になった」

「そうなんだ……三代目って、まだ若い人？」

「三十歳かな。二代目が倒れてね」

「え？　ご主人、まだ若いよね」

「それこそ俺と同い年だ。脳梗塞《のうこうそく》で、一命は取り留めたけど、寿司を握るのはきついらしい。それで思い切って、三代目に店を譲ったんだ。東京の店で修業していたのが急遽《きゅうきょ》帰ってきたんだけど、正直、二代目よりも腕がいい」

「そういうの、親は嬉《うれ》しいんだろうね」ケーキの箱を冷蔵庫にしまって、加穂留はダイニングテーブルについた。こちらも綺麗に磨き上げられ、染みひとつついていない。加穂留が自宅で使っている円形の小さなダイニングテーブルの方が、よほど汚れている。「父さん、誰か掃除の人でも入れてるの？」

「いや」父親が怪訝《けげん》そうな表情を浮かべる。「そんなもったいないこと、できないだろうが」

「でも父さん、掃除が苦手だったでしょう」

「所轄へ異動になってから、掃除をちゃんとするようにしたんだ。時間の余裕ができたし、退職後のことも考えてな」

「そうなんだ……」

「先輩たちに話を聞くと、退職した後はいろいろなことが気にならなくなって、あっという間に駄目な爺《じい》さんになっちまうらしい。だから小綺麗な服を着て、きちんと家を掃除してる。まあ……綺麗にしておくと気持ちがいいもんだね」

「それが分かってたら、昔からちゃんとやればよかったのに」

「それは母さんの仕事だった」

「母さんだって仕事してたんだよ」

言ってしまってから後悔した。この件を話しだすと、絶対に恨み節になってしまう。父親が母親を殺したわけではないし、あの頃は精一杯やってくれたと思うのだが、それでも些細なねじれは大きな瘤《こぶ》になってしまい、今に至るまで解けていない。加穂留としては、もうしょうがないと諦めていた。

父が「お茶を用意する」と言ったので、仰天して止めようとした。自分ではお湯も沸かさなかった人である。大丈夫なのかと思ったが、冷蔵庫から小さなペットボトルのお茶を出しただけだった。冷たいお茶を飲むような陽気ではないのだが、まあ、ここは親切心を受け入れよう。

「退職後のことって、決めてるの？」

「今の所轄で、指導係の話が来てる。非常勤だし、金はそんなにもらえないだろうけど、ぶらぶらしているよりは、何かやってる方がいいだろう」

「指導係って、若い警察官の悩み相談に乗るみたいな仕事でしょう？　今の若い子、デリケートだから、父さんみたいに乱暴に接すると、相談になる前に辞めちゃうよ」

「そうかな」父が首を捻った。「今も若い連中とよく話すけど、しっかりしてるぞ」

加穂留も内心首を捻った。父が変わった？　とにかくハードで厳しい人で、加穂留はそれに半ば反発するように家を出たのだった。同じ仕事を選んだのは、ある種の対抗心だったのかもしれない。同時に、母親の背中を追っている意識もあったが。

しかし、ずっと加穂留を悩ませていた高圧的な父の姿は、今はなかった。母親を亡くして十年以上、一人暮らしが長くなったせいか、あるいは退職を間近に控えているせいか、人間が丸くなったのかもしれない。最近「キレる老人」が多いというが、どうやら父はそういう方向へは行きそうにない。それはそれで安心できるが、今はかえって気持ちが落ち着かない。

「面倒な話にかかわってるそうだな」

「そんな話、所轄にも入ってくるの？」

「県警が裁判で負けたとなったら、やっぱり噂は回ってくるさ。大丈夫なのか？」

「気分は悪いけど、これで私の査定が悪くなるわけでもないでしょう？」

「ああ。警察は身内に甘い——査定も甘いからな。それに、裁判で負けたからといって、弁護士に賠償請求をする人間もいないだろう。裁判はゼロベースの戦いであるべきなんだ。勝つか負けるかは時の運、ということもある」

「父さん、何だか達観したね」

「歳を取ったから、ということにしておくか」父が、めっきり白いものが増えた髪を掌《てのひら》で撫でつけた。「それより今回の件、捜査一課の誰が核になってる？」

「五係の上尾さん」

「上尾か……」急に父の表情が厳しくなった。

「知ってるの？」

「間接的に、だが。どんな感じだ？」

加穂留は事情を説明した。本当は、進行中の案件を簡単に喋ってはいけないのだが、相手は身内――同じ県警の警察官である。父は黙って聞いていたが、加穂留が話し終えると「気をつけろよ」と忠告した。

「何に？　上尾さん？」

「あいつはいろいろ、問題のある男だ」

「でも、賞罰で言えば、罰は一つもないわよ」

「公式の罰だけが罰じゃない。表に浮上しないだけで、問題を抱えた人間もいるんだ」

「何か知ってるなら教えてよ」

「俺が知ってるのは噂だけだ。いい加減なことは言いたくない。自分で調べろ」急に、昔の厳しい父が蘇ってきた――しかしそれは一瞬で、目の光が穏やかになる。「R、だな」

「Rって、アルファベットのR？」

「ああ」

「どういう意味？」

「それこそ自分で調べろ。ヒントは転がっているはずだ――どこかには」

ずいぶん乱暴な話だと思ったが、昔の父だったら、そもそもこんなことは話そうともしなかっただろう。

これが和解への第一歩なのか？　そもそも和解する必要があるのか？

第二部　R

1

控訴の手続きが終わり、訟務課の仕事は一段落した。今は他に抱えている裁判もなく、グレイ・イーグル事件の控訴審に向けて細々《こまごま》と準備をしているだけ——一時の忙しさからは解放されていた。

年末、加穂留は真由美から「忘年会をやりましょう」と誘われていた。今日がその日……どうも真由美の方で、訟務課の仕事について言いたいことがあるらしい。最年少の自分に問題提起されても、「持ち帰ります」としか言えないのに……まあ、酒を呑《の》んで愚痴をこぼしたいだけなのだろう。佳奈に一緒に行ってもらおうと思ったが予定が合わず、結局真由美とのさし呑みになってしまった。

夕方、廊下で新崎が制服警官と話しているのを見かけた。別におかしくはないが……制服警官は、所轄の人かもしれない。中年男性、年齢は四十五歳ぐらいと加穂留はプロファイリングした。大きい——身長は百八十センチぐらいだろうが、体の厚みがすごい。体重は百キロぐらいか……とはいえ太っているわけではなく、鍛えて全身を筋肉で武装しているようだった。

それよりも驚いたのは、新崎の反応だった。

笑っている。腕組みをし、廊下の壁に背中を預けた気楽な格好で、友だちと話をする時のようにリラックスしている。こんな新崎を見るのは初めてだった。

横を通り過ぎる時に軽く会釈すると、目礼で返してくる。ごく普通のリアクションだった。話している相手は……大判の封筒を持っている。横浜西署の封筒だと分かった。やはり所轄の人が、何か用事があって本部に来たのだろう。まさか、新崎に会いに来たとか？

相手の正体を調べる手はあるはずだ。新崎に関してはまだフル回転で調査中という状況ではないが、そろそろ本腰を入れて調べ始めてもいいかもしれない。課内の雰囲気は依然として最悪だが、自分がしっかり調査することで、元通りにできるかもしれない。それどころか、新崎をきちんと戦力として迎えることができるかも——そうなったら、訟務課の戦力は大幅にアップするだろう。

このところ、佳奈からしきりに愚痴をこぼされている。新崎の事情を探り出そうと、何度も岩下課長にアタックしたのだが、いつものらりくらりで誤魔化されてしまっているらしい。唯一の女性の先輩を苛々《いらいら》させないためにも、自分がしっかり新崎のことを調べなければ。

その前に、真由美との忘年会だ。

これはこれで、面倒なことになりそうだが。


幸いというべきか、真由美は酒を呑まなかった。「呑めない」のではなく、五十歳になったのを機に「呑むのをやめた」そうだ。体調でも崩したのかと思ったら、「単に呑む気がなくなった」のだという。そんなことがあるのかと不思議に思ったが、酒が入ってぐだぐだと愚痴を聞かされ続けるよりはましだろう。

忘年会の会場は、馬車道駅近くにある洋食店。「洋食天国」の横浜でも、ここは老舗《しにせ》に入る。

コロッケやハンバーグをメーンにする店ではなく、少しフレンチ寄り……今日はステーキのコースにした。飲み物は、加穂留はビール、真由美はノンアルコールのワイン。グラスを合わせて一口呑むと、震えがきた。今年の冬は寒さが厳しくなるようで、加穂留はもう、ダウンジャケットを引っ張り出している。普通は一月になってからなのだが……そんな陽気が続く中で、ビールのチョイスは失敗だった。ワインでもよかったと悔いたが、前菜を食べながら呑んでいるうちに、体が内側から温まってくる。

「どうしようかと考えてたのよ」真由美が切り出した。

「裁判のことですか？」

「降りようかとも思ったの。だって、どう考えても……」真由美が、右の拳《こぶし》をぱっと開いてみせた。

「――駄目ですか」

「今のところ、勝ち目なしね。県警も、もう少し見極めができるといいんだけど。無駄な労力を使うことはないのよ。もっと建設的な仕事もあるでしょう」

「私には何とも言えませんけど……」

「あなた、どう思った？　勝ち目はあると思う？」

「それは――一審の判決を見る限り、難しいですよね」加穂留は正直に認めた。

「でしょう？　そう思ったら、そう言わないと」

「県警の中では、声を上げにくいですよ。特に私みたいな下っ端は、何を言っても無駄です」

「下からの声が通らない組織は、いつかは駄目になるんだけどなあ……」真由美が顎《あご》に拳を打ちつけた。

「でも、仮にも今の体制になって、七十年以上も無事にきたんですよ?」

「無事じゃないわよ」真由美の表情が厳しくなる。「神奈川県警は、問題抱え過ぎ。裁判になっていないだけで、不祥事は何度もあったでしょう」

「すみません……」それこそ自分が謝ることではないが、加穂留はつい頭を下げてしまった。

「でも、一番下の人でもはっきり意見を言えないような組織は、いつかは駄目になるわ。組織に属したことない私が言っても、説得力ないかもしれないけど」

「そんなこともないと思います」

「それより、新崎君、どうかした?」

「どうかって、何ですか」

「彼、どういう経緯で訟務課にいるわけ?」

「あ、それは――」つい前のめりになり、加穂留は慌てて身を引いた。

「興味ある?」

「あるっていうか、何も分からないから不安なんです。異動してきた時に、課長がお為ごかしの説明をしてましたけど、納得できるものじゃありませんでした。新崎さんの動きも何かおかしいですし」

「おかしい?」

「今回の件で、事情聴取じゃなくて取り調べみたいに厳しく当たるんです」

「まだ力加減が分からないんじゃない?」

「そうかもしれませんけど……」

メーンのステーキが運ばれてきた。これは美味《うま》そう……つけ合わせも丁寧に作られていて、いかにも老舗という感じだ。昼間はハンバーグなどが中心のランチだということは知っていたが、実際に来るのは今日が初めてだった。このステーキの感じだと、ランチも美味そうだ。今度、外回りの時に来てみよう。

ステーキはビジュアル通りに美味く、つい食べるのに夢中になって、会話が途切れてしまう。ようやく話を再開できたのは、ステーキを食べ終えてからだった。

「何かおかしいんですけど、何がおかしいかは分からないんです」

「そもそも県警へ来たことがね……異例というか、やっぱり普通はありえないと思う」

「そういうこと、話したことはあるんですか？」

「忙しくてそれどころじゃなかったけど、今度聞いてみるわ。でも、しばらくは会う機会もないのよね」

「そうですね……何だか、新崎さんの動きで、訟務課が分断されたような感じなんです。まさか、工作員とか」

「馬鹿言わないで。だいたい、誰が送りこんできたの？」真由美が声を上げて笑った。「想像力のない人間は駄目だけど、陰謀論に引っかかる人間はもっと駄目よ」

「肝に銘じておきます」

「あなた、ちょっと大袈裟《おおげさ》じゃない？　もう少し軽く考えればいいのに」

「実際に近くにいると、落ち着かないんですよ……新崎さんのことは、本格的に調べてみるつもりです」

「そう――じゃあ、私も聞いてみようかな。一緒に仕事をする人のことが分からないのって、気味が悪いわよ。今のところは、特にトラブルもないけど」

「そうですね」

「じゃあ、何か分かったら——情報交換」

「分かりました」こちらが一方的に情報をもらうだけになりそうだが。こういうのはやはり、同業者の方が分かるのではないだろうか。

　しかし、加穂留もすぐに一歩を踏み出せた。翌日、右田に話を聴くと、昨日新崎を訪ねてきた人物が誰か、すぐに分かったのだ。

「西署の浜岡《はまおか》さんだよ。地域課の係長」右田があっさり言った。

「顔見知りなんですか？」

「いや、新崎を訪ねて来たんだ。たまたまあいつが席を外していたから、俺に聞いてきて……その時に名乗った」

「なるほど……昨日、廊下で新崎さんと話しているのを見ました。知り合いみたいですけど、何か変じゃないですか」

「言われてみればそうだな」右田が首を傾げる。「そもそも警察に奴の知り合いがいるなんて、意外だ」

「ちょっと調べてみようと思うんですけど」加穂留は声を低くした。「知り合いなら、新崎さんのことを何か知ってるかもしれませんよね」

「ああ、どんどんやれ」右田がけしかけた。「奴を丸裸にした方がいい。手がかりになることなら、何でも使えよ」

「早速今日、訪ねてみま——」そこで加穂留は口をつぐんだ。ちょうど新崎が出勤してきたのだった。

新崎は普通の表情——感情を感じさせない淡々とした態度だった。加穂留は敢《あ》えて明るく「おはようございます」と声をかけたが、ひょいと頭を下げるだけ。

「じゃあ、出てきます」加穂留は右田に声をかけて立ち上がった。

「アポも取らないで大丈夫なのか?」右田が心配そうに言った。

「アポを取る理由もないので」

「そりゃそうか。じゃあ、せいぜい頑張って叩いてこい」

「叩く」とは違うと思うが……しかし、それぐらいの強い気持ちを持っていこう。これが、新崎に関する最初の具体的な手がかりかもしれないのだから。


横浜西署も、横浜市の中心部にある大規模署の一つである。京急戸部駅のすぐ近くで、アクセスがいい。警察署は、管内のどこにでも同じ時間で行けるように、地図上の中心点に置かれることが多い。そこが必ずしも交通の便がいいわけではなく、どこの駅から歩いても三十分かかる、ということも珍しくないわけで、西署は例外的な存在だった。

庁舎は素っ気ない真四角の五階建て。地域課は一階にある。

所轄の地域課は、交番などを統括する存在である。管理部門という感じで、ここに勤務する警察官は、制服着用が基本だ。

地域課に近づくと、すぐに浜岡に気づいた。昨日も感じていた通り、大きい。座っていても圧迫感を撒《ま》き散らしているぐらいだった。

加穂留は真っ直ぐ浜岡のところへ行き、挨拶《あいさつ》した。

「訟務課の水沼です」

「訟務課？」浜岡が大袈裟に両手を広げてみせた。体が大きいので、それだけで圧倒されてしまう。「うちは、訴えられるようなことはないと思うよ」

「仕事の話ではないんです。ちょっと知恵を貸してもらえないかと思って、お邪魔しました」加穂留は頭を下げた。

「俺で役に立つのか？」

「はい、そう思います」

「じゃあ、ちょっと場所を変えようか。ここだと話しにくい」他の課員もいて、複雑な話をするには、確かに適していない。

そして浜岡が選んだのは、交通課の取調室だった。よりによって取調室でなくても、と苦笑したが、すぐに話に入れるのはありがたい。

浜岡は、音を立てて椅子に腰かけると、持ってきたカップからお茶を飲んだ。

「お茶、欲しいか？　用意してる暇はないけど、自販機はあるぞ」

「大丈夫です。すみません、年末で忙しい時に」また頭を下げる。ここは徹底して、下手に出ておこう。

「――で？　俺に何か聞きたいのかな？　それとも手を貸して欲しいとか？」

「前者です」加穂留は座り直した。浜岡は話してくれそうな気配があるが、ことは新崎に関することである。急に口をつぐんでしまうかもしれない。「新崎大也さん。お知り合いですよね」

「ああ」

浜岡があっさり認めたので、ほっとする。最初から否定、あるいは厳しい態度でこられたら

——実はプランBは考えていなかったのだ。

「昨日、訟務課に来られましたよね？　廊下で話しているところを見ました」

「ああ、あなたね。いたいた」思い出したように、浜岡が大きくうなずいた。「確かに新崎は知り合いだよ」

「どういう……お知り合いですか？　差し障りなければ、教えて下さい」

「それはちょっと難しい——一言では説明できないな」浜岡がカップをテーブルに置いて、太い指で縁を撫《な》でた。

「でも、昨日も何か用事があって来られたんですよね？」

「ついでだよ。本部に行く用事があったから、顔を出しただけだ」

「秘密の用件ですか？」

「いやいや」浜岡が苦笑した。「勘ぐり過ぎだって。それにあんた、取り調べは上手《うま》くないな。もっと搦手《からめて》から攻めないと、容疑者は落とせない」

「私の仕事は捜査じゃありませんから」思わず言い訳してしまう。

「訟務課で、内輪の人間に話を聴く時だって、取り調べと同じじゃないか？　今回の件では、訟務課がヘマしたって話題になってるぜ」

反論できない。自分たちが早く嘘を見抜いていれば、裁判でも別の対策が取れたはずだ。

「いや、別に責めてるわけじゃないけどな」浜岡が慌てて言った。「そういうことを言ってる連中もいるってだけだ。俺は、訟務課のことは信頼してるよ。いざとなったら守ってくれるのは訟務課だからな」

「その訟務課に、弁護士上がりの人がいるのは異様だと思っています。正直言うと、新崎さんが来てから、訟務課が割れてしまっているんです」

「割れる？」

「新崎さんのやり方があまりにも強硬なんですよ」

「なるほどねえ」さも当然とでも言うように、浜岡が太い腕を組んでうなずいた。「そういうことも、いかにもありそうだな」

「分かるんですか？　知り合いだから？」

「そう走るなよ」浜岡が渋い表情を浮かべる。

「すみません……でも、新崎さんのことを何か知っているなら、教えてもらえませんか？　対処方法というか……せっかく弁護士が訟務課に来たんですから、上手く活《い》かせる仕事があると思うんです」

「そういうことは、気にしない方がいいんじゃないか」浜岡が忠告した。

「はい？」

「あいつにはあいつの目的も目標もあるだろう。それが訟務課の仕事と合致しているかどうかは、俺には何とも言えない」

「でも、訟務課のスタッフなんですよ」加穂留は粘った。

「それよりも大きな仕事もあるだろう。警察の各セクションの枠を超えるような」

「そういう仕事に、弁護士の人が関わるっていうのは……」

「あんたは、知らない方がいいんじゃないかな」

「そうはいきませんよ」

「知らなかったら、何かあっても罪に問われないだろう」

加穂留は思わず口を閉ざした。罪？　新崎は警察の中で、何か犯罪を進めている？　にわかには信じられないし、それを知っていて黙っていたら、浜岡も問題に巻きこまれそうだが。

加穂留の疑念に気づいたのか、浜岡が慌てて顔の前で手を振る。

「あんたが考えてるようなことじゃない。罪っていうのは、犯罪のことじゃないからな。人が隠しておきたいことを引っ張り出す——引っ張り出された当人にすれば、犯罪行為みたいに思えるだろう」

「まずいことなんですか？」

「まずいけど……俺は支持するよ」

「浜岡さんも罪に問われるかもしれないのに？」

「そうならないように頑張ってるのさ」

一体何の話だ？　質問を続けられずに黙りこんでしまうと、地域課の制服警官が割りこんできた。

「係長、すみません。会議の時間です」

「おっと、騎兵隊到着だな。助かったぜ」浜岡が腕時計を見た。「時間切れだ——ま、あまり首を突っこまない方がいい。忠告しておくよ」

「お礼を言うべきですか？」

「あんたはまだ若い。将来もあるだろう。無理しない方がいい」

「そんなに危険な話ですか？」心配になってくる。

「一般論だよ……ちなみに水沼さんって、捜査二課の水沼さんと何か関係が？」

「ああ……父です」

「やっぱりね。顔が似てるし、水沼って苗字《みょうじ》は、神奈川県警では少数派だから。二人しかいないかもしれない」

「父がお世話になりまして」加穂留は一応、頭を下げた。

「お世話になったのは俺だよ。水さん、そろそろ定年じゃないか？」

「年内一杯です」

「よろしく伝えておいてくれ。しかしあんた、水さんからいろいろ教わっていないのか？」

「何がですか？」

「事情聴取のテクニックとかさ」

「いえ、それは……」そんなに駄目だったのか、と情けなくなる。

「そのうち一杯呑もうって言っておいてくれないか？」

そんなメッセンジャー役はごめんだと思ったが、口には出さなかった。怒らせず、ここは静かに別れよう。

セカンドチャンスは絶対にあるはずだ。下調べして、もっと材料を仕入れてから再チャレンジだ。


訟務課へ戻り、浜岡のことを調べた。現在四十四歳、横浜西署の外勤課へ来る前は、本部地域部の自動車警ら隊にいた。その前は地域総務課。それ以前は所轄を二ヶ所回っている。警部補の試験に合格して、西署の地域課係長として転出したのだった。

父のキャリアとはまったく被《かぶ》っていない。父は所轄から本部に上がって以来、去年「締め」で所轄に転出するまでは、基本的に捜査二課一筋だった。地域部、そして所轄回りを続けている浜岡と絡むとは思えない。いや、そんなこともないか。本部の刑事と所轄の署員が協力して捜査することもある——ただしその場合も、担当するのは制服組ではなく私服の刑事のはずだ。特殊な捜査の場合、制服組を使うこともあると聞いたことがあるが、そういう事態があったかどうかは分からない。

父に聞いてみるか……先日の退職祝いは、まあ、友好的に終わった。余計なことを言って怒らせないように気をつけていたし、父の機嫌もよかった。

夕方——所轄の当直交代時間になるのを待って、電話をかける。出ない。勤務中は個人的な電話には出ない主義だと知っているのでこの時間にしたのだが、もしかしたら今日は泊まりかもしれない。定年に近くなっても、ローテーションに従って泊まり勤務があるのが警察だ。

念の為、署に電話をかけて父の所在を確認する。予想通り、今日は当直だった。丁寧に礼を言って電話を切り、考える。これで今日はやることがない——いや、一つ考えていることがある。それを試してみるか。

加穂留は他のスタッフに挨拶もせずに、さっさと訟務課を出た。

個人情報保護は、最近どんな組織でも当たり前になっており、同じ県警の人間でも、自宅や連絡先は簡単には入手できないようになっている。しかし加穂留は、ちょっとずるい手を使った。人事課にいる同期に連絡を取り、浜岡の住所を密《ひそ》かに教えてもらっていたのだ。

「奢《おご》り一回」と言われたが、それほど大変なことではあるまい。適当に返事をしておいたのだが、この情報をこんなに早く使うことになるとは。

記者連中は、「夜討ち朝駆け」と呼ばれる取材をする。夜遅い時間や早朝に取材対象の家を急襲して話を聴くもので、加穂留の感覚ではプライバシーを侵す行為でしかないのだが、今でも普通だという。県警の幹部は、こういうのを普通の取材だと受け入れていて、対処法のマニュアルもあるらしい。

とはいえ、警察官同士でこういうことはどうなのか。どうなのかとは思ったが、何回も署に押しかけて話をしていたら周りから疑われる。初めて会ったその日の夜に、一発で勝負を決める――新崎に関する情報を聞き出してやろうと決めていた。

浜岡の自宅は、京急本線の能見台駅から歩いて十分ほどのところにあった。国道十六号線を渡る時、猛烈な師走の風が吹き抜けていく。今日はかなり冷えており、待つことになったら厳しいな、と思った。朝の段階でこんなことになると分かっていたら、一番暖かいアウター――膝《ひざ》まである長いダウンのコートを着てきたのに。背中を丸めて先を急いだ。せめてコンビニエンスストアでもあれば、使い捨てカイロを買って手先を温めるのだが。

十分ほど歩いて浜岡の家を見つけ出した時には、体がすっかり冷えこんでいた。それに何だか妙に疲れている。この辺は起伏が激しく、坂の上り下りを繰り返してきたのだ。これぐらいで下半身がダメージを受けるようでは情けない――改めて何か手軽なスポーツ、ジョギングでも始めようとよく思うのだが、未《いま》だに果たせていない。

浜岡の自宅はかなり古い一戸建て……この辺り一帯が、昭和の終わりか平成の頭ぐらいに宅地として再開発されたのではないだろうか。その頃は綺麗《きれい》な一戸建てが並び、若い家族の明るい笑い声が響くような街だったかもしれないが、今は静かである。巨大なニュータウンが、住民の高齢化と流出でゆっくりとゴーストタウン化していく、という話をどこかで読んだことがあった。

肩を二度上下させて、緊張を解《ほぐ》してやる。ドア横の窓には灯《あか》りが灯《とも》っており、家には「誰か」

は在宅している。浜岡本人が不在でも、家で待たせてもらえるのではないだろうか——というのは甘い考えか。

インタフォンを押し、反応を待つ。すぐに、ドア脇の窓を人影がよぎった。大きさからして、浜岡ではない——男性ですらない。

いきなりドアが開いた。防犯的にはどうかと思ったが……出てきたのは中学生——いや、高校生の女子。ダッフルコートを着て、バッグを肩から提げている。背が高いのは、浜岡譲りかもしれない。

「はい?」怪訝《けげん》そうな目を向けてくる。

「神奈川県警の水沼と言います。浜岡さん……のお宅ですよね?」

「はい、あの——」

「お父さんの同僚なんです。ちょっと用事があって来たんですけど、ご在宅ですか?」

「いえ、まだ帰ってません」

「ああ……そうですか」困った。娘はどこかへ出かける様子だし、いつまでも立ち話はできまい。

「今、他にご家族はいますか?」

「母がいますけど」

「分かりました。お母さんと話します。ええと……いってらっしゃい。塾?」

「はい」

娘が駆け出して行った。塾か……家で軽く夕飯を食べ、それから塾。よく集中力が続くな、と感心してしまう。加穂留も中学時代には進学塾に通っていたのだが、いつも眠気との戦いだった。あの時、もう少し真剣に勉強していたら、今とは違う人生を歩んでいたに違いない。ただし当時は、ソフトボールの方がずっと大事だったのだが。

「遥香《はるか》、誰かお客さん？」

　家の中から声が聞こえてきたので、加穂留はもう一度インタフォンのボタンを鳴らした。今度はドアは開かない。怪訝そうな女性の声で返事があった。

「はい？」

「夜分にすみません、県警の水沼と申します」

「ああ、はい。主人にご用ですか？」

「ご在宅ではないですよね」

「今夜はまだ帰ってないんですよ」

「遅くなりそうですか？　忘年会とか」

「いえ、聞いてませんけど。すみませんね」

「とんでもないです。勝手に押しかけて申し訳ありません」

「急ぎですか？」

「ええ、まあ……」あまり突っこまれても困る。

「電話をおかけになったらどうですか？」

「そうします」実は、携帯電話の番号は割り出していない。所轄に聞けば、支給されている業務用のスマートフォンの番号は教えてもらえるかもしれないが、説明が面倒になりそうだ。ここは一度引き上げることにした。

　引き上げると言っても、家の前からだ。加穂留は少しだけ駅の方へ引き返し、小さな交差点にある電柱の陰に身を隠した。幸い、風はあまり強く当たらない場所だが、いつまでもここにいたら近所の人に怪しまれるかもしれない。そう言えば、夜回りで相手を待っている記者が一一〇番通報されて面倒なことになった――という話を聞いたことがある。そういう時は、どういう言い訳をするのだろう。素直に話せば、誰のところへ取材に来ているかがバレてしまうわけで、それは記者にとっても取材相手の警察官にとってもまずいことのはずだ。

いつの間にか足踏みしていた。風は当たらないといっても、しんしんと冷えこみ、足元から寒さが這《は》い上がってくる。まったく用意がなっていないと嫌になったが、そもそも自分は刑事ではない。

三十分……午後七時半になった。頭の中で、様々な状況をシミュレートしてみる。浜岡は①所轄に近い戸部駅周辺で同僚と呑んでいて、二時間が経って一次会が終わったばかり。戸部から能見台駅までは三十分ぐらいかかるから、帰って来るのは八時から八時半ぐらいになる②能見台駅の近くで、一人でぐだぐだ呑んでいる。加穂留が発見できなかっただけで、駅の近くには一人酒を楽しめる呑み屋もあるかもしれない③何か趣味で時間を潰《つぶ》している④不倫関係にある相手と会っている――馬鹿馬鹿しい。こんなシミュレーションをいくらしても、浜岡が帰って来るわけではないのに。

八時。この辺を少し一回りしてみようか。場所を変えてもいい。怪しまれないため、そして体が凍りつかないようにするためだ。そのために一歩を踏み出した時、目の前を巨体の男性が通り過ぎた。浜岡――加穂留はさっと前に出て「すみません」と声をかけた。

途端に浜岡が、風を巻き起こしそうな勢いで振り向いた。バックハンドで一撃を喰《く》らわそうとしている――加穂留は思わず一歩引いたが、体が固まっていたせいか、滑って転んでしまった。思い切り腰を打ち、その場で動けなくなってしまう。

浜岡は呆気《あっけ》に取られて加穂留を見下ろしていた。

「水沼さん？　何してるんだ？」

「お待ちして……おりました」辛うじて言ったものの、涙が出るほど腰が痛い。まさか、転んで腰椎《ようつい》骨折とか？　どうしてそんなことになったのか、人に説明するのが面倒だ。というか、恥ずかしくてとてもできない。

自分は何をしているのだろう。

2

「路上強盗ですか？」

「半月ほど前だよ。近所に住んでいるご老人が襲われて、全治一ヶ月の重傷を負った。知らないか？」

「見逃していた――と思います」

「それがあったから、用心してたんだよ。まあ、強盗が、同じ場所で二度目の犯行に走るケースはまずないけどな……腰、大丈夫か？」

「大丈夫です」時間が経つに連れて痛みは薄れていたが、明日の朝どうなっているかは分からない。しかしここは、意地でも元気なふりをしておかねば。せっかく家まで入りこめたのだから。

リビングルームはこぢんまりしていて、居心地がよかった。音が消えたテレビの画面では、バラエティ番組が流れている。浜岡は、リモコンを取り上げてテレビを消した。そこへ、浜岡の妻がお茶を持ってきてくれる。

「どうぞ」

「すみません」加穂留はさっと頭を下げた。

「言っていただければ、中で待ってもらったのに……」

「そんな失礼なことはできません。初めてお伺いして、家に上がりこむのは図々《ずうずう》し過ぎます」

「いきなり家に来るだけでも、十分図々しいぜ」浜岡が鬱陶《うっとう》しそうに言った。

「どうしても気になって」

「親父さんと話したかい？」いきなり話題を変えた。

「いえ、父は今日は泊まりで」

「今、一緒に住んでないのか？」

「とっくに家を出てます。仲、よくないんです」

浜岡が困ったような表情を浮かべ、指先で頬を掻《か》いた。

「そう露骨に言われてもね……父親にとって、娘にそんな風に嫌われるのは結構なショックなんだぜ」

「浜岡さんにも娘さん、いらっしゃいますよね」喋《しゃべ》り続けろ、と自分に言い聞かせる。ひたすら話し続けること――これは新崎の台詞《せりふ》だったか。

「一人娘、な」

「さっき、出て行くところで会いました。高校生ですよね？」

「ああ」

「塾？」

「まあ……何だよ、親が言うのもなんだけど、よくできる子なんだ」

「だったら大学進学ですね」

「まだまだ金がかかる――これからもっと金がかかるよ。医学部志望でさ」

「本当に優秀なんですね」とはいえ、警察官に、子どもを医大へ通わせるだけの収入があるだろうか。一人娘だとしても、かなり大変だ。幼い頃からそこまで考え、高い学資保険に入っていたかもしれないが。

「まあ、何とかするしかないな。いろいろ大変なんだけどさ」

「ですよね」

「親父が去年亡くなって、母親もそのショックですっかり体が弱っちまってさ。今は施設に入ってる。まだ七十代なのにそういう施設に入ってるっていうのは、結構ショックだぜ。俺もそうだし、母親本人もだ。だからここへ引っ越してきたんだ」

「ここは……ご実家ですか」

「俺にとっては実家じゃないんだけどな。俺が家を出てから、両親が建てた家だ。でも、俺が家に住んで綺麗にしておくからって言ったら、母親も納得して施設に入ってくれたよ」

亡くなった父親が、かなりの遺産を残したとか……それで娘を医大に入れる目処《めど》がついたのかもしれない。

「俺の話はどうでもいいよ。お茶、飲みな」

「いただきます」

辛うじて湯呑みを持てるぐらいの、唇を焼くお茶の熱さがありがたい。食道と胃が温かくなり、一息つけた。それを見て、浜岡が妻にさっと目配せする。ややこしい話なので外してくれ、か。

二人きりになると、妙に緊張した。図々しく家には上がりこんでしまったものの、浜岡が話してくれるかどうか。

「しかしあんたも、しつこいね。親父さん譲りだ」

「そうですか？」

「数字の水さんって呼ばれてるの、知ってるか？」

「聞いたことはあります」

「帳簿の読みが得意な人でさ、他の人が見過ごしてしまうようなことを見つけ出す。だから数字の水さんって呼ばれてたんだけど、実際には泥臭い、粘り強い一面があった」

「はい」

「俺、所轄で交番勤務をしていた時に、親父さんの仕事を手伝ったことがあるんだ。詐欺事件の捜査で、マル対の行動確認をしたんだけど、まあ、粘る、粘る。一週間ぐらい手伝ったけど、その間二回、徹夜になったからね」

「それ、要領が悪かっただけじゃないですか？」父が家に帰って来ないのは、珍しいことではなかった。戻らない相手を待って徹夜の張り込みをしていたのかもしれないが、実際は分からない。仕事の話は、家では一切しない人だった。

「とはいえ、警察の仕事は無駄の積み重ねだからね。その時、親父さんに二課にこないかって誘われた」

「蹴《け》ったんですよね？」

「俺は、街のお巡りさんになりたかったんだから」浜岡が苦笑した。「今は地域課で管理する方に回ってるけど、いずれまた交番勤務に戻るよ。通学途中の子どもたちから挨拶されると、毎回震えるほど嬉《うれ》しいね」

「はあ……」警察官は様々だ。派手に事件を解決する捜査一課至上主義は少なくない。あるいは出世のために、勉強の時間が取りやすい警備部。白バイを乗り回して箱根《はこね》駅伝の先導をしたい、という若手も珍しくない。しかし「交番勤務がいい」という人はあまりいないはずだ。浜岡も、組織犯罪対策本部で暴力団対策をやっているのが似合いそうなルックスなのだが。

「まあ、あの親父さんの娘さんだったら、しつこいのが当たり前か」浜岡の表情が緩む。「油断してたよ」

「父の影響は受けていません」

加穂留は言い切った。浜岡がまじまじと顔を見る。「水沼家の事情には、あまり立ち入らない方がいいようだな」とぽつりと言った。

「大した話ではありませんけど、父親とそんなに仲のいい娘がいたら、気持ち悪いです」

「そう言うなよ」浜岡が唇を尖《とが》らせる。「俺は娘に微妙に嫌われてて、辛《つら》い思いをしてるんだからさ」

「すみません」一礼して、加穂留はまたお茶を飲んだ。これで体調が回復するぐらいだから、今夜はさほど寒くないのだろう。「それで、新崎さんのことなんですが」

「俺と新崎のことは、詮索《せんさく》しないで欲しい」急に浜岡が真顔になった。「昼間、罪の話をしたよな？」

「ええ」

「正直、巻きこまれるときつい。俺には、家族に対する責任もあるから」

「何か……県警内部の問題なんですか？」

浜岡はイエスもノーも言わない。ただ、少し長く加穂留の顔を見ていた。それを「イエス」だと解釈する。

「俺の口からは言えない。相澤《あいざわ》という名前を聞いたことはあるか？　相澤貴樹《たかき》」

「いえ……」否定して、頭の中でその名前を転がす。やはり記憶に合致しなかった。「聞いたことはないですね」

「すぐに調べられると思うよ」

「もしかしたら、県警の人間ですか？」

「調べれば分かる」

「ネットで検索して引っかかってくるような？」

「それはどうかな。俺はそういう検索をしたことがないから分からない。あんた、今何歳だ？」

「三十一です」

「警察官になって何年目だ？　大卒か？」

「はい」

「じゃあ、八年か九年か。訟務課にきたのはいつだ？」

「今年の初めです」

「訟務課がどんな仕事をやっているかは、外の人間には分かりにくいよな。関係ある人——訴えられている人間にとっては守護者だけど、それ以外の人には何の関係もない」

「はい」訟務課の人間？　あるいは訴えられて訟務課が面倒を見ていた人間？　どちらでもすぐに調べられそうだ。「その人が、新崎さんと関係あるんですか？」

「新崎にとっては恩人だな。新崎も、その人にとっては恩人だが」

「互いに助け合った感じですか？」何だかよく分からない——想像もできない。

「時差があるけど、そういうことだ」浜岡がうなずいた。

「とにかく、まずは相澤という人間について調べることだな。ただし、新崎には言うなよ。あいつはデリケートな人間だから、急にぶつけると壊れてしまう」

「デリケート……ではないと思います」あれだけ図々しく、厳しい質問をぶつけているのだから。

「あんたは、新崎のことを知らないんだよ。まあ、あいつもわざわざ教えるつもりはないと思うけど」

「もうちょっとヒントを貰えませんか？」

「駄目、駄目。一番重要なヒントを教えたんだから、ここから先は自分でやってみな」

「私、しつこいですよ」

「それは知ってるさ。わざわざ家まで来るぐらいなんだから」浜岡が苦笑する。「でも、これ以上は言わない」

「では、その名前をヒントに調べます」

「すぐに分かる。でも、俺を巻きこまないでくれよ」

「それは保証できません」加穂留は真顔で言った。

「まったく……そういうところも親父さんそっくりだよ」

「似てるって言われると、やっぱり嫌ですね」それに今夜は……やはり新崎の言葉がヒントになっていた。話し続ければ、相手の気持ちも変わって、隠していたことを喋り出すかもしれない——今夜、自分は一つのハードルを超えた気がする。

「うーん……」浜岡が、ワイシャツのポケットから煙草を出して、素早く火を点《つ》けた。煙草を吸うのか……この部屋では煙草の臭いがしないのだが。

「今、煙草は吸いにくいんじゃないですか？　所轄でも吸う場所、限られてるでしょう」

「世間の迫害がひどいからな。こっちは高額納税者なのに……まあ、俺は今、意図的に減らしてるんだよ。二日で一箱だ」

「はあ」それが多いのか少ないのか、よく分からない。

「何しろ煙草も高くなったから……娘を医大に入れるには、節約、節約だ」

「でも、楽しみですよね。医者なら人の役に立つ仕事だし」

「こっちがジジイになったら、診てもらえるだろうからな」浜岡がようやく相好を崩した。

「まだそんなことを言うお年じゃないでしょう」

「そう言うけど、四十歳を過ぎると時間の流れが早くなるんだぜ」

自分はまだまだ……と思っているが、実際にはすぐ四十歳になってしまうだろう。まだ学生のような感覚もあるのに。


相澤貴樹という人間のことはすぐに分かった。訟務課と関わりのある人間として――以前に訴えられていたことがあったのだ。

最終所属は捜査一課。所轄の交番勤務から刑事課、機動捜査隊を経て本部の捜査一課という、一般的なキャリアの持ち主である。

問題は、逮捕した犯人から「取り調べの手法に問題がある」と訴えられたことだ。これが五年前。事件自体はそれほど難しくない傷害事件――酒の席でのトラブルがエスカレートして、同じ会社の同僚同士が殴り合って、一人が頭に重傷を負った――で、犯人はその場で確保されていた。その時に取り調べを担当したのが相澤である。犯人は反省の色を見せて、示談も成立し、裁判では執行猶予判決を受けた。しかしその裁判が確定した直後に、被告が相澤を訴えたのである。この裁判は、微妙な判決になった。被告は、逮捕案件以外の部分で関係ない取り調べを受けたと主張したのだ。それは認められたものの「暴力的」「恫喝《どうかつ》された」などの主張は退けられた。実質的に警察側の勝訴。だいたい、逮捕した容疑者を、別件で調べるのはよくあることである。もちろん、いかに悪そうな人間であっても、それだけで「他の事件もお前がやったんだろう」と決めつければ問題になる。しかし、軽く話題にするぐらいならよくある話だし、本当に疑わしければ、物証や証言で追いこんでいくわけだ。

よくある話。ただ、この状況が気に食わなかった容疑者が、本件の裁判が一段落したところで警察に嫌がらせをしたという感じだ。

この裁判の記録は、訟務課でも保管してある。判決文だけでも読んでおくか……しかし、読んでいるところを他のスタッフに見られたくない。新崎という人間に関する手がかりが摑《つか》めるかもしれない事案だが、まだはっきりしないのだから。皆に話すなら、もう少し確証が持ててからにしようと決めた。それまでは自分一人で調べる。資料の外部への持ち出しは禁止されているので、人がいなくなった夜にでも読むことにしよう。

「何、こそこそやってるんだ」右田が疑わしげに声をかけてきた。

「ちょっとした情報収集です」

右田が無言で、前に座る新崎に向かって顎をしゃくった。加穂留は素早く首を横に振って否定した。

「一般的な調査です」

「お前、何かと隠し事が多いよな」

「そんなことないですよ。右田さんにだけ隠しているかもしれないし」

「俺だけ仲間外れってことか？」

「そうかも」

加穂留は手元の付箋《ふせん》に「新崎さんの件で新規の情報確認中」と書き殴り、右田に渡した。チラリとそれを見た右田が、すぐに丸めてごみ箱に捨てる。そして黙りこんでしまった。前の席に座る新崎をちらりと見た後は、パソコンの画面に集中している。

加穂留は頭の中で、今後の捜査——というより調査か——のやり方を考えた。まず判決文を読むことだが、相澤についてはさらに調べることもできるだろう。またも、人事にいる同期の手を煩わせることになるが……まずは職員名簿の検索だ。これは県警独自のデータベースで、名前で所属や連絡先の検索ができる。ただし、それ以外の個人情報は一切検索できない。いわば電話帳の代わりのようなものだ。

しかしこのデータベースでは、相澤の名前は引っかかってこなかった。既に退職しているのかもしれない——訴えられたことがマイナスになって、辞表を書いた可能性もある。

周りに人がいないのを確認して、受話器を取り上げる。どうも嫌な予感がする——すぐに人事に確認すべきだと思ったのだ。かけた相手は、同期の石塚拓実《いしづかたくみ》。

「何だよ、またかよ」石塚が面倒臭そうに言った。「この前の貸し、まだ返してもらってないぞ」

「それは必ず返すから」

「今日も、か？」

「ごめん、そんな面倒な話じゃないと思うけど……ある人がどこにいるか、確認できないかなと思って」

「データベースは？」

「引っかかってこない」

「じゃあ、辞めたんだよ」石塚があっさり言い切った。「辞めた翌日には、確実にＤＢから削除されるから」

「そうか……名前を言ったら、本当に辞めたかどうか確認できる？」

「それはできるけど……これで二回貸しだぜ」石塚がしつこく念押しした。「こっちは小遣いを絞られてきついんだ」

石塚は二年前に結婚して、一年前には子どもが生まれた。緊縮財政中なのは間違いなく、何かあるとすぐに「奢れ」と言ってくる。冗談半分だとは思っているが、最近は冗談要素が三分の一ぐらいまで減ってきている感じがしていた。

「それは分かった」

「さすが、優雅な独身者は違うな」

「馬鹿にしてる？」

「違う、違う。それで名前は？」

「相澤さん。相澤貴樹さん」

「ちょっと待って」石塚の声が急に真剣になった。「何でそれが知りたい？」

「昔の訴訟の関係で」

「ああ……そうか」納得したように石塚が言った。「ちょっと時間くれるか？　十分……二十分後に展望ロビーでどうかな」

「見学者がいたら？」

「見学者に紛れた方が話しやすいかも」

「了解」

石塚はどうしてこんなに警戒している？　嫌な予感を抱きながら、加穂留はすぐに席を立った。待たされるかもしれないが、頼んだ自分が先に行っているのが筋――ふと、自分が常に実践している「五分前行動」は、子どもの頃に父親に叩きこまれたのだと思い出す。何かと厳しい父親だったが、時間に関しては特に厳しく、「必ず約束の時間の五分前にはその場に行っていること」としつこく言われていた。

父の教えが残っているのは……いい気分ではない。しかし五分前行動は警察学校でも言われたことだから、あらゆる警察官の基本なのだろう。

一方、石塚は五分前行動を知らないか、無視しているようだった。加穂留は電話を切ってから、スマートウォッチで経過時間を確認していたのだが、彼が展望ロビーに姿を現したのは三十分後だった。

「悪い、悪い」石塚が展望窓のところまで駆け寄ってくる。元々細身かつ筋肉質だったのに、結婚してからは急に太り出して、今ははっきりと腹が出ている。ワイシャツのボタンが弾《はじ》け飛びそうだった。

「もしかしたら、何かヤバい話だった？」地雷を踏んでしまったのかと心配しながら加穂留は訊《たず》ねた。

「ヤバくはないけど、正確を期しておこうと思ってさ……裁判の関係だって？　今から何かあるのか？」

「そうじゃなくて、古い資料を整理していて引っかかっただけ。私が訟務課に来る前の話だから、勉強しておこうと思って」

「勉強にも限界があると思うけどね」

「どういう意味？」

「亡くなっているから」

3

石塚の説明によると、相澤貴樹は「病死」だった。裁判が終了してから半年後、突然脳梗塞《のうこうそく》の発作に襲われたのだ。一人暮らしの自宅で倒れたために発見が遅れ、捜査一課の同僚が訪ねて発見した時には、死後二十四時間は経過していたと見られた。

「不審点は？」

「それはない」石塚が即座に否定した。

「亡くなった時、四十九歳？　それで脳梗塞で亡くなるのって、早くない？」

「四十九歳は、十分リスクがある年齢らしいよ。いずれにせよ、解剖も行われて、不審な点は一切なかった」

相澤は、裁判終了後も捜査一課で仕事をしていた。特に体調を崩していたわけでもなく、同僚との関係も良好——裁判自体、因縁のようなものだということで周りからは同情されていた——だった。最後に出勤したのは、十一月八日の金曜日。その日は捜査一課の同僚と呑みに行き、午後十時過ぎに別れて帰宅したものと見られる。自宅は東横線妙蓮寺駅近くのマンションで、翌九日の土曜日、近所のクリーニング屋に顔を出したことが、後の捜査一課の調査で分かった。それが、第三者と会った最後だったらしい。月曜日、相澤が出勤しないので、不審に思った捜査一課の庶務担当がマンションを訪ねたのだった。郵便受けに溜《た》まった日曜と月曜の朝刊。相澤は几帳《きちょう》面《めん》な人間として知られており、新聞を溜めこむようなタイプとは思えなかった。怪しいと思った庶務担当者がすぐに管理会社に連絡を取り、鍵《かぎ》を開けてもらって遺体を発見したのだった。

「独身だったんだ」

「それで一人暮らしだったのね」

四十九歳で独身は、世間では珍しくないが、警察官は既婚率が高い。今でも、「家庭を持ってこそ一人前」という古臭い常識があり、二十代も半ばになると、先輩や上司が「結婚しないのか」としつこく迫ってくるようになる。相手がいなければ紹介するから――そうやって、見合いのような格好で結婚する人間も少なくない。三十歳を過ぎて独身の加穂留は、そんな風に結婚を迫られたことはないが……女性相手にそういうことを言うとセクハラになる、ぐらいの意識は、今時の警察官にはあるのだろう。

「奥さん、亡くなっていたそうだ」

「病気で？」

「うちには記録はない。奥さんが警察の人だったら残っているけど、そうじゃない――外部の人だったんだな。相澤さんの人事記録に、本人が亡くなる五年前に奥さんが亡くなっていたことが記載されているだけだった」

「そうか……」

「これ」石塚が、折り畳んだ紙片を差し出した。「相澤さんの人事データを書き出しておいた」

「ありがとう」広げて見ると、辛うじて判読できるような文字……そう言えば彼はひどい悪筆だった。

「パソコンでこんなファイルを作っていると、証拠が残るからな」言い訳するように石塚が言った。

「ちょっと」加穂留は紙片を畳んで顔を上げた。「そんなヤバい話だと思ってるわけ？」

「そうじゃないけど、面倒な裁判に巻きこまれた人だし。だいたいお前が興味を持つってことは、本当は何かあるんじゃないか？」

「勘ぐり過ぎよ」

「そうかねえ」石塚が首を捻《ひね》る。「水沼が、何にでも首を突っこみたがるのは知ってるけど、亡くなった人のこととなるとさ……何かあったと思うのが自然だろう。不審な点があるとか？」

「私、この人の名前を聞いたのは昨日だよ？　今日初めて、どういう人か分かったんだから」

「へえ」石塚は信じていないようだった。「まあ、いいけど。うちは面倒なことにならないだろうな？」

「そう思う」加穂留はうなずいた。

「じゃあ、二回奢りな」石塚が相好を崩してVサインを作った。

「そのうち一回は、馬車道の洋食店で野菜のフルコースね」

「何だよ、それ」

「ベジタリアン向けのメニューがあるのよ。鎌倉《かまくら》野菜のサラダから始まって、メーンは大豆ミートのハンバーグ」

「それじゃ、腹に溜まりそうにないな」石塚が丸い腹を撫でた。

「溜まらないように気を遣ってるんじゃない。そんな丸いお腹じゃ、奥さんも心配するよ」

「それは分かってるけどさ」石塚の腕がぱたりと脇に落ちた。

その日、加穂留は定時に訟務課を出た。早めの夕食を食べてから課に戻り、相澤の裁判記録を見直すつもりだった。

給料もボーナスも出たし、懐は暖かい。どこに食べに行こうか……横浜は「一人飯」の人にも優しい街なのだが、選択肢が多過ぎて逆に困ってしまう。散歩がてら、赤レンガ倉庫かワールドポーターズの方へ行こうかとも思ったが、あの辺りは飲食店があまりない。結局、馬車道駅の方へ足が向いてしまった。

それにしても、寒い、寒い……県警本部の前の海岸通りは、海が近いせいで湿った風が吹き抜けるし、そこから万国橋通りに出ると、今度はビル風に晒《さら》される。今日はダウンジャケットを着てきて正解だったと思いつつ、マフラーをきつく巻き直した。

馬車道駅前には実は飲食店が少なく、関内駅との間に点在している感じだ。県警本部からは歩いて十分以上——しかし今日は、時間潰しにちょうどいい。

店は……迷った末にとんかつ屋にした。何度か来たことのある店で、清潔なインテリアのせいもあって、女性一人でも入りやすい。底値のロースカツ定食が千五百円の高級店だが、今は少し気が大きくなっていた。

まだ時間が早いので、店内は空《す》いていた。ロースの気分ではないのでヒレカツを頼む。少量のカレーなどの追加メニューもあるのだが、注文はヒレカツ定食。ただし後で思いついて、茎わさびを追加注文した。これと醬油《しょうゆ》の組み合わせで、油っぽいとんかつが意外にさっぱり食べられるのだ。この店に来るのは久しぶりだったが、食べてすぐに味の記憶が蘇《よみがえ》る。「とんかつはロースに限る」とよく言われるが、柔らかいヒレもいい。そして茎わさびと醬油の組み合わせは最強だった。最初の一切れはソースで食べたが、残りはこの組み合わせで押してしまう。キャベツのおかわりももらったので、油っぽい肉を食べている割にはヘルシーな感じだった。

六時半……もう少し時間を潰してもいい。どこかでお茶を飲んでいこうかと思ったが、気持ちが急《せ》いた。途中、コンビニエンスストアでコーヒーを買い、七時前に訟務課にリターン——もう、人はいない。

とにかく裁判の資料を読んでしまおうと、加穂留は判決文をひっくり返した。

短い判決は、原告の訴えを全面的に却下していた。しかしもやもやする判決……本件と関係ない事件について、相澤が話を聴いていたことは認められていた。しかし威圧的、暴力的な言動はなし。だったらそもそも何が問題なのだと加穂留は首を捻った。

問題の事件が起きた時、相澤は捜査一課の四係にいた。原告は相澤一人を名指しして提訴していたが、これは珍しいことではあるまい。相手の名前が分かっていれば、ピンポイントで攻撃してくるのは当然だろう。

「だから何なの？」

冷めたコーヒーを飲み干し、加穂留は石塚からもらった紙片を見返した。業務用のパソコンでは作業しない方がいいと思ったので、自分のスマートフォンにメモを打ちこんでいく。

相澤は高卒で警察学校に入り、最初の勤務先は山下署だった。県警で一番忙しい署に配属されたということで、それなりに期待されていたことが分かる。二十四歳で刑事課に上がり、三年後には本部の機動捜査隊へ。そこを二年で卒業して捜査一課——順調なルートである。捜査一課に上がってすぐ、巡査部長の試験に合格、三十歳の時に結婚している。人事記録では、他に家族はなし——子どもはいなかったようだ。実家の連絡先はあったが、両親が健在かどうか、健在でも話が聞けるかどうかは分からない。

三十七歳で警部補に昇任し、それからは取り調べ担当を任されていたようだ。捜査一課ではエリートコースを歩んでいたと言っていい。

この裁判は彼にとって、大きなつまずきだったかもしれない。四十代も後半に入って、こんな風に因縁をつけられるのは想定外だったのではないだろうか。

気になる「穴」はいくらでもある。関係ないかもしれないが、家族の問題だ。妻を亡くした件も、どういう状況だったか、石塚のメモでは分からない。この辺は、親しかった人に確かめないと分からないだろうが、そもそも人間関係を解き明かさないと、話を聴ける人間を割り出せない。しかも気をつけないと、危ないボタンを押してしまう可能性もある。

困った……加穂留は決して顔が広いわけではないから、これから話を聴ける人間を探し出さねばならないのだが、上手く糸がつながってくれるかどうか。刑事だから上手くできるわけではないだろうが、自分の経験の浅さが恨めしい。

急にドアが開いて、思わず立ち上がってしまう。岩下——そして新崎。二人とも顔が赤い。どこかで呑んできたのだろうが、二人一緒とは……いや、新崎がこの課でまともに話せる相手は岩下ぐらいだから、不自然ではないものの、何か変な感じだ。

「何だ、水沼。残業か?」岩下が不審げな表情を向けてくる。

「あ、ちょっと思い出したことがあって……残業ではないです」

「ふうん……こんな時間まで居残って、残業じゃないって言われてもな」

「勝手にやってることですから。もう帰ります」

　加穂留は慌てて書類を片づけた。慌て過ぎて、判決文のコピーを床に落としてしまう。新崎はさっと身を屈《かが》めて拾い上げてくれた。まずい……彼に気づかれたら、厄介なことになりかねない。

「すみません」

　新崎が無言でうなずく。表情に変化はない。何もないということにして——と、急いで判決文をファイルキャビネットにしまう。

「これから呑みに行くか？　明日は休みだし」岩下が誘いかけてきた。

「あ、でも……」加穂留はスマートウォッチを見た。「もう遅いですから。課長も、遅くなると奥さんに怒られますよ」

「嫌なこと言うね、お前も」岩下が表情を歪《ゆが》める。彼が金銭面、健康面で妻に厳しく管理されていることは加穂留も知っている。ことあるごとに愚痴をこぼしているのだ。

「帰った方がいいんじゃないですか？」

「お、おお……」

　岩下が怯《ひる》んだ隙に、加穂留はバッグを取り上げた。「お疲れ様でした」と意識して軽い口調で言い、訟務課を出て行く。

　危なかった——で安心してしまっていいのだろうか。二人が揃って呑んでいて、その後訟務課へ戻って来たのはどうしてだろう。何か内密の話があったからではないか。

　しかし、考えても仕方がない。

　年末が近づいてくる。実際にこの件を詳しく調べるのは、年明けになるのではないだろうか。

　自分も、少しは人並みの年末を迎えることにしよう。正月は久々に実家で過ごしてもいい。定年して初めて迎える正月、さすがに父も寂しいかもしれない。ちょっと弱気になった父を見るのも悪くないだろう。

　しかし加穂留の年末年始はまだ始まらない。

　翌日の土曜日、加穂留は部屋の大掃除をした。狭い１ＬＤＫなので、あっという間に終わってしまう。フローリングの床を水拭《ぶ》きして、意外に汚れていたので驚いたが、その分綺麗になったのだと自分を納得させる。

　それにしても、床掃除は疲れる。午後四時、綺麗になった部屋を見て満足しながら、今夜はどうしようと考えた。さすがに疲れて、夕食の準備をする気になれない。また理香の店にお世話になるか……このところ、週に一回のペースであの店に通っている。美味いからだが、本当に自分にとって台所になっているのだと意識した。

　スマートフォンが鳴る。業務用の方……まさか仕事の電話では、と思って取り上げると、新崎の名前が浮かんでいる。仰天したが、いつもの習慣で反射的に出てしまった。

「はい」

「ああ、水沼さんですか？」

「新崎さん……どうかしたんですか？」

「今、空いてますか？」新崎は、前置き抜きでいきなり切り出してきた。

「はい？」混乱しながら加穂留は返事した。

「ちょっと話したいことがあるんですけど、時間、ありますか？」

「ないでもないですけど……何事ですか」

「それは会ってから言います」

「お誘いですよね……食事でもしますか？」加穂留は一歩踏みこんでみた。

「構いませんけど」新崎がさらりと言った。

「ええと……」加穂留はさらに踏みこんだ。「パスタ・ビアンカっていう店、知ってます？　パスタ専門店」

「ええ」新崎があっさり認めた。

「そこで七時でどうですか？　予約しておきます。予約できなかったら電話しますから」

「分かりました。では七時に」

やはり新崎は、理香の店に通っていたのだ。それが分かったからどうということはないが――いや、彼がこの近くに住んでいるのも間違いない。こんなことなら、住所を割り出しておけばよかった。もしかしたら自分と同じマンションに住んでいたりして……疑い出したらキリがない。


約束の時間ちょうどに店に入ると、既に新崎は来ていた。加穂留は最近、いつもカウンター席に座るのだが、今日はテーブルを予約してもらっていた。店内はほぼ満員だが、この店は基本的に長居する客がいないので、問題ないだろう。

加穂留は咳払《せきばら》いして、新崎の前に座った。新崎が軽い調子で頭を下げる。新鮮な感覚――いつものスーツにネクタイ姿ではなく、太いボーダー編みの黒いセーターに細身のジーンズを合わせていた。カジュアルな格好を見るのは初めてだった――当たり前だが。普段よりも少し若く見える。

「どうも」

「お休みのところ、すみません。週明けまで待てなかったので」新崎が真顔で言った。

「そんな重大なことなんですか」加穂留はメニューを取り上げた。ナポリタンのバリエーションがまた増えている。食欲をそそられるものもあるが、今日は我慢……白いブラウスなのだ。シミをつけるのは嫌だし、理香からまた紙ナプキンを借りるのもみっともない。

「私にとっては大事なことです」新崎がすっと背筋を伸ばした。「あなた、何を探ってるんですか」

「別に、スパイをしているわけでは……」

「相澤さん。相澤さんの何を調べているんですか?」新崎がさらに突っこんできた。

「まず頼みませんか? レストランですよ? 何も食べないで喋っているわけにはいかないでしょう」

「もう決まってます——アラビアータです」

やっぱりそうか……辛いもの好きは筋金入りらしい。加穂留は悩んだ末に、自家製ベーコンのカルボナーラにした。白いソースなら、ブラウスに飛んでも大惨事にはならないはずだ。それぞれサラダも頼み、飲み物は白ワインでも——と思ったが、新崎はガス入りの水を注文した。

「お酒じゃなくていいんですか」

「今日は呑みません」

「そうですか」深刻な話だと意識する。「一つ、聞いていいですか」

「何でしょう?」

「どうしてそんなに、他のスタッフとの間に壁を作るんですか?」

新崎がメニューから顔を上げ、不思議そうな目で加穂留を見た。

「今どき、スタッフ全員で仲良く、なんて流行《はや》らないでしょう。そういう風習は、コロナ禍で全滅したかと思いました」

「警察ではそうでもないです……そもそも昨日、課長と一緒だったじゃないですか」

「たまたま暇だったからです」

のらりくらりとはこのことか……新崎を調べるようなことにならないように、と祈った。このペースでやられたら、ストレスで胃に穴が開くだろう。

顔見知りのスタッフがやって来て、一瞬ぎょっとした表情を浮かべる。ここへ誰かと来たことはないので驚いているのだろうが、わざわざ「テーブル席を」と予約して来たのだから、誰かと一緒であることぐらい、分かっていたはずだが。

さっさと注文を終え、ようやく話ができる時間がきた。加穂留はそっと息を吐き、切り出した。

「それで、何が気になっているんですか？」

「相澤さん」新崎が指摘した。「彼の裁判記録を見ていたでしょう」

「見てましたよ」加穂留はすぐに認めた。否定しても仕方ない――昨夜見られてしまったのだから。「それが何か？」

「彼の裁判に、何か疑問でも？」

「昔の案件を見直していただけです。過去の事件をひっくり返すのも、訟務課の仕事――勉強じゃないですか。新崎さんもやってみればいいのに」

「それはまたの機会に……どうして相澤さんなんですか？　他に、もっと重要な事案もあると思います。あの件では、訴えは全面的に却下されて、原告は敗訴しています。判決は確定した――警察に対する嫌がらせのような訴訟でした」

「どうしてそこまでご存じなんですか？　調べたんですか？」

新崎が口をつぐむ。喋り過ぎたことに気づいたのだろう。加穂留はうつむき、何とか笑みを押し殺した。これが取り調べだったら、自分は違法行為に手を染めたことになるだろうか？　いや、自然な話の流れで、新崎が勝手に喋っただけだ。ただし加穂留は、残酷な想像をしていた。ネズミをいたぶる猫は、こんな気分かもしれない。

タイミング悪く、サラダが運ばれてきた。しかしここでは、食べずに喋るわけにはいかない。加穂留は、酸味の効いたサラダを全速力で片づけたが、新崎はゆっくりと食べている。ここで時間稼ぎをするつもりかもしれないが、どれだけ引き伸ばしても、サラダの皿はすぐに空になってしまう。

パスタが出てきた。シビアな話をしていても、この香りには負ける……粗挽《あらび》きの胡椒《こしょう》がビジュアル的にいいアクセントになっていた。新崎のアラビアータは、香ばしい香りを撒き散らしながら到着。丸のままの唐辛子が二本、確認できた。まさかあれを食べるわけではあるまいが……後からタバスコソースをもらうと、新崎は瓶の半分を空にしそうな勢いでタバスコをかけた。無表情なのが気味悪い。これから始まる辛味の饗宴《きょうえん》に期待してにやけるなら、まだ分かるが。

しかし、このカルボナーラの濃厚な美味さには抗《あらが》いがたい。特にポイントになっているのが、自家製の厚切りベーコンだ。加穂留は加工肉がそれほど好きではないのだが、このベーコンは別である。香ばしく、嚙《か》み締めるとほどよい塩気が口内を刺激する。理香にこれを分けてもらって、朝食にベーコンエッグを作りたいと思うのだが、さすがにそれは図々しいだろう。

新崎の表情は変わらないが、額にはすぐに汗が滲《にじ》み始めた。皿を半分空にしたところで、セーターを脱ぐ。下は半袖《はんそで》のTシャツ一枚で、意外に筋肉質な上半身が顕《あらわ》になった。

加穂留が先に食べ終えた。あとは飲み物を飲みながら話す——新崎の狙いをしっかり読み取らないと。

　加穂留に少し遅れて、新崎が食べ終える。顔は汗でてかてかと光っており、Tシャツもところどころが汗で張りついていた。

「いくら辛いもの好きでも、限界はあるんじゃないですか？」

「タイ料理が好きなんですけど、横浜にはあまりないんですよね」

　何なんだ、この気の抜けた会話は……加穂留は気を取り直した。余計な情報は与えず、必要な情報だけを引き出すためには、高度なテクニックが必要とされるが、ここは何とか頑張らないと。せっかくのチャンス――向こうから、こちらの懐に飛びこんできたのだから。

　そこへ理香がやって来た。二人が一緒のところを見ても、特に動揺は見せず、テーブルの空いたスペースに小さな皿を置く。鋭角な三角形に切り分けたチョコレートケーキ。

「頼んでないよ？」加穂留は怪訝そうな表情を向けた。

「サービス。だって、デートでしょう？」

「デートじゃないし」速攻で否定した。

「そうなの？　じゃあ、下げるけど」理香がちらりと新崎の顔を見た。新崎は依然として無反応。

「いいよ、食べる。エスプレッソもお願いします」

「はいはい」新崎に視線を向け、「どうしますか」と訊ねる。

「同じものでお願いします」

　理香の気遣いが嬉しいような邪魔なような……加穂留はケーキを口に運んだ。とろけるチョコレートの甘さに混じるのは何かのジャム。爽《さわ》やかにフルーティな味わいが、チョコの甘さをさらに強調した。エスプレッソを二杯飲まないと洗い流せないような甘さだが、悪くない。

新崎は甘辛両刀使いのようで、ケーキを黙々と食べている。しかしパスタを食べている時と違って、少し顔が緩んでいた。エスプレッソが来た頃には店内も空き始めており、他の客を気にしないで話せるようになっていた。

「新崎さんは、どうして相澤さんを知っているんですか？　弁護士時代に関係したとか？」

「そういうことはないです」

「お知り合い——友だちとかですか？」

そう考えるには、少し歳が離れているのだが。年長の友人というのはおかしくないが、さすがに二十歳近くも年上だと、普通の友人関係にはなりにくいのではないか？　伯父と甥《おい》のような感じになってしまうだろう。仕事の上で濃いつきあいがあってもおかしくないが……捜査一課の刑事と弁護士は、接点がありそうでないはずだ。

「いえ」短い否定。

「では、どうして気になるんですか？　裁判は終わってるし、相澤さん本人が、もう亡くなってるじゃないですか」

新崎の体がぴくりと揺れる。「亡くなっている」が引き金になったのは間違いない。知らなかったのだろうか？　遠慮せずに訊ねる。

「相澤さんが亡くなっていることは、ご存じですよね」

返事はない。このままだと会話が行き詰まり、彼が求める情報も得られないことを理解しているのかどうか……弁護士としてというより、人間として鈍いのかもしれないと心配になる。

思い切った手に出た。

「新崎さんのことです」

「私が何か？」新崎がやっと顔を上げる。

「新崎さん、何のために警察に——訟務課に来たんですか？　皆不思議に思ってますし、新崎さんの言動で不安を感じている人もいます。だから私は、新崎さんがどういう人で、どうして訟務課に来たのか、知りたいんです。あなたのことを調べていく中で、相澤さんの名前が浮上しました。だからまず、相澤さんの裁判、そして相澤さん個人について調べようと思って……昨日初めて、相澤さんが亡くなっていることを知ったんです」

「それぐらいにしておいた方がいいですよ」

「はい？」

「相澤さんのことを調べると、怪我をするかもしれません」

「怪我するような危ない話なんですか？」

「否定はできない」

「どういうことか教えて下さい。分かっていれば怪我は防げます」

「そもそも手をつけなければ、絶対に怪我することはない」新崎は譲らなかった。

「新崎さんは大丈夫なんですか？」

「私は、自分の手元、足元はちゃんと見えてますから」

「もしかしたら、私が協力できることじゃないんですか？　事件だったら、少なくとも私の方が慣れてますし」

「そういう問題じゃない」

「じゃあ、新崎さん、遺体を見たことはありますか？　私は何度もあります。そういう事件でも、足元をちゃんと見て仕事できるんですか」

「加穂留……」警告するような声に顔を挙げると、理香が両手にエスプレッソカップの載ったソーサーを持ち、怖い表情で立っていた。エスプレッソを置きがてら、小声で忠告する。「他のお客さんもいるんだから、怖い話しないで」

「ごめん」即座に謝った。

「ごゆっくり」

理香が笑顔を取り戻して言ったが、新崎はエスプレッソを一息で飲み干してしまった。財布から二千円を抜いてテーブルに置く。

「これで足りるでしょう」

「まだ話は終わってませんよ」よほど、立ち上がって腕を摑み、もう一度座らせようかと思った。しかし騒ぎを起こすのは理香に申し訳ないと考え直す。「どういうことか、説明する気はないんですか」

「ないです。とにかく、タッチしないで下さい」

「訟務課だってチームなんです。事情を打ち明けてくれれば、皆力を貸します」

「警察は身内に甘い——違いますか」

口をつぐまざるを得ない。それは間違いないのだから……ミスがあっても仲間うちで庇《かば》う。不祥事が起きれば、それこそ揃って隠蔽《いんぺい》に入る。それが県警全体にまで及ぶことも珍しくない。

「警察内部の問題だと言うんですか」

新崎がさっと一礼して、店を出て行った。ドアが開いて吹きこんできた十二月の寒風が、加穂留の首筋をくすぐっていく。

理香が首を振りながらやってきた。加穂留の前——先ほどまで新崎が座っていた席に腰を下ろす。

「せっかくのデートが喧嘩《けんか》別れ？」

「デートじゃないし、喧嘩もしてないから」加穂留は反発した。「ただの仕事の話」

「いいけど、もうちょっと穏やかに話せばいいのに」

「苛つくのよ、あの人。ちょっと変わってて、うちへ来たのにも何か特殊な事情がありそうなんだけど、それを言わない」

「特殊だから言わないんじゃない？」

「だけど、内輪で隠し事をされても」

「ごめん、私はその話には乗れないわ。何のことか全然分からないし、内部の話だったら外の人間には話さない方がいいでしょう？」

「まあね……」加穂留はエスプレッソのカップを摑んだ。

「仕事の話は職場で上手く片づけて。うちでご飯を食べる時は笑顔で頼むわよ」理香が両手の人差し指を頰に当てる。

「じゃあ……ケーキのお代わり、いい？」

「ちょっと、大丈夫？」

「美味《おい》しかったから。でも、ケーキはもっと大きく切ってサービスしてよ」

「ということは、別に悪い状態じゃないか」理香が立ち上がる。

「何が？」

「食べられるうちは、あなたは心配いらないから。食べられなくなったらまずいけどね」

「私、そんな単純な人間じゃないよ」

「単純よ」理香が即座に否定した。「自分を複雑だと思ってるのは自分だけだから。人間なんて誰でも、案外単純なものよ」

4

自分一人でできる自信がない——翌日の日曜日、悶々《もんもん》と悩み続けた末に加穂留が出した結論は、情けないものだった。

月曜日、出勤するとすぐに、佳奈と右田に声をかけた。お昼を一緒に食べませんか——。

「何か相談？」佳奈が自分のパソコンを見たまま言った。

「はい」

「じゃあ、ご飯抜きでいこう。早い方がいいんじゃない？」

「ええ、でも……」

加穂留は新崎の席を見やった。それで佳奈は鋭く察したようだった。

「散歩でも行く？」

「いいですか？　年末なのに」

「年末の仕事なんて、もう終わってるわよ。今頃バタバタしてるような人間は、新年からきちんと仕事できないから。右田君、行こう」

「マジですか」右田が目を見開いた。「今日、最低気温二度ですよ」

「それは朝五時ぐらいの話でしょう？　今は温まってるわよ。晴れてるし」

というわけで、三人とも完全武装して外に出る。散歩と言われても……という感じだが、県警本部の周辺は、ウォーキングには非常に適した環境だ。基本的に道路はフラットだし、景色がいいので歩いていて楽しい。

ただし、冬は除く。

海岸通りから万国橋通りに出て右折、万国橋を渡る。渡り終えたところで右に折れ、水路沿いのレンガ道に出た。右手前方の方に県警本部が見えている。ここから見ると、極めて素っ気ない建物だ。カステラを縦にしたような直方体。展望テラスの出っ張りがなければ、本当に味気ないオフィスビルにしか見えない。横浜は明治のモダンさを伝える建築物が多い街なのだから、新しく官公庁の建物を建てる時にも、そういう景観とマッチするようにすればいいのに。水路沿いの遊歩道を少し歩き、ベンチに腰を下ろす。水面を渡る風がもろに体にあたり、寒くて仕方がないが、佳奈はわざとこの場所を選んだようだ。

「ここなら寒さに我慢できないで、早く話すでしょう」

「口が回りませんよ」加穂留はつい反論した。

「いいから——新崎君のことでしょう」

「土曜日に呼び出されました」

「何だって？」

「私が調べていることが気に食わなかったようです」

「何？」

「相澤貴樹さん」

「相澤さん？」右田が声を張り上げ、体をこちらに向ける。「相澤さんがどうした」

「右田さん、近い……」加穂留は思わず身を引いた。「何でそんなに驚いてるんですか？　裁判になっていたことは分かってますけど、もう終わってるじゃないですか。ご本人も亡くなってますし」

「何で相澤さんなんだ？」

「新崎さんと関係がある、という情報があるんです」

「マジか……ちょっと信じられないな。新崎って、ここへ来るまで警察とは関係なかったんじゃないか？　裁判ではともかく」

「そう思いますけど、何とも言えません。その、相澤さんが警察との接点だったかもしれません」

「右田、相澤さんのこと知ってる？」佳奈が訊ねる。「裁判については私も分かってるけど……」

「捜査一課では、一時エース格だった人ですよ。ただし、あの裁判でミソをつけた」

「そうね」

「よくある因縁——逮捕された人間が、後から『不当な取り調べだ』と言い出す——長岡事件と同じ構図ですよ。長岡事件は向こうにやられたけど、相澤さんの件は、こっちの勝訴です。裁判は一審で確定して、その後は何もありませんでした。ただし、裁判から半年ほどして、相澤さんは亡くなっています。脳梗塞でした」

「そうだったわね……裁判がきっかけで、ストレスが溜まったのかな」

「実際、訴えられて、捜査一課の中ではきつい立場に追いこまれていたそうですよ。信頼が厚い人だったから、仲間から白い目で見られることはなかったけど、自分で抱えこんでしまったようで……そもそもエースと呼ばれるような人は、孤立しがちですよね？」同意を求めるように右田が言った。

「訴えられてから孤立した感じなんですか？」加穂留は念押しした。

「本人から、周りとの関係を絶ったような……俺はそう聞いてる。気まずかったんじゃないかな。それに、相澤さんの取り調べ方法について疑念を抱いている人もいたみたいだ。要するに強引だと。長岡事件と似た構図だ」

「上尾さんと相澤さんは、別の係ですよね」捜査一課では、係に取り調べ担当は一人しかいない。

「そうだよ」

「係は別でも、二人とも訴えられています。何か共通点でもあるんでしょうか」

「それはどうかな」

「亡くなったのは……不審点はないですよね？」

「自宅で亡くなっているのを発見された——しばらく見つからなかったわけだけど、一人暮らしだからそれはしょうがねえよな。お前だって、家で倒れてたら、すぐには見つからないぜ」

「やめて下さいよ」

加穂留は思わず本気で怒った。加穂留は一度、新型コロナに感染している。一人暮らしの家で熱に耐える時間、初めて死を意識した。ただし治ったらそれきり……一人で死ぬのが嫌で結婚を急いだり、父との同居を再開する気にはなれなかった。

「……確か、奥さんが亡くなっているんですよね」

「らしいな。俺は詳しいことは知らないけど」

「ちょっと待って」佳奈がストップをかけた。「この話、どこへ行き着くわけ？」

「新崎さんがどういう人か、分かるヒントになるかもしれないと思ったんです」

「新崎が気になるのか？」右田がからかうように言った。

「新崎さんの言動で、訟務課の中がぎくしゃくしてるじゃないですか。どうしてあんな風に勝手に振る舞うのかが分かれば——何故訟務課に来たのかが分かれば、対処しようがあると思います」

「なるほどね……これは、調べてみる価値はあるかも」佳奈が腕組みしてうなずいた。「ちょっと裏から手を回して、チェックしてみようか」

「タイミングが悪いけどなあ」右田が頭を掻いた。「もうすぐ仕事納めでしょう？　これから情報を集められるとは思えない。それに派手に動くと、新崎に勘づかれるんじゃないかな」

「新年にかかってもしょうがないから、やるだけやってみましょう。ただし、他のスタッフには言わないこと。まず三人で動いてみて、より手を広げる必要があると分かったら、他のスタッフにも声をかける」

「分かりました……それと、課長と新崎さんの関係って、どうなんですかね」加穂留は、金曜の夜に二人が呑んでいたことを説明した。

「確かに、前からの知り合いみたいな感じはあるんだよな」右田が腕を組んだ。「また課長を攻めてみるか」

「そう言えば、課長も謎が多い人じゃない？　謎っていうか、どうしてうちにいるか分からない」佳奈が指摘した。

「そうなんですか？」

「ここへ来る前は刑事総務課……でも、本拠地がないような人なのよね」

「確かに」右田が同意した。「俺なら組織犯罪対策本部、福田さんなら少年捜査課が本籍だけど」

「課長って、ちょっと他にはないような異動を繰り返してるのよね。部またぎの」

「確かにそういう異動、あまりないですよね」加穂留はうなずいた。

警察官には「本拠地」がある。例えば捜査一課の人間なら、捜査一課と所轄の異動を繰り返して出世していく。捜査一課の仕事に深く関連する鑑識課や機動捜査隊に籍を置くこともあるが。

「刑事総務課に来る前は生活経済課、その前はどこだったかな……」佳奈が首を捻る。「ああ、一回目の訟務課勤務だ。その前の教養課では、通訳の仕事もしてたはずよ」右田が補足した。

「課長、外国語を喋れるんですか？」加穂留は目を見開いた。そんな感じはまったくないのだが。

「英語は喋れるはずだよ」

「それで訟務課長……」

「よく分からない人だし、よく分からない人事だわ」

訟務課には、正体不明の人間が二人もいるわけか。

嫌な感じだ。


年内には新しい情報は集まらないまま——右田は「タネはまいた」と言っていた——年が明けた。元旦《がんたん》、加穂留は実家へ向かった。

実家を出た後、正月にも数えるほどしか帰っていなかったが、今年は数年ぶりに顔を出すことにした。三十日になって、父親から電話がかかってきたのだ。豪華なお節を買ったから、元旦ぐらいは顔を出せ、と。父に会いたいわけではなかったが、「豪華なお節」は魅力的だった。

父は今日も小綺麗な格好だった。薄青いボタンダウンのシャツにグレイのズボン、ゆったりしたカーディガン。

「何も持ってこなかったけど……」最初に弁解してしまう。

「ああ、いいんだ。正月用に買いすぎたから、たっぷり食べていってくれ」

「父さん、何か食べたの？」

「朝、雑煮を食べた」

「自分で作って？」

「当たり前じゃないか。作ってくれる人もいないんだから」

家に入ると、まず母親の仏壇に線香をあげ、手を合わせる。亡くなって十年以上経つが、若い頃のままの写真を見ると、今でも胸が痛む。母親が亡くなったのは四十八歳。やはり、いくら何でも早過ぎる。病気になるのは仕方がないことだし、母親自身が「治療よりも仕事」とはっきり言っていた――早くに覚悟を決めたようだ――ので、どうしようもなかったのだが。

尊厳の問題だったかもしれないと、今になって思う。母親も警察官だった。ただし警務畑を主に歩いていたので、勤務時間はほぼ決まっていて、家にいることも多かった。父親は家にいないのが普通で、子ども時代の記憶は、母親と過ごした時間だけだ。警察官を目指そうとしたのも、明らかに父親ではなく母親の影響である。母親はそれを応援してくれていて、「大学は行った方がいい」と背中を押してくれた。社会に出る前に、大学でも経験を積んでおいた方がいい、と。ただし警察の仕事で少しでも役に立つようにと、法学部以外は認めなかった。

その母親が学生時代に亡くなった後、父は自分の進路について、ろくに相談に乗ってくれなかった。というより、警察官になることだけは反対した。「何も苦労することはない」という言い方に反発したのを覚えている。最近の若者は、自分から苦労するような道は選ばないかもしれないが、そもそも苦労するかどうかも分からないではないか。

それにしても、もう少しじっくり話してくれてもよかった。

父は、加穂留が子どもの頃から、距離の取り方が下手な人だった。父の年代――今六十歳の人は、仕事とプライベートのバランスが様々だったはずだ。夫婦揃って子育てに勤《いそ》しみ、仕事は必要最低限という人もいただろうし、昭和の猛烈サラリーマンの尻尾《しっぽ》を残して、残業続きだった人も珍しくなかっただろう。父はまさにそちらのタイプだった。警察官になったのがまだ昭和だったから、先輩たちの姿を見て、自然にそうなったのかもしれない。

酒を呑もう、という父親の誘いに乗り、日本酒を用意する。燗《かん》をつけるかと聞くと「冷やでいい」。自分は父親の酒の好みも知らないわけだ……。

お節は確かに豪華だった。とても一人で食べ切れる量ではなく、父親は最初から自分を呼ぶつもりだったかもしれない。

「これ、高かったでしょう」

「まあ、正月ぐらいはな」

「一人でちゃんとやれてる？」

「見ての通りだ」

きちんと整頓《せいとん》されたダイニングルームとキッチンを見る父の顔は、誇らし気だった。それぐらい当たり前とも言えるが、妻を亡くしてから十年以上、ハードに仕事を続けながら家を綺麗に保っておいたのは、やはり大変なことだ。正直言って、今の自分の部屋の方がはるかに散らかっている。褒めるべきかと思ったが、言葉を呑みこんだ。そういう台詞は、まだ素直には口にできない。

「数の子、食べないのか？」

「何で？　父さん、食べればいいじゃない」

「俺はあまり好きじゃないんだ。お前、好きだろう」

「そうでもないけど」

「子どもの頃、数の子ばかり食べて母さんに怒られてたぞ」

「覚えてない」そんなことがあったのだろうか。昔から正月はあまり好きではなく、お節料理にも興味がなかったのだが。

「まあ、好みは変わるからな」

どうも話題が途切れがちになる。警察の話題を出せば話は続くかもしれないが、父と仕事の話をするのは気が進まなかった。

「この家を処分しようかと思ってる」父が唐突に切り出した。

「何で？　ローンを払い終えたばかりじゃないの？」

「そうなんだけど、一人だと広過ぎるんだよ。掃除も大変だ」

「私……ここに戻るつもりはないよ」加穂留はすぐに言った。平然としているように見えるが、定年を迎えて弱気になり、同居を持ちかけるつもりかもしれない。「今の家、通勤にも便利だし」

「お前は好きにすればいい。俺はこの家を売って、小さいマンションでも買おうかと思う。一人なら、それで十分だ」

「でも、いいの？　母さんと暮らした家だよ」そう言うと胸が痛む。

「場所に想い出を持つ人もいるけど、俺はそうじゃないみたいだな。想い出は人と一緒だ。お前が嫌なら、そのままにしておくけど」

「それは……父さんの好きにして。父さんの家なんだから」

「これから家を探して引っ越してと考えると、早い方がいいと思うんだ。年取ると、そういうことがどんどん面倒臭くなるだろうし」

「私の意見は聞かなくていいよ」高校生までを過ごした家だが、加穂留も「場所の想い出」は感じない。家との繋《つな》がりというと、引っ越す度に持ち歩いている母親の写真だけだ。家で初めてデジカメを買った時に、加穂留が写した写真。母親もお気に入りだった。

気を取り直して「お餅《もち》、ある？」と訊ねる。酒とお節で胃が刺激され、空腹を感じていた。

「冷蔵庫だ」

「父さんは？」

「俺はいい」

餅焼き網を探してガス台にかける。火がなかなか点かない……このガス台も相当古くなっている。母が存命中に一度交換した記憶があるが、その後はそのままのはずだ。気になったが、本気でマンションに引っ越すつもりなら、わざわざ交換する必要はないだろう。

餅を二つ焼き、小皿に取った醬油に浸してからもう一度網に乗せる。母はずっと、こういう焼き方をしていた。網に醬油が焦げついて、後始末が面倒なのだが、醬油で濡《ぬ》れたままの餅は加穂留も好きではない。

綺麗に焼き上げ、香ばしい香りを嗅《か》ぎながらダイニングテーブルに持っていく。

「父さん、本当にいらない？」

「最近、餅を食べ過ぎると胸焼けするんだ」

「本当に？　お正月になると、一度に五個ぐらい食べてなかった？」

「餅のカロリー、どれぐらいあると思う？　百グラムあたり二百三十五キロカロリーだぞ。好きなだけ食べてたら、あっという間に太って死ぬ」

そんなことを気にしているのかと驚いた。仕事以外のことは、どうでもいい人なのかと思っていたのに。そう言えば父は、六十歳にしては贅肉《ぜいにく》がついていない。食事に気を遣っているのかもしれないし、運動しているのかもしれない。もしかしたら、早くに妻を亡くして以来、健康に気を遣うようになったのだろうか。

父のことは何も知らない。知るべきかどうかも分からない。

餅二つで腹が膨れ、加穂留はリビングルームのソファに移動した。あまり得意ではない日本酒を呑んだせいか、眠くて仕方がない。ふと、煙草の臭いを嗅いだような気がした。父が禁煙したのは、ずいぶん前なのだが……。

はっと気づくと、微《かす》かな頭痛がする。酒のせいか——体を起こすと、ブランケットがはらりと床に落ちた。このブランケット……まだあったのかと驚いてしまう。加穂留が小学生の頃だから、もう二十年も前に、誕生日のプレゼントにねだって買ってもらったものだった。毛足が長く柔らかいブランケットは大のお気に入りで、寝る時はいつも傍に置いておいたものである。

丁寧に畳んで、二階の自室に持っていく。入るのは何年ぶりだろう。薄暗くなった部屋はしんしんと冷えこんでおり、足先が冷たくなってくる。ベッドにブランケットを置き、椅子に腰かけ……珍しく部屋の想い出に浸っていると、玄関ドアが開く音がした。階段を降りると、ジャージ姿の父が、ジョギングシューズを脱いでいるところだった。

「父さん、走ってるの？」仰天して訊ねる。

「ああ」父が平然とした口調で答えた。

「何も、正月に走らなくても……」

「今日は走る日なんだ。そう決まってるから」

ようやくシューズを脱いでこちらを向いた父の顔は、汗だくだった。今日は相当寒いから、かなりのハイペースで長距離を走ってきたに違いない。

「父さん、頭痛薬ある？」

「頭、痛いのか」

「日本酒が合わないのよね」

「だったら、水を飲んで大人しくしてろ。酒で頭が痛くなった時は、薬は呑んじゃ駄目だ。薬と酒を一緒に呑まない——そうだろう？」

「そうだね」

　それでも父は、冷却シートを出してくれた。額に貼り、氷を入れた冷たい水を飲んでいると、頭痛は静かに引いていく。

「苦手なら、無理に呑まなくてもよかったのに」

「お正月だから」我ながら言い訳にもなっていない。

「泊まっていってもいいぞ」

「それは……」先ほど自分の部屋にいた時の違和感を思い出す。あれは——カビの臭いだ。さすがに父も、加穂留の部屋は掃除していないのだろう。「帰るけどね」

「じゃあ、夕飯ぐらい食べていけ。シャワーを浴びて用意するから」

　壁の時計を見ると、既に午後六時。かなり長く寝てしまっていたわけだ。それでも、まだ空腹は感じていないが。

「何か手伝おうか？」

「いや、もう仕上げだけだから」

　言い残して、父がシャワーを浴びに行った。十分後、父がシャワーから出てきた。部屋の中は暖房が効いているので、Tシャツ一枚。髪はさすがに相当白くなっているが、体はまだ締まっている。冷蔵庫を開けると、大きな鍋《なべ》を取り出して火にかけた。

「それは？」

「ビーフシチュー」

「ビーフシチューなんか作るの？」思わず目を見開いてしまった。加穂留も作ったことはないが、非常に手がかかる料理という印象しかない。

「大したことはない。缶詰のデミグラスソースがベースで、味を整えるためにいろいろ入れるだけだ。赤ワインとか、ホールトマトとか」

人間は変わるものね、と言いかけて口をつぐんだ。妻を亡くし、心機一転して栄養バランスを考え、自炊を始めたというなら分かる。しかしビーフシチューはやり過ぎではないだろうか。もしかしたら、娘を呼ぶことを想定して用意していた？

「材料を全部ぶちこんで、煮こむだけだから。本を読みながら、時々様子を見てればいい……仕上げに入る」

鍋から湯気が上がっている。父はこし網と大きなボールを取り出し、まず鍋の中身を慎重に皿へ移した。といっても、肉だけ。野菜はこれから入れるのかもしれない。

肉を取り出して残ったソースを、こし網に入れる。ソースが垂れて下のボールに溜まっていくが、こし網にも溶けかけた野菜が残っている。ポテトマッシャーを取り出すと、網にぐいぐいと押しつけ始めた。全てソースに溶かしこむわけか。

「野菜を用意してくれるか？　ジャガイモとにんじん」

「普通に切ればいい？」

「好きな形と大きさに」

父に見られながらジャガイモとにんじんの皮を剝《む》き、大きさを揃えて切るのは何だか恥ずかしい。普段からほとんど料理はしないのだし。しかし父は何も言わなかった。切り終えると、鍋に投入するように指示される。自分は、いったん取り出しておいた肉——大きな塊だった——を一口大に切り分け、鍋に戻した。なるほど……野菜が溶けこんだソースをなめらかにし、最後の仕上げをするわけだ。野菜に火が通るまでに時間がかかるから、パンを切るのはもう少し後でいいだろう。

奇妙な夕食になった。お節の残り——半分も減っていなかった——にビーフシチュー、パン。加穂留は酒を避けて、冷蔵庫から烏龍茶《ウーロン》を引っ張り出して飲んでいた。頭痛はほとんど引いている。

ビーフシチューを一口食べて驚いた。ソースには甘味がほとんどなく、かすかな苦味、そして酸味が強い。相当大量のトマトを入れたのではないだろうか。この酸味は明らかにトマトのそれだが、とにかく味が深い。

「父さん、真面目に料理作ってるんだ」

「料理もやってみると面白い——そんなに難しくはないしな。煮るか焼くか炒《いた》めるか。材料と味つけを変えれば、バリエーションは無限だ」

「父さん、料理でも理屈っぽいね」

「理屈はともかく、美味いか？」

「美味しい」

親子の会話は上手く転がっている……のだろうか。まだまだぎこちなさを感じるのだが。しかし、こういう機会に仕事の話をしてみるのもいいかもしれない。原則論はなしだが……父に「お前は警察官に向いていない」と言われた嫌な記憶はまだ残っている。しかもその指摘は正しかったと感じることもよくある。しかし、具体的な話ならいいだろう——今、自分が首を突っこんでいることについて。

「父さん、相澤貴樹さんっていう刑事さん、知ってる？　一課の人だけど」

「亡くなったはずだ」

「そうだけど、その前に裁判に巻きこまれてる。県警の中では有名な話じゃない？」

「お前、その件を調べてるのか？」

「下調べぐらいだけど」

「やめておけ」父の顔が一気に真剣になった。

「どうして？　裁判は終わったし、本人は亡くなってるのよ？」

「それは真相の一角だ」

「裏があるっていうこと？　父さん、今の私の仕事、分かってるわよね」

父が無言でうなずく。

「父さんが、私は警察官に向いていないって言うのは……でも、私は今の仕事を一生懸命やってる。訟務課は、県警を守る仕事だと思ってプライドを持ってやってる。ちょっと困ってるけど——人に話を聴くのって難しいわ」

「取り調べか？」

「事情聴取」

「話を止めないことだ」

加穂留はすっと背筋を伸ばした。新崎も同じようなことを言っていた。

「どういう意味？」

「沈黙を上手く使う手はある。ただそれは、上級者のやり方だ。お前みたいに慣れていない人間は、とにかく喋って質問をぶつけて、一言でも多く相手から引き出すことだ。お前みたいなお喋りなら、簡単だろう」

「そうか……」全てのコミュニケーションの基本、ということだろうか。新崎も同じように言っていたと思い出す。「今、変な感じになってるのよ」

「変な感じとは？」

「弁護士だった人が、警察職員になって訟務課に来た――おかしいでしょう？　その人が内部を掻き回している。その背景に、相澤貴樹さんがいるみたいなのよ」

「そうか」父がゆっくりと顎を撫でた。スプーンをそっと置き、加穂留の顔をまじまじと見る。

「お前は、警察の中の事情をどれぐらい分かってる？」

「どうかな……知らないことも多いと思うけど」

「触らない方がいいこともある。俺だって、おかしいとは思ったけど、身の危険を感じてノータッチにしたこともあるんだ」

「警察の中で？」

「警察は正義の組織である――ありたいな。でも、人間だから様々な欲がある。それに人間は、三人集まれば派閥ができる。しかも警察官は、派閥作りが大好きだ。出身地、出身校、勤務先……いろいろな派閥がある」

「それは分かる」加穂留はうなずいた。

「派閥も悪いことじゃない。組織の壁を飛び越して、面倒な仕事を直《じか》に頼んだりできるからな。しかし、悪い派閥もあるんだ」

「それは、私には分からない――私は知らないけど、相澤さんはそういう悪い派閥に絡んでいたの？」

「相澤はそういう人間じゃない」

「父さん、知ってるの？　もしかしたら、その派閥の関係？」

「奴は、署の後輩なんだ。俺が二度目の所轄勤務をしていた時に、新人刑事で入ってきた」

「その後で捜査一課に……」

「ああ。俺は二課だったから、その後一緒に仕事をしたことはないけどな。でも、同じ所轄に同じ時期にいた人間として、つき合いは続いたよ。気持ちのいい男でさ――俺は、交番勤務で街のお巡りさんをやってるのが似合うんじゃないかと思っていた」

「そうなんだ……そんな人が裁判に……何かあったのかな」

「変だ」父が断言した。「俺だけじゃない。おかしいと思っていた人間はいくらでもいた。裁判では訟務課が助けてくれたけど、絶対に裏はあったな」

「そういうの、ほじくり返して何とかしようっていう気にならなかった？　悪いことなんでしょう？」

「自分には直接関係ないし、調べる権利もない」

「だったら監察に情報提供するとか」

「明確な違法行為でない限り、監察は動けない。難しい案件なんだ――お前、どうするつもりだ？」

「どうするって……」急に食欲が失せ、加穂留は烏龍茶を一口飲んだ。

「やる気か？　相澤の問題に首を突っこんでると、痛い目に遭う可能性もある。そうなっても俺は……もう警察官じゃないからな」

「父さんに助けてもらおうとは思わないわ」加穂留はすぐに突っ張った。そんなに危険なことがあるとも考えられない。「自分で何とかできる」

「そうか……何にでも首を突っこみたがる癖は変わらないな。一つ、忠告しておく。仲間を作れ。一人で動くな。自分がどこにいて何をしているか、必ず誰かに知らせておくんだ……俺は、家族の葬式を二回も出すのは嫌だからな」

「大袈裟よ――知ってることがあるなら全部教えて」

「覚悟はあるんだな」

加穂留は無言でうなずいた。父もうなずき返す。

「俺が知ってることは話す。それをどう使うかは、お前次第だ」

加穂留は覚悟を決めた。

5

正月休み明け初日、加穂留は早めに出勤した。パソコンを立ち上げ、メールのチェックをしているうちに、佳奈と右田が出勤してくる。佳奈がすぐにうなずきかけて、「訓示が終わったら外へ」と小声で指示した。

年明け最初の勤務日には、所属長の訓示があるのが慣例だ。訟務課も例外ではなく、全員が揃ったところで岩下が課長室から出て来て、「では、始めよう」と告げる。

全員が自席のところで立ち上がり、岩下が話し出す。

「去年は大きな裁判でご苦労様。この件は、引き続き高裁で争われることになるので、訟務課としても担当していく。幸い今は、これ以外に大きな事件はないので、他には、以前から続けている裁判データのデジタル化を進めていきたい。警察として、きちんと後の世代に資料を残す——それでは今年も一年、よろしくお願いします」

「お願いします！」声が揃い、訓示は終了。加穂留はすぐに訟務課を抜け出した。

少し離れたところで待っていると、佳奈と右田がやって来る。二人は何か、言い合っているようだった。

「——お前はどう思う？　どっちがいい？」右田がいきなり振ってきた。

「何がですか？」

「また外で、クソ寒い風に吹かれて話すか、どこか温かいところでお茶でも飲みながら話すか」

「人がいるところは駄目よ」佳奈が釘を刺す。

「しかし、寒いと集中できないんですけどね」右田が反論した。

「だったら、展望ロビーでどうですか？」何を言い争っているかと思ったらこんなことか、と加穂留は呆《あき》れた。「この時間なら、見学者もいないでしょう」

「まあ……そうね。移動している時間ももったいないし」佳奈が同意した。

「お茶もなしでねえ」

「贅沢《ぜいたく》言わない」佳奈が、右田の文句をぴしりと封じこめた。

「はいはい」右田が肩をすくめる。

午後になると、ここでサボっている職員もいるのだが、さすがに正月休み明けのこの時間だと誰もいない。佳奈が、巨大な窓を背に腕組みをし、「で？」と加穂留に先を促す。

「正月休み中に、父から聞いた話です」

「ああ、お前の親父さん、二課だったよな。数字の水さん、だろう？」

「年末で定年になったんですけど、とにかく長く警察にいて、内部の事情はよく知っている人です」

「だろうな」

「父は、亡くなった相澤さんを知っていました。所轄の後輩だそうです。相澤さんは奥さんを亡くしていますけど、父も……そういうことでも相談に乗っていたみたいです」

「なるほど」佳奈の表情がさらに真剣になる。「ということは、結構濃い関係だったと考えていいのね？」

「そうですね。その父が言っていました。相澤さんは、はめられかけたって」

「はめられかけた？」佳奈が目を細めた。

「裁判です。あれは仕組まれたものだったと……訟務課に助けられたんだって言っていました。その後、急に亡くなったのは――」

「病気については、不審な点は一切ないぜ」右田が言った。「奥さんを亡くしてから、だいぶ生活が乱れていたみたいだ。自棄《やけ》になってたのかもしれない」

父とは正反対だったわけか。父は家をきちんと掃除し、自炊を始めて健康に気を遣うようになった。しかし愛する人を失ったら、自分の人生まで投げてしまう人がいるのも理解できる。

「奥さん、どうして亡くなったんですか？　まだお若かったですよね」

「昔交通事故に遭って、その後、ずっと後遺症に苦しんでいたらしい」

「そうなんですか……それで、父のアドバイスです。相澤さんは、Rという派閥に潰《つぶ》されかけたと」

「R？」

佳奈が首を傾げ、右田に視線を向けた。右田はゆっくりと首を横に振り、ついで肩をすくめた。

「それって、厚木会《あつぎ》とか、小田原《おだわら》テンみたいな派閥のことか？」

「そうみたいなんですけど……小田原テンって、何ですか？」

「二〇一〇年に小田原中央署に在籍していた人間の会だよ。俺も入ってる。一家三人が殺された強盗事件があってさ」

「ああ、あの事件ね」佳奈がうなずいた。「捜査、大変だったんでしょう？」

「逮捕まで一年かかりました」

「それで苦労した人たちが、たまに集まって傷を舐《な》め合う会合なわけね」

「その言い方はひどいな」右田が苦笑した。「健全な呑《の》み会ですよ」

「厚木会は……」

「厚木市出身の人間で作る会」佳奈がさらりと説明した。「どういうわけか、県警で厚木出身者は大派閥なのよね。市町村人口で考えれば、バランスがおかしいぐらい」

厚木市の人口は二十二万人ぐらいだっただろうか。横浜や川崎の区で、厚木よりも人口が多いところはいくらでもあるのに。

「私も、厚木会の幽霊会員」

「幽霊？　どうしてですか？」

「面倒臭いのよ。要するに呑む理由が欲しいだけだし、中学や高校の先輩後輩の関係も引きずる。

そういうの、面倒でしょう？　こっちは子育てで忙しいんだから」

「まあ、おっさんになって暇になると、派閥活動に熱心になるそうだけど、俺ら現役世代はな……それで、Rって何なんだ？　略称みたいだけど」

「実態は、父もよく知らないそうですけど、捜査一課の人たちの派閥のようですね。相澤さんはその派閥に誘われたけど、参加を断った。それでRの人たちを怒らせてしまって、はめられたと……裁判で、警察側が完全勝訴だったでしょう？　よくある、因縁のような裁判だったんですよ。でも、訴えられれば気分が悪い。それに将来的に、査定でもマイナスになりかねませんよね」

「それはそうね」佳奈がうなずく。「かなり陰湿なやり方……というか、裁判を警察側が仕組んだとしたら問題にならない？」

「それは調べられるのかなあ」右田が爪をいじった。「原告側の弁護士はすぐに分かるでしょう。でもそいつが警察の――Rの依頼を受けて裁判を起こしたとしても、果たして認めるかどうか」

「Rについて調べること。それと、相澤さんと新崎君の関係を調べること――線は二本ね。相澤さんのことを聴く相手は確保できると思う。裁判の再調査をしていて、みたいな言い訳をすれば問題ないでしょう。相澤さんの友だちが見つかれば一番いいんだけどね……相澤さんも長く警察にいたんだから、何でも話し合える相手はいたと思うわよ」

「問題はRの方ですね。誰がメンバーか分からないから、下手に当たれない」加穂留は指摘した。

「だな」右田がうなずく。

「外堀を埋めますか」

「できる？」佳奈は疑わしげだった。

「話してくれそうな人はいます」西署の浜岡……彼はまだ事情を知っていそうな気がする。それに捜査一課に在籍していたことはないから、Rのメンバーとも思えない。「当たってみていいですか」

「どこへ行くか、誰と会うか、いつか——それだけははっきりしておいて」佳奈が指示する。

加穂留は思わず苦笑してしまった。佳奈がそれを見咎《みとが》め「私、何かおかしいこと言った？」と訊《たず》ねる。

「父に同じことを言われました」

「ああ」惚《ほう》けたように言って、佳奈が右田と視線を交わす。

「お前の親父さんがそう言ったってことは、かなりやばい話なんだよ」右田が真剣になる。「明確な犯罪行為があるわけではないのに警察が警察を調べる——難しいことなんだ。それに相手は、相澤さんをはめるような連中だぞ。お前一人潰すぐらい、わけないだろう」

「だから一緒に動く——そういうことじゃないですか」

正直、恐怖もある。しかし好奇心はそれを上回ったし、警察内部で不法行為が行われているなら、正さねばならないという意識——正義感もあった。

「分かった。お互い怪我しないように、連絡は密にしましょう」佳奈が真顔で言った。

「賛成ですね。俺もまだ、子育ての最中なんで」右田も応じる。

そう考えると、自分は身軽だ。何かあって——死んだりしたら、泣いてくれる人はいるだろうか。

それを考えると、少しだけ情けなくなる。

手土産——加穂留は行きつけの洋菓子店でスイーツの詰め合わせを買った。戦前からの老舗《しにせ》で、デパートなどにも出店している。加穂留はここのクッキーが好きで、本店でバラ売りで買うのがたまの贅沢だった。詰め合わせを買ったのは初めてだったかもしれない。浜岡が甘いものを好きかどうかは分からないが、妻の機嫌を取っておくのもいいだろう。

今回は、スムーズに家に入れた。浜岡の妻に詰め合わせを渡すと、ひどく恐縮される。

「この前、いきなり押しかけましたので、お詫《わ》びです」今回も予告なしだが。

「まあ、気を遣っていただかなくていいのに」

「こういうことはきちんとしておくように、と言われて育ちました」

「ご両親、厳しい人だったんですね」

厳しいの意味が少し違うが。加穂留は苦笑して、「浜岡さん、いらっしゃいますか」と改めて訊ねた。

「はい。ちょっとお待ち下さいね」

一度家の奥へ引っこんだ浜岡の妻は、一分ほどで戻って来た。苦笑を浮かべながらも、「お上がり下さい」と言ってくれた。夫婦の間で、短時間に面倒な話し合いが行われたのだろう。

リビングルームに入ると、ソファに腰かけた浜岡も苦笑していた。

「何なんだよ、あんた、熱心な記者みたいじゃないか」

「夜回りは効果的なんですね。会える確率が高くなります」

「こっちはもう、戦闘モードじゃないんだぜ」

確かに。浜岡は既に風呂《ふろ》も終えたようで、髪には脂っ気がなく、上下スウェットの気楽な格好だった。加穂留は「失礼します」と言って、斜め向かいの位置にある一人がけのソファに腰を下ろした。

「こいつは、賄賂《わいろ》としてはベストだな」浜岡がクッキーの箱をチラリと見た。「一家揃って目がなくてね」

「私もです。同好の士が見つかってよかったです」

「後でいただくよ……それで、新年早々どうしたんだ」

「Rってご存じですか」加穂留は切り出した。言葉を切り、浜岡の顔を凝視する。緊張していた――父がRのことを教えてくれた時の顔に似ている。

「それは――」

「浜岡さんはRじゃないですよね」

「違う」

「これだけで話が通じているとしたら、Rって相当有名な派閥なんですね。私は知らなかったんですけど、不勉強でしょうか」

「Rには、過去に女性メンバーはいなかったはずだ。だから、あんたが知らなくても不思議じゃない」

「いったい何なんですか？　女性蔑視《べっし》がモットーの派閥ですか」

「説明しにくいんだよ。ちなみに、戦後すぐからあるそうだ」

「そんなに昔から？」

「Rの連中は、自分たちのノウハウを現在までつないでいるそうだ」

「ノウハウ？」捜査一課のテクニックのことだろうか？　そういうノウハウを伝承していくのは悪いことではないと思うが……警察の捜査テクニックは、マニュアルとして残しにくく、先輩から後輩へ口伝えで伝えていくしかない部分も多い。

「捜査一課も常に正義の味方じゃないよ。終戦後間もない頃には、強引な手法で冤罪《えんざい》事件もたくさん起きた」

「歴史としては知ってます」警察としては、もう詮索《せんさく》されたくないことだろうが。

「神奈川県警でも、冤罪が起きたことはある。でもそれ以上に、難事件を解決してきた」

「それは分かりますが……」

「優秀な刑事がいたんだよ。優秀なのと違法なのは紙一重のようなものだ」

「浜岡さん、話が抽象的です。誰がRなんですか」

「俺は知らない」

「浜岡さんはRじゃないんですか」

「違う——あんたもしつこいな」

「調べるべき相手だと知らないで話を聞いていたら、馬鹿じゃないですか」

一瞬間を置いて、浜岡が吹き出した。「それなら面白いけどな」と言って、ミネラルウォーターのペットボトルに手を伸ばす。しかし口はつけなかった。

「亡くなった相澤さんは、Rじゃなかったんですか」

「違う」今度は短いが、はっきりした否定。「こういう構図なんだ。相澤さんは、捜査一課ではエース格と言われていた。そういう人間が仲間にいるといい、と考える人間がいてもおかしくないよな？　そいつも自分たちを警察の中のエリート集団だと思っているから、その集団をさらに強化しようということだ。でも、相澤さんは断った。そいつらの胡散《うさん》臭い噂を聞いていたからだ」

「それがR？」

「結論を急ぐなって」浜岡が舌打ちした。「そういうことがあってしばらくしてから、相澤さんは訴えられた。裁判には勝ったけど、相澤さんはかなりのストレスを抱えて、それが脳梗塞《のうこうそく》の原因になったかもしれない」

「Rが、相澤さんを陥れるために裁判を起こした——という推測も成り立ちます」

「いい線だ」浜岡が加穂留を指差した。「ただし証拠は何もない」

「誰も調べていないから、証拠が出ていないだけじゃないですか」

「あんたが調べれば分かると？」

「私だけじゃないです。一人で動いているわけではないので」

「訟務課ぐるみか」

「組織犯罪みたいに言わないで下さい」加穂留は思わず抗議した。

浜岡が水を一口飲んだ。いきなりぽつりと「内間《うちま》美月《みづき》」とつぶやく。

「誰ですか？」

「職員データベースで引っかかるよ」

「県警の職員ですね？」

「ああ。会ってみる価値はある」

「どういう人ですか？」

「会ってみる価値はある」浜岡が繰り返した。

階段が軋《きし》む音がして、先日出くわした浜岡の娘、遥香が降りて来た。加穂留に気づいてひょこりと頭を下げ、冷蔵庫からペットボトルのお茶を取り出す。階段の方へ戻る時に、ふとテーブルに視線を落として、悲鳴のような声を上げる。

「嘘、『ミウラ洋菓子店』じゃない！」

「あ、お土産です。皆で食べてね」加穂留は愛想よく言った。

「開けていいですか?」遥香が箱を取り上げ、乱暴に包装を破いて蓋《ふた》を開ける。「おい、遥香――」と浜岡が注意したが、気にする様子もない。

「ミウラのフルーツケーキじゃないですか!」今度は本当の悲鳴になった。「これ、バラ売りしてないんですよね!」

加穂留は苦笑してしまった。今回買ってきたのはクッキーの詰め合わせなのだが、それだけでは寂しいと思い、名物のフルーツケーキも入れてもらったのだ。長さ三十センチほどのケーキは、しっとりと柔らかいのが特徴で、一本売りしかしていない。

「これを一本食べるのが夢だったんです!」

「遥香、それは失礼だぞ――だいたいお前、いつも痩《や》せたいって言ってるのに、そんなに食ったら大変なことになるだろうが」

「でも、美味《おい》しいんですよね。横浜クラシック」遥香がにこりと笑う。

そうだった。去年の春に、観光協会かどこかが「横浜クラシック」の認定を始めた。明治以来の港町の伝統を継ぐ横浜で、建物、店舗、食事やスイーツなど、各ジャンルで昔の「匂い」を残すものを認定したのだ。ミウラ洋菓子店のフルーツケーキもそれに入ったと、新聞記事で読んだ記憶がある。

「まあ……皆で食うか」浜岡が折れた。「話も終わりだからな」

「いえ、まだ……」加穂留は食い下がった。

「フルーツケーキを食おうって時に、生臭い話は野暮だよ。遥香、お茶を入れてくれ」

「はーい」

急に上機嫌になって、遥香がお茶の用意を始めた。浜岡の妻も戻って来る。

奇妙なティータイムになった。浜岡家では夕食を済ませているのでデザートだが、加穂留は夕食をまだ摂《と》っていない。こんな変な時間に重たいフルーツケーキを食べて、今日の夕食はどうしようかと本気で心配になった。

とはいえ、フルーツケーキは美味《うま》い。分厚く切ったので、しっとりした生地を堪能できる。口に入れると一瞬で消えてなくなり、洋酒のよい香りだけが口中に残る。そしてしっかりしたフルーツたち。一緒に入っている胡桃《くるみ》の食感が最高だった。遥香は、加穂留の二倍ぐらいの厚さに切ったケーキを嬉々《きき》として食べている。

「明日からご飯抜きでもいいわ。毎食これでもいいぐらい」

「極端なんだよ、お前は。バランスよく食べろって」

「栄養学なら、私の方が詳しいんだけど。それと、甘いものがストレスを解消するっていう研究もあるんだよ」

「ストレス溜《た》まってるのか」

「来年受験だから」

何なんだ、この変な展開は。人の家の家族団欒《だんらん》に紛れこんで、肩身を狭くしている感じ。それでも、話を聴くべき相手を示唆してもらったからよしとするか。

三十分ほどお茶につき合い、加穂留は家を辞去することにした。今夜はこれ以上、深刻な話はできないだろう。

玄関まで送ってきた浜岡は、苦笑していた。彼も、変なことになってしまったと思っているのだろう。

「ありがとうございました――あと一つだけ」

「コロンボみたいなことはやめろ」

「はい？」

「刑事コロンボ。知らないか？」

「ドラマか何かですか？」

「後で検索してみな」

「分かりました……」妙な展開に、妙な別れ。しかし、聞き損なったことを最後にどうしても確認したかった。「相澤さんと新崎さん、どういう関係なんですか？　まだ分かりません」

「仕事が遅いな」浜岡が首を横に振った。「あんた、刑事希望じゃないのか？」

「迷ってます」

「刑事になりたいなら、とにかくすぐに動くことだ。はっきりしていなくても構わない。これはと思ったらすぐに動く。スピード重視――どうしてか分かるか？」

「急がないと犯人が逃げるからですか？」

「ご名答。それが分かってるなら、あんたは刑事向きだよ。新崎と相澤さんのことは、自分で調べてみな」

「それを言うなら、浜岡さんと新崎さんのこともです。お知り合いですよね？　ということは、浜岡さんも相澤さんと関係あるんじゃないですか？　相澤さんは亡くなっているんだし、もう話してもいいんじゃないですか」

「それも自分で調べるんだな」

「当事者が目の前にいるのに？」

「当事者が、必ず喋《しゃべ》るとは限らない。外堀を埋めろよ。俺が身動き取れないぐらい情報が集まったら、喋ってやるさ——しかしあんた、急に腕を上げたな」

「はい？」

「余計なことまで喋ってしまったかもしれない。相手に喋らせるテクニック、いつの間にか身につけたみたいじゃないか。フルーツケーキのせいかもしれないけどな」浜岡がニヤリと笑った。

外へ出ると、いきなり顔面を寒風が叩《たた》いた。一月、一年で一番冷える時期だ。ヒントはあったが、正解はない。今夜の夜回りが正解だったかどうか、加穂留には分からなかった。

6

翌日、加穂留は出勤すると同時に内間美月の名前で職員データベースに検索をかけた。あった——いた。本部ではなく、小田原中央署勤務である。よりによって、本部から一番遠いと言っていい所轄の刑事課に在籍していることが分かった。

加穂留は出勤してきた右田にメモを渡した。「内間美月」の名前が書いてある。

「この人、知りませんか？」

「聞いたこと、ないな」

加穂留はメモに情報を書き足した。「小田原中央署、刑事課」。

「手がかりになるかもしれない人です」

「行くか？」

「迷ってます。小田原だから、半日仕事になりそうですし」

「だけど、電話はまずいだろうな。今日、急ぎの用事は？」

「ないです」

「だったら行っちまえよ。課長が何か言ってきたら、適当に誤魔化しておくから」

「分かりました」

そこへ佳奈も出勤してきたので、メモを見せる。やはり見覚えのない名前だという。

「女性職員は少ないから、分かるかと思いました」

「県警の女性職員は、そんなに少ないわけでもないわよ。それも派閥かもしれないわね」

「佳奈さんとか、派閥のトップにピッタリな感じですけど」

「人を、悪の総裁みたいに言わないで……行くのね？」

「行きます」

「任せた。後で情報、教えて」

「了解です」


小田原中央署は、交通の便が今ひとつ良くない場所にある。小田原はＪＲ、小田急、伊豆箱根鉄道が乗り入れる鉄道の要衝でもあるのだが、どの駅から歩いても遠い。

結局加穂留は、一番オーソドックスなルートを使うことにした。横浜駅まで出て、東海道線で小田原まで。駅からは歩く。本当は、新横浜から新幹線に乗る方が時間がかからないのだが、「こだま」は本数が少ないし、経費を精算する時に面倒なことになりかねない。東海道線で小田原まで往復だったら、自腹でも構わない。

西口に出て、北条早雲《ほうじょうそううん》像に挨拶《あいさつ》してから歩き出す。スマートフォンの地図を頼りに……小田原駅は、東口の方が観光地として栄えている。小田原城があるし、海も近い。それに対して西口は、いきなり住宅街になる。

ところどころで緩い坂を上がって十数分、小田原中央署に着いた。午前十一時前……さて、どうするか。いきなり刑事課を訪ねたら、一悶着《ひともんちやく》起きそうな気がする。少し考えた末、加穂留は電話を入れることにした。電話で話して鬱陶《うつとう》しがられた末に、会えなくなってしまうかもしれないが、刑事課で言い合いになるよりはマシだろう。もしも出てきてくれなければ、夕方まで待つしかない。

署の代表番号にかけて名乗り、刑事課の内間刑事を呼び出して欲しいと頼む。電話はすぐにつながり、低い、落ち着いた女性の声で返事があった。

「刑事課、内間です」

「お忙しいところすみません。本部訟務課の水沼と言います。水沼加穂留です」

「ああ……」美月はそれだけで、事情を察したようだった。もしかしたら、浜岡から連絡が入っていたのかもしれない。

「少しお時間いただけませんか？　お聞きしたいことがあります」

「そうねえ……そんなに暇でもないけど」

「お時間はかかりません」自分が美月から上手《うま》く話を引き出せればだが。「三十分でもいただければ」

「じゃあ、近くでお茶でも飲む？　県道沿いにファミレスがあるんだけど……警察署入口の交差点の近く。分かる？」

「分かると思います」

「そこで五分後に」

「お待ちしています」

　ということは、こちらが絶対先に着かねばならない。早足で歩き出しながら地図アプリを確認する。自分は先ほど、一つ駅寄りの交差点を右折して警察署に向かったのだと分かった。

　最後は走るようにしてファミレスに到着。かなり古い店で、建物も看板も、全体に色褪《あ》せていた。ファミレスも、子ども時代には入るのが楽しみだったのだが、最近はとんとご無沙汰《ぶさた》……そもそもファミレスの数が減り、しかも価格的な「お得感」は薄れている。

　呼吸を整えながら店の前で待っていると、すぐに美月らしい女性がやって来る。四十歳ぐらいだろうか。平均より少し高い身長。靴はヒールがないパンプスだ。小田原は横浜辺りよりも少し暖かいのか、コートは裏地のないトレンチ。急いで飛び出してきたのだろう、ベルトは結ばず、コートの裾《すそ》が風にはためいている。

「内間さんですか」加穂留は一歩進み出た。

「十分後にすればよかった」

「すみません。急いで大変でしたよね……」

「違う、違う。あなたが何者か、調べる時間が欲しかった——水沼さんって言ったわよね？」

「はい」

「数字の水さんと何か関係ある人？」

「ああ……父です。お知り合いですか？」

「水さんはレジェンド刑事の一人でしょう。そうか、娘さんも警察官か……でも、何で訟務課？」

「刑事の仕事は向いていないみたいです」加穂留はつい素っ気なく言ってしまった。「中、よろしいですか？　時間を無駄にしたらもったいないです」

二人は店に入り、奥の席に陣取った。まだランチタイムには早いせいか、店内は空《す》いている。しかし三十分もすると埋まるだろう。この辺は小田原市の官庁街で、昼飯時は公務員の「食堂」として賑《にぎ》わいそうだ。美月がすぐにコーヒーを頼む。加穂留もそれに乗っかった。一分たりとも無駄にしたくない。

向かい合って座り、改めて美月の顔を見る。顎《あご》の線がシャープな逆三角形の顔つきで、目が大きい。艶々《つやつや》した髪は、ショートボブでまとめていた。

「それで？　訟務課の人が私に何の用？　まさか訴えられたとかじゃないわよね？　最近うちの署は、トラブルになりそうな事件は扱っていないけど」

「違います。個人的に調べていることがありまして、内間さんに教えていただけるんじゃないかと」

「私が？」

「そうです。失礼なことを聞くかもしれませんが」

「気に食わなかったら殴るかもしれないわよ」

「なるべく上手《うま》く避けます——相澤貴樹さんをご存じですか」

美月が黙りこんだ。怒っては……怒ってはいない。しかしこの後どんな反応がくるか、まったく予測がつかなかった。美月がふっと息を吐き、ジャケットのポケットから煙草を取り出した。

「禁煙……かと思いますが」

「分かってる。煙草を見てれば落ち着くのよ」

「嫌な思いをさせてしまったら申し訳ないんですが——相澤貴樹さんとお知り合いですよね？」

加穂留は繰り返した。

「どうしてそれを知りたいの？」

「ある人物のことを調べていて、そこで相澤さんの名前が出てきました。ただ、相澤さんはもう亡くなっています。周辺調査からあなたの名前が浮かんだので、相澤さんについてお話を伺いたいと思ったんです」

「そう」

美月は素っ気ない。煙草を一本引き抜くと、フィルターをテーブルに打ちつけた。しかし、当然ここでは吸えるわけもなく、すぐにパッケージに戻してしまう。

煙草の箱をいじる左手の指に指輪はない。独身か……いや、結婚したら必ず結婚指輪をはめるものでもないだろうが。

「内間さんは、本部勤務が長いですよね。捜査一課とか、刑事総務課とか。それで二年前に、こちらに来られた」

「だから？」美月が肩をすくめる。

「相澤さんとは本部にいる時に知り合ったんですか？　捜査一課の同僚だったとか」

「ノーコメント」

「内間さん……」

「同じ警察の仲間だからと言って、何でもかんでも話すわけじゃないわよ。プライベートな問題もあるし」

「相澤さんと交際していた――違いますか？」責められるようなことではない。相澤は妻を亡くして独身だったのだから。

「言えないわね。言いたくない」

「事実と考えていいんですか？」

「今の言い方で事実と認定したら、誤認逮捕になる可能性があるわよ。もしも知りたいなら、もっとよく周辺事情を調べて」

「これがもう、周辺調査なんです。このまま外へ外へと調査を広げ続けたら、中心から離れる一方です」

「中心は何なの？」

「訟務課の同僚で、新崎大也という人間がいます。弁護士だったのに、その業務をストップして警察に職員として入りました。変な話ですよね」

「変には聞こえるけど、私にはあれこれ言う権利はないわ」

「新崎とも知り合いじゃないんですか？　新崎、相澤さん、内間さん——皆さん、何かで関係している仲間じゃないんですか」もしかしたら浜岡も。これも一つの「派閥」の話ではないのか？

「ノーコメント」美月が繰り返した。相変わらず無表情で、何を考えているかは分からない。

「内間さん……」

コーヒーが運ばれてきて、二人の会話は一時中断した。美月はブラックのまま、コーヒーを一口啜《すす》る。

「数字の水さんの娘さんにしては、勘が鈍いわね」

「父は、勘で捜査するようなタイプではなかったと聞いています」

「数字を読んで、行間に隠れている真相を探り出す——それを見習ったら？」

「読むべき数字がないんです。人間関係だけ——だから、人に話を聴いていくしかありません」

「じゃあ、頑張って修行して」美月があっさり言った。「私に話を聴きにくるなら、それからね」

「そんな時間はありません。県警の中で、何か変なことがあるんじゃないですか？　陰謀的な動きとか」

「陰謀論は勘弁して」美月が顔の前で手を振った。「とにかく、あなたの質問の仕方はまずいわね。急所を摑《つか》んでいないのにいきなり持ち出しても、相手は認めない。認めざるを得ない証拠を摑んでから取り調べる——よほど話術に自信があって、絶対に落とせると思っているならともかく、あなたにはそこまでの経験はない」

「ありません」認めざるを得ない。「でも、おかしなことがあるなら、黙ってはおけないんです。それに、おかしな人がいるなら、どうしてその人がそこにいるか、知りたい」

「新崎という人が、おかしな人？」

「訟務課にとっては、爆弾になりかねません」

「時には、一気に爆発させて、焼け野原に新しい街を作るぐらいの気持ちでいないと。ちょっとずつ手直しなんかしてたら、間に合わないわよ。悪い連中は、自分の悪行を隠す手を知ってるんだから」

「そういうことが、県警の中で進行中なんですか？　そして新崎がそれを爆破しようとしていると？　変ですよね。いわば外部の人が、どうしてそんなことをするのか……あるいは県警内部の誰かに協力して、そういうことをしているんですか」

「じっくり調べてみたら？　何か分かるかもしれないし、分からないかもしれない」

「内間さん……」

「私に泣きついても無駄よ」美月が冷たく言い放った。「無駄なことはしない方がいいわ。あなたぐらいの年齢だったら、無駄なことは嫌いでしょう？　タイパ？　それが一番大事なのでは？　余った時間で何をするのは分からないけど」

美月が、一口だけ飲んだコーヒーをそのままに立ち上がる。

「内間さん……」言葉を失い、加穂留は彼女の名を呼ぶしかなかった。怒るでもなく、ただ冷たい言い方で突き放す——こんな拒絶が一番きつい。

「コーヒー代、あなたが払っておいてね。無銭飲食でもしてくれたら逮捕できるから、後が楽だけど」

ここまで激しい拒絶の理由は何だろう、と加穂留は唖然《あぜん》とした。

何かある。

帰りの電車の中で、加穂留は確信していた。相澤と関係がなければ、単純に否定すればいい。しかし曖昧《あいまい》な態度は、彼女の迷いを証明するようだと思った。話していいかどうか、自分でも分からずに曖昧に話した……。

今の会談の内容を右田と佳奈に伝えようかとも思ったが、やめておいた。支給のスマートフォンのメールやメッセージアプリを使うと、証拠が残ってしまう。連絡が入らなくても、二人とも理解してくれるだろう。そもそも、急いで報告する内容でもない。

昼飯を食べずに横浜まで戻って来たので、乗り換え途中でカレーショップに入り、そそくさと昼食を済ませる。赤い椅子に白いカウンターの店内は清潔だが、中に入ると、女性客は自分一人だと気づいた。いかにも移動途中の営業マンの栄養補給場所という感じ。平均滞在時間は五分というところだろうか。その気になれば、カレーは流しこむように食べることができる。様々なトッピングが選べるので、迷い始めるとキリがないが、無難にポークカレーにした。周りに煽《あお》られるように、結構スパイシーなカレーを十分足らずで食べ終えてしまう。

そのままみなとみらい線で馬車道駅へ移動。県警本部へ急ぎ足で戻る途中、バッグの中でスマートフォンが鳴った。新崎。無視してしまおうかとも思ったが、どうせあと十分もすると顔を合わせる。歩きながら話すことにした。

「今、どこですか」新崎が前置き抜きでぶっきらぼうに訊ねる。

「そちらに向かっています」

「本部の正面で待っています。詰め所のところで」

「新崎さん――」電話は切れていた。

何なんだ、この「表に出ろ」的な電話は。不安になり、取り敢《あ》えず右田の携帯に電話を入れる。

自分の居場所、誰に会っているかは人に知らせておくこと。

「新崎さんに呼び出されました。これから本部の正面で会います」

「ええと……途中を滅茶苦茶省略してないか？」右田は困っていた。

「事情は後で話します」電話を切り、ほぼジョギングのスピードで急いだ。自分でも意味が分からないのだが、どうしても新崎より先に到着していないといけない気がする。

間に合わなかった。新崎は正面出入り口の前にある警備詰め所の横に立っていた。きちんとコートを着込み、腕組みをして、戦闘準備完了という感じである。

加穂留を見ると、すぐに税関の方へ向かって歩き出す。海岸通りを吹き抜ける風は、今日は特に強く、前屈《かが》みにならないと吹き飛ばされそうだった。新崎は後ろを振り向きもしない。横浜税関の交差点を左折して、まったくスピードを落とさずに歩いていく。まさか、象の鼻パークか？

こんな寒い日に、あそこで話ができるわけがない。五分立っているだけで凍りついてしまうだろう。

しかし新崎は、税関の建物をぐるりと回りこんで裏口へ向かった。駐車場に入ると、建物の壁に背中を預けるようにして立つ。人目につかなければいい、ということだろう。役所の敷地に勝手に入りこんでいるのは問題だが……それに、県警本部の建物はすぐ隣である。窓から外を見ている人からは、自分たちの姿が見えるかもしれない。

「内間美月さんに会いましたね？」

一瞬黙りこんでから、加穂留は「会いました」と認めた。嘘は言わない――言えない。ここは、自分が持っている材料を正直にぶつけよう。

「何のために？」

「新崎さんのことを調べています」

「私を？」新崎がゆっくりとこちらを向いた。目を細め、両手をきつく拳《こぶし》に握っている。しかし怖くはない。警察官なら、こういう時に相手をビビらせる表情を持っているものだが、新崎にはないようだ。勉強ばかりしてきた弁護士は、誰かと喧嘩《けんか》することもなかったのだろう。

「新崎さん、どうして県警にいるんですか？　そしてどうして、訟務課を引っ搔《か》き回しているんですか？　正直言って、新崎さんの行動で、訟務課の中は滅茶滅茶です。何がしたいんですか？弁護士事務所を辞めてまで警察に来るなんて、やっぱりおかしいです」

「私の口から言うことは、何もありません」

「言って下さい」加穂留は言葉を叩きつけた。「あなたが何を狙っているかは分かりません。でも、仮にも仲間として仕事をしているなら、自分のことを話して下さい。今のままでは、あなたはただの異分子です。私の方から聞きます。あなたと内間美月さんはどういう関係なんですか？　あなたの周りにいる人――亡くなった相澤貴樹さんとはどういう関係なんですか？　西署地域課の浜岡係長とは？」

新崎の表情が厳しくなる。驚いているようでもあったが、それだけではない。

「あなたは……そういう人でしたか？」

「どういう意味ですか」

「こんなに一気に相手を攻めるような人。本当にそうなら、私の見立ては間違っていました」

「私のこと、何だと思ってたんですか」

呼吸を整え、次の一撃を――しかし口を開こうとした瞬間、どこからともなく現れた右田が新崎の肩を後ろから叩いた。驚いて振り向いた新崎に向かって、ニヤリと笑いかける。

「あんたも素人だな……尾行に気づかないようじゃ、仕事にならないぜ。水沼、お前もだ」

「私は……気づいてましたよ」加穂留は強がって嘘をついた。

「そう？」

背後から背中を叩かれ、びくりと身を震わせる。佳奈の声だとは分かったのだが、情けなくて振り向けない。

「場所を変えるわよ」佳奈が告げた。「話をするのに、こんな寒いところじゃ……はい、象の鼻テラスに移動」

言って、佳奈がさっさと歩き出す。

「あんたも、覚悟決めなよ」右田が新崎に向かって乱暴に言った。「一人で突っ走るのは勝手だけど、絶対に失敗するぜ。素直に頭を下げておけって。俺らは、何をやるべきか、ちゃんと分かってるんだから」

右田が新崎の背中を押すと、新崎がよろけるように前に出た。それを見て、加穂留も諦《あきら》めて歩き出した——いや、自分は何も悪いことはしていないのだが。ただ、尾行に気づかず、刑事失格の烙印《らくいん》を押されたのが痛い。


象の鼻テラスは、象の鼻パークの中にあるアートスペース兼カフェで、地元の人にも観光客にも人気の場所だ。傾斜のある地形を活《い》かして、半分地面に埋もれたような造りだが、窓は広く、一月の冷たい陽射しがたっぷりと中に入りこんでくる。

中に入ると巨大な象のオブジェに驚かされるが、テーブルにつけば、明るくモダンなカフェである。四つのコーヒーカップが並んでいるが、誰も手をつけようとしなかった。

「どこから行く？」佳奈が右田に話を振った。

「それは、水沼から」右田が加穂留に向けて顎をしゃくる。「小田原まで行った報告も、まだ聞いてないから」

「内間美月さんは、相澤さんとの関係を否定も肯定もしませんでした。否定していないということは、肯定と考えていいと思います」

「それって、何も言ってないのと同じだぞ。理屈も滅茶苦茶だ」右田が指摘する。

「勘……じゃ駄目ですか」

「ろくに刑事の経験もない人間に『勘』って言われてもな」右田が鼻を鳴らす。

「人間としての勘です。普通に話していて、おかしいと思うこともあるじゃないですか」

「二人に接点はあったわ」佳奈が静かに答えた。「あなたが出かけてから、内間さんの経歴をきちんと調べた。捜査一課で、相澤さんと二年ぐらい一緒だった――ちょうど、相澤さんが裁判に巻きこまれていた時。小田原中央署に転出したのは、本人の希望みたいね。それが、相澤さんが亡くなる一年半前。二人に関係があったと断言はできないけど、想像は可能ね。新崎君、どう？あなたは相澤さんと近しい関係にあったのでは？　彼の女性関係も知っているでしょう」

「相澤さんは奥さんを亡くしています。内間さんと会ったのはその後ですから、不貞の関係ではないです」

「それはどうでもいいの。警察官は結構いい加減だから、不倫も三角関係も珍しくない。問題にならない限りは、誰もうるさいことは言わないわ」

「二人の関係には、問題はありませんでした」新崎が答える。

「つまりあんたは、相澤さんとも内間さんとも知り合いなんだよな？」右田が突っこんだ。「二人の関係を知ってるんだから」

「それは……」

「あんた、弁護士時代に相澤さんの裁判に噛《か》んでたとかじゃねえのか」

「それはありません」新崎が否定する。

「なあ、いい加減喋ったらどうだよ」焦《じ》れたように右田が言った。「課内で勝手な動きをされると困るんだ」

「それは申し訳ないと思っています」

「だったら――」

「皆さんにご迷惑をかけるわけにはいきません」真剣な表情で新崎が頭を下げる。

「課長を絞り上げようかなって、本気で思ってるんだけど」佳奈が脅しをかける。「あの人も正体不明……よく分からないところがある人だけど、あなたと唯一まともに話ができる人なのは間違いない。絞り上げれば、あなたのことを話してくれるでしょう」

「あんた、一体何がしたいんだよ」右田が脅しをかける。

「知らない方がいいと思います」新崎が平然と言った。

「あんたは敵なのか、味方なのか？　警察にとって毒なら、俺たちは取り除く。容疑はいくらでも作れるんだ」

「それですよ」

新崎が低く厳しい声で言って、テーブルに身を乗り出す。四つまとめて置いたコーヒーカップに肘《ひじ》が触れて倒れそうになり、加穂留は慌てて押さえた。飲み口から飛んだ熱い飛沫が手の甲にかかり、撫でながら引っこめる。

「警察は昔からそういうやり方をしてきた。それをやめるのは、警察にはできないんです。どんな人でも、自分自身を罰することは難しい——できないでしょう」

「県警に問題があるとでも？」加穂留は訊ねた。

「神奈川県警は、昔から多くの問題を抱えてきました。それを正そうとした人間は排除されてきた。そういうことは、外から見た方が分かるんです」

「——相澤さんのことですね？」加穂留は指摘した。「相澤さんが訴えられた裁判には、おかしな点があります。どうやっても原告が負ける裁判——スラップ訴訟としか思えません」

いわゆる恫喝《どうかつ》訴訟。だいたいは巨額の賠償金を要求して相手を精神的に追いこむものだが、相澤の裁判も、彼を精神的に追いこむのが目的だったのではないだろうか。そう言うと、新崎がかすかにうなずいた。

「この裁判のことはご存じですね？」

「私は弁護士です――こういう裁判は、弁護士として常に注視しています」

「弁護士として、ですか」

「それはともかく」新崎が咳払《せき》いした。「この裁判については、公判中から注目していました」

「裁判に注目したのではなく、相澤さんと知り合いだったからじゃないんですか？」

「相澤さんは……」言いかけ、新崎が首を横に振って黙りこんだ。

「ご存じ――知り合いなんですよね」加穂留は押した。

ついに新崎がうなずく。目は潤み、硬く握りしめた拳は震えている。

「コーヒー、飲もうか」佳奈が軽い調子で言った。

右田がカップにすかさず手を伸ばし、一口飲む。じろりと新崎を睨《にら》んだが、彼の分のカップをすっと目の前に押してやった。新崎は手を伸ばそうとしなかったが、少しだけ肩の力が抜けている。

「警察内部の問題を、新崎さんが調べているとか」加穂留はさらに突っこんだ。

「外から見ていては分からないことばかりです。内側に入りこめば何とかなる――もう、いろいろな物を見ましたよ」

「入りたいと言っても入れるものではないでしょう」加穂留はピンときて言った。「誰かが手引きしたんですよね？　つまり、あなたの理想に共鳴した人がいる――岩下課長ですか？」

実際には課長だけではないだろう。もっと上の人が了承しないと、こんな異例の人事は成立しないはずだ。総務部長の指示でスカウトしたという岩下の言い分は本当なのか。新崎が自ら先導して企み、警察内部に協力者がいるかも――と考えると恐ろしくなる。

「話して下さい」加穂留は迫った。「新崎さんが何を追い求めているか。その内容によっては、私たちは——私は協力します」

「おい」右田が厳しい視線を飛ばした。「そう簡単に話に乗るなよ。まだよく分からないだろうが」

「だから話を聞くんです。それで判断すればいいじゃないですか」

加穂留は新崎の方へ向き直り、背筋を伸ばした。新崎がコーヒーに手を伸ばし、一口飲む。非常にゆっくりとテーブルにカップを置き、ネクタイを締め直した。

新崎が話し始める。話は長く、全てを整理するのに結構時間が必要だった。しかし話の内容は——今まで自分たちが調べてきたことと合致する部分もある。

「調べましょう」新崎が話し終えると、佳奈が結論を出した。「調べて、何ができるか考える——新崎さん、あなたは最終的にどうしたいの？」

「それは分かりません。どういう形で決着をつけるか、今必死に考えています。ただ、そこへ向かって無理に理屈をつけるつもりはない。それこそ冤罪を引き起こす可能性が高くなります」

「分かった」佳奈が真顔で言った。「少し時間をちょうだい。どうすべきか、判断するから」

「考えるまでもないでしょう」加穂留は言った。「悪いことには対処する。それが警察の仕事じゃないですか」

「そんな単純なことじゃないんだ」右田が厳しい表情を浮かべて言った。「警察の仕事は、実際には分かりやすい勧善懲悪の世界じゃない。黒かと思ったら白、白に見えても実際は黒——よくあることだ」

「そうかもしれませんけど」加穂留は反論した。「理想論を捨てたら、警察は駄目になるんじゃないですか」

「お前があんなことを言うとはね」県警本部への帰り道、右田がからかってきた。

「何か変ですか?」

「青臭い正義感とは縁遠いタイプかと思ってた」

「流行《はや》らないですよね」加穂留は認めた。「でも、いろいろ事情を勘案すると……新崎さんにも事情があるし、考慮すべきじゃないですかね。それに何より、このまま放置しておいていい問題とは思えません。訟務課としても、今後大きなトラブルを抱えこむかもしれませんよ」

「訟務課は警察の盾だろうが……」

「盾が、守るべき相手に牙《きば》を剝《む》くこともあるかもしれません。それが正しい場合もあると思います」

7

訟務課全体では情報を共有せず、四人だけで動く——そう提案したのは佳奈だった。この一件がどんな風に転がるか分からないから、ある程度目処《めど》が立つまで情報共有しない方がいい、と。課長も蚊帳の外。課内では一切話題にしない、と決めた。

まず、ターゲットにする人間の割り出しにかかる。新崎が既に入手していたリストを元にした——そもそものリストを作ったのは相澤なのだが。

右田と佳奈が、リストに載った人物について調べ始めた。新崎も同じことをやろうとしていたのだが、警察内部にいても、職員の情報がすぐに入手できるわけではない。中堅で顔が広い二人なら、何とかできるかもしれない。

加穂留と新崎は、相澤の裁判を洗い直すことにした。この時、警察側の代理人になっていたのは真由美ではなく、ベテランの男性弁護士・清水《しみず》で、新崎によると、今は半引退状態だという。七十八歳だったら、それも仕方ないだろう。

「新崎さんは、面識あるんですか？」二人はアポを取って、清水の事務所に向かっていた。

「ご挨拶したことはあります」新崎が認めた。

「どんな人ですか？」

「武闘派ではない――反対ですね。何とか穏便に終わらせようとするタイプです」

「今は、うちの案件は扱っておられないようですが」

「それこそ半引退でしょう。訟務課が扱うような事件はデリケートで、弁護士としても疲れるんですよ」

単なる無駄口なのだが、何となく今までとは感じが違う。「同僚同士の軽い会話」になってきたようだった。

清水の事務所がある横浜駅西口は、オフィスビルが建ち並ぶ素っ気ない街である。しかし日本全国どこでも、オフィス街はこんなものだろう。新崎が事務所の場所を把握しているというので、道案内は任せた。

駅前のロータリーから歩いて五分ほど。ビル風のせいで、髪が滅茶苦茶になってしまったので、加穂留はエレベーターの中で慌てて手櫛《てぐし》で髪を整えた。七三に分けた新崎の髪はまったく乱れていない。よほど強烈な整髪剤で整えているのだろう。

「半引退でも、事務所はキープしているんですね」

「居場所、ということですよ」

「家に居場所がないとか？」

「法律書に囲まれていると、それだけで安心できるんです」

「そんなものですか？」

「どこの業界でも、仕事一筋で生きてきた人は、だいたいそんな感じでしょう」

「新崎さんも？」

新崎は肩をすくめるだけで何も言わない。やはりまだ心は許していない、と判断する。

古びたオフィスビルの、古びたドア。新崎の説明によると、清水は依然としてこの事務所の所長なのだが、今は若手弁護士にアドバイスしたり小言を言ったり——加穂留の感覚では呑気《のんき》な立場だった。

清水は、すっかり枯れている感じだった。背中が少し曲がり、白髪はまばらになっている。眼鏡の度が強過ぎるのか、目が異様に大きく見えた。

「県警の仕事は、もう引き受けてないんだけどね」清水の声はかすれていた。「警察絡みの裁判は厳しくてね……ところであなた、どこかで挨拶しましたよね」そう言って新崎の名刺を見る。

「以前、弁護士としての名刺をお渡ししています」

「それが何で警察に？」眼鏡をずらし、清水が新崎の名刺をさらに凝視する。

「相澤さんの裁判を調べ直すためです」

「それはまた、古い話だ。それに、原告側の訴えは全て棄却されて、警察側の全面勝利で確定している」

「承知してます」新崎がうなずく。「ただ……当時から、これは一種のスラップ訴訟だという噂がありました。実際に裁判を担当された清水先生の感覚では、どうですか？」

「あるな」清水があっさり認めた。「原告側の弁護士、知ってるだろう」

「古江《ふるえ》先生ですね。悪い噂は聞きますけど、私は直接面識がありません」

「基本的には、金で動く男だよ。そして相澤事件の時には……怪しい感じがあった」

「と言いますと？」加穂留は手帳を広げて身を乗り出した。

「公判の後で、ある人間と会っていた。それが、警察の人間なんだ」

「間違いないですか？」

「相澤さんと裁判所で打ち合わせしていたんだが、その時に見た——相澤さんが見て間違いないと言ったんだから、その通りだろう」

「相手は……」

「捜査一課の上尾さん。違いますか？」新崎が指摘した。

加穂留は思わず、まじまじと新崎の顔を見た。こんなやばい情報をどうして知っている？　しかしすぐに答えに思い至った。

「相澤さんルートの情報ですか」

「そうです」うなずいてから、また清水に視線を向ける。「相澤さんからは、その話は聞いています。それを確認したかったんです。相澤さんの思いこみや勘違いということもありますから」

「間違いない。彼は、捜査一課の同僚の上尾だと言った。かなりショックを受けている様子だった」

「先生の目から見て、古江先生と上尾の関係はどんな感じでしたか？」加穂留は訊ねた。

「親しげ……ではないな。しかし、初めて会った感じでもない。仕事仲間という感じかな。別に、おかしくはないだろう。警察官と弁護士が知り合いでも、不思議じゃない」

「ただし、捜査部門の刑事と弁護士が知り合いである可能性は低いと思います」

「相澤さんもそれは気にしていたよ。それで『自分ははめられたかもしれない』と言い出したんだ」

「どういう意味か、お分かりですか？　その件で相澤から相談を受けたりしたことは？」

「ない」清水が断言した。

「一度も？」

「ない」清水が繰り返す。「私もお節介な方だし、裁判で弁護している相手だから、心配になって確認したよ。はめられたとしたら、穏やかな話じゃないからな。正当な理由があっての訴えじゃなかったとすれば、逆にこちらが損害賠償請求できる可能性もあった」

「でも、相澤さんは言わなかった……」よく分からない。分からないが、一つの可能性が頭に浮かんできた。ただしそれを、清水に告げることはできない。今の彼は、相談すべき相手ではないのだ。それにこれは警察内部の問題……の可能性が高い。部外者である清水には、情報を漏らさない方がいいだろう。

「彼は最初から、この裁判を疑っていた。自分が訴えられるのはおかしい、何か陰謀があるんじゃないかと……私は、話半分に聞いていたけどね。真面目で優秀、問題なくやってきた人がいきなり訴えられたら、ショックを受けて疑心暗鬼に陥るだろう。しかし原告側弁護士と相澤さんの同僚が話している――それは明らかにおかしいよな？　ただし、その後裁判はすぐに終わってしまったから、相澤さんとこの件を話し合う機会はなかった。裁判に関係あると思えなかったし、とにかく裁判では勝ったんだから」

加穂留は耐えられなくなって訊ねた。秘密もクソもない。

「相澤が、同僚に罠《わな》にかけられたということは考えられませんか？　裁判の裏で、警察が糸を引いていたとか」

「それは……うーん……」清水が拳で顎を二度、三度と叩いた。「それは私も考えたよ。しかし、そんなややこしいことをする意味があるだろうか？　裁判には、金も時間もかかるし、勝てる保証はない。もしも相澤さんを気に食わない人間がいたとしても、排除するためには他にも様々な方法があったんじゃないか？」

「真面目な人間ほど、訴えられたらショックを受けるんじゃないでしょうか」新崎が指摘した。「これまでの人生全てを否定されたような気分になるはずです。裁判の結果はともかく、提訴されただけでもショックで、体調にまで影響が出たのかもしれません」

「ああ……相澤さんが亡くなったのは残念だった。葬式に行くつもりだったけど、コロナでね……しかし、相澤さんが亡くなったことと裁判を結びつけて考えるのは難しいだろう」

「ストレスが原因かもしれません」

「私は医者じゃないから何とも言えないが、まあ、ストレスになったのは間違いないだろうね。裁判が始まってから、相澤さんは急激に痩せたよ。たまにしか会わないから、それがよく分かってね。飯ぐらいちゃんと食べるようにと言ったんだが」

訴えられればストレス――それはそうだろうと思っていた。そして今、新たな材料が加わった。同僚に裏切られていた――裁判の背後に同僚がいると分かったら、さらにストレスは膨れ上がるだろう。裁判で勝っても、その後警察に居場所がなくなると恐れてもおかしくはない。

いったい相澤は何をしたのだろう。新崎はある信念を持って警察に入ってきたようだが、相澤から聞いたというその情報が本当かどうか。

検証するのが極めて難しい案件だ。

古江と話す必要がある。

清水の事務所を辞した後、加穂留はすぐに提案した。

「それは……ちょっと相談してからにしませんか？　古江先生は、面倒臭い人という評判ですよ」新崎は乗ってこなかった。

「面識は？」

「ないですが、暴力団や覚醒剤《かくせいざい》の売人の裁判をよく引き受けています」

「そういう人たちだって、弁護を受ける権利はあると思いますが」

「暴力団と薬物犯罪は密接に結びついているでしょう。弁護士の中でも、そういう人たちの弁護を嫌う人間は少なくない。悪に加担しているような気分になりますからね。しかし古江先生は、そういう弁護を引き受ける」

「誰もやらない仕事を引き受ける、度量の広い人のように聞こえますよ」

「金ですよ。暴力団は、金払いはいい。最近の暴力団は、これ見よがしに金を使うことはありませんが、自分が生き残るためには躊躇《ちゅうちょ》せず金を使います」

「古江さんも、暴力団員のような感じとか？」弁護士だからといって、頭でっかちの人間とばかりは限らないだろう。中には武闘派がいてもおかしくない。

「いえ、それはないです」

「だったら会いに行きましょう。喋るかどうかは分かりませんけど、波状攻撃を仕かければ、必ず効果はありますよ。私たちが駄目でも、次は佳奈さん、その後は右田さんとか」

「強引な人だ……でも、ちょっと見直しました。そういう馬力は、私には縁がない」

「そう言われても、嬉《うれ》しくないですけど」本当は少し嬉しい。人に褒められることが少ない人生だったのだ——ソフトボールを除いては。

新崎が苦笑した。スーツのポケットから手帳を取り出し、パラパラとめくると、すぐに目当てのページを見つけ出す。

「古江先生の事務所は、このすぐ近くですね」

「何で分かるんですか？」

「これは弁護士会の手帳で、事務所の連絡先が記載されています。今時、紙で情報を提供しているのはどうかと思いますけど、役に立つ——どうしますか？」

「行きます。一応、連絡だけは入れますけど」自分がいつどこで、誰と会っているか、情報を共有する——加穂留は教訓を守るようにしていた。今の話を聞いてしまっては尚更《なおさら》である。仮に自分が行方不明になってしまった場合、残った佳奈たちに捜索の手がかりを与えることにもなるからだ。最後にいた場所、会っていた人間が分かれば、大きな手がかりになるだろう。

嫌な想像だった。

しかしちゃんと手は打っておかねばならない。用心し過ぎることはないのだから。


古江の事務所は、古びたワンルームマンションだった。新崎がインタフォンを鳴らすと、すぐにドアが開いた。出てきたのは、「だらしない」を絵に描いたような中年の男。でっぷり太った体を、体型に合わないシャツに包んでおり、ボタンが弾け飛びそうだ。長く伸ばした髪は、天然パーマなのか、縮れて大きく膨れている。無精髭《ひげ》が顔の下半分を覆い、細い目は充血している。もしかしたら寝ていたのかもしれない。

「古江先生ですね？」新崎が矢面に立った。「県警訟務課の新崎です」

「訟務課？　俺、今は警察絡みの案件は扱ってないけど」

「以前の事件の関係でお伺いしたいんですけど」

「ああ……どうぞ」

部屋に入って大丈夫だろうかと心配になった。本人がこんな様子では、部屋の中はどうなっているのだろう。

予想よりもひどかった。部屋の奥に大きなデスクが置いてあるが、天板は書類や本で埋まっている。その脇に置いてあるファイルキャビネットはまったく整理されていないようで、ファイルがバラバラに積み重ねられていた。デスクの前には長いソファが向かいあって置かれており、そのうち一つの上では、毛布が丸まっていた。やはり昼寝中だったか――そして何よりきついのは、部屋中に染みついた煙草の臭いだ。退去する時は面倒なことになるのではないだろうか。

「ま、どうぞ」

古江が、毛布が載っていない方のソファを指差す。加穂留は慎重に腰を下ろしたが、途端にバランスを崩してしまった。予想よりもクッションがへたっていて、尻《しり》が大きく沈みこんで横に転がりそうになる。何とか踏ん張って、隣に座る新崎を見る。こちらは座面がほとんど凹《へこ》まず、楽に座っていた。同じソファで、こんなに座り心地が違うのだろうか。

向かいに座った古江が、毛布を脇にどけ、煙草に火を点《つ》けた。テーブルに乗った灰皿は、既に吸い殻で埋まっているのだが。一服してひどく咳《せ》きこみ、目尻を指先で拭《ぬぐ》う。

「それで？　どの裁判ですか」

「相澤事件です」

煙草を口元に持っていこうとして、古江の手の動きが止まった。見ると、細かく震え始めている。いきなりダメージを与えることに成功したわけだ——それでどんな話が引き出せるかは分からないが。

「相澤事件です」新崎が繰り返した。「あなたは、県警捜査一課の相澤警部補が訴えられた事件で、原告側の弁護を担当していました。その事件ですが、原告の意思で起こしたものですか？」

「当たり前だろう。原告は原告だ」

「誰か、裏で糸を引いている人がいたのでは？」

「まさか」古江が笑ったが、唇が引き攣《つ》っている。「よくある裁判でしょう。不当な取り調べを受けた容疑者が、その賠償を求める」

「最初から勝ち目のない裁判だったのでは？　単なる嫌がらせのスラップ訴訟だったんじゃないですか？」

「そんな無駄なことはしませんよ。負ければ原告が経済的にも損失を被る。そんな裁判ができるほど、余裕のある人じゃなかった」

「勝ち目がない裁判を起こしたのは、相澤さんに対する嫌がらせだったんじゃないですか？　そしてその裏では、別の警察官が糸を引いていた——違いますか？」

「そんなことはない」

「あなたは、県警捜査一課の上尾警部補という人を知っていますね？」新崎が決めつけた。

「いえ」

「通話記録などを調べても構いませんね？」加穂留は話に加わった。

「通話記録？　私は捜査対象なのか？」古江が細い目を見開く。

「そういうことになる可能性もあります」

「冗談じゃない。脅しか？」

「事実を申し上げているだけです」加穂留は、声を張り上げないように気をつけた。向こうは喧嘩腰だが、こういう時には、こちらはできるだけ冷静にいかないと。「通話記録を取れば、上尾とつながっているかどうかは分かります。ご存じだと思いますが、スマートフォンの通話履歴を消しても、キャリアに残る通話記録自体は消えません」

「何が言いたいんですか？」

「相澤事件、裁判を起こすように工作していたのは警察じゃないですか」新崎が指摘した。

「馬鹿馬鹿しい」吐き捨て、古江が手を振った。長くなった煙草の灰が床に落ちる。そのうちボヤを起こしそうだ――ボヤで済めばいいが。

「警察官が警察官を訴える？」

「違います」新崎が訂正する。「警察官が、刑事被告人を使って裁判を起こさせる、です。裁判費用も警察から出ていたかもしれません」

「いったい、どこでそんな馬鹿な発想が……」

「裁判の時、あなたと上尾が話していたことが分かりました」加穂留は言った。「打ち合わせするなら、場所を選ぶべきですね。裁判所では、誰に見られているか、分からないでしょう」

「大きなお世話だ！　変な因縁をつけるなら帰ってくれ！」

弁護士らしからぬ感情的な態度。煙草は細かく揺れて、手の震えが止まらないのが分かる。加穂留はちらりと新崎の顔を見た。まだやる気——弁護士としては、攻める時には徹底して攻めるのがセオリーかもしれない。しかし警察的には……加穂留は頭を下げた。

「では、今日はこれで失礼します。またお会いすると思います」

立ち上がる。新崎は立とうとしない。加穂留は冷たく厳しい口調で「行きますよ」と促した。それでようやく新崎が立ち上がる。

外へ出ると、新崎が溜息をついた。加穂留はすぐにエレベーターに向かった。話をするなら、できるだけ早く部屋から遠ざかりたい。エレベーターが動き出すと、ようやく一息ついた。新崎は耐えきれなくなったようで、堰《せき》を切ったように文句を言い出す。

「どうしてやめたんですか。絶対に情報を引き出せましたよ」

「無理しない方がいいんです。こういう時、中途半端に引き上げた方が、向こうは不安になる。明日以降、毎日来て話を聞けばいいんです」

「そんなに時間をかけなくても……」新崎はまだ不満そうだった。

「焦ったらろくなことになりません。冤罪事件は、だいたい警察側の焦りから生じているんです」

「これは事件捜査ではない……でしょう?」

「だからもっと厄介なんですよ」加穂留は指摘した。「事件なら、犯人を逮捕して起訴すれば終わりです。終わりというか、警察としてはそれ以上できることはない。でもこれは、大きな改革を必要とする案件じゃないですか。訟務課が管轄することでもありません。いつか誰かに引き渡さなければならない——引き継ぎは綺麗《きれい》にやらないといけないんです」

「それが警察のやり方ですか」

「警察だけではなく、一般的だと思いますが」

「どうしますか？」エレベーターが一階に着いた時、新崎が腕時計を見た。「本部へ戻るには遅いですね」

「報告だけ入れておきます。直帰でいいんじゃないですか」何だか疲れた……今日だけで小田原へ行き、二人の弁護士に会って神経を遣う会話を交わした。夜まで仕事を引きずらず、続きは明日にすべきだろう。無理をしてもろくなことにならない。常に頭はクリアにしておかないと。

駅前のロータリーまで戻り、派出所に入った。電話をかけたいので奥の執務室を貸して欲しい――と頼むと快諾される。新崎は不思議そうな表情を浮かべて付いてきた。そうか、彼はあくまで警察官ではない。警察官が必ず通過してくる交番勤務も経験していないのだ。

佳奈に状況を報告し、明日、佳奈か右田が改めて訪問した方がいい、と提言した。

「今夜、ちょっと会う人がいるわ」佳奈が言った。

「内部の人ですか？」

「信頼できるネタ元。何か情報が出てくるかどうか……明日の朝、改めて動きを相談しましょう。しつこく攻めるのはいいアイディアだと思うけど、状況次第ね」

「じゃあ、今日はこのまま直帰します。何かあったら――」

「叩き起こすわよ。訟務課だって、のんびりしていられない時もあるから」

「覚悟しています」

電話を切り、少しだけ緊張が抜けるのを意識した。新崎は相変わらず、不思議そうな表情で周囲を見回している。

「珍しいですか？」

「交番に入る機会なんかないですからね」

「何で警察官にならなかったんですか？」

「それは……」新崎が苦笑した。「考えたこともなかったな」

「私みたいな現場の警察官とは言いませんけど、司法試験に受かるぐらいなんだから、キャリア官僚への道もあったんじゃないですか」

「それはまたの機会に話しましょう。帰りますか？」

「ええ」

交番を出たが、失敗だったと気づく。自宅の最寄駅は同じ——ということは、このまま家の近くまで一緒に行くことになる。もしかしたら一緒に食事をしないかと誘われるかもしれない。それは気まずい。

今日一日で、新崎と自分たちとの距離は少しだけ縮まったが、まだ二人きりで食事をする気にはなれない。いや、一度は一緒に行ったのだが、あれは特別だ。まず、全員でランチにでも行って、慣らした方がいいだろう。

「ええと……直帰ですけど、どうします？」加穂留は切り出した。「私はブルーラインですけど」

「私は京急です」

「あ、そうなんですか」少しほっとする——同じ駅ではなかったわけだ。「黄金町ですか」

「ええ」

「じゃあ、明日の朝、打ち合わせをしますので、訟務課集合で。何かあったら夜も連絡します」

「何もないといいですけどね」

「捜査中だと、何があるか分かりませんよ」

「これは捜査ではなく調査ではないんですか？」

「言葉の違いだけだと思います」

「そうですか……それではまた」

さっと頭を下げて、新崎が踵《きびす》を返した。心なしか、今日は足取りが軽い。自分一人で背負っていたものを仲間に打ち明け、気が楽になったのだろう。だったらもっと早く言えばよかったのに……しかし最初からこんなことを言われても、信じられなかったかもしれない。こちらが動いて調査を続け、新崎の言葉とぶつかったからこそ、一緒にやろうという気になったのだ。

新崎には新崎の事情がある……納得できる部分もできない部分もあるが、今は同情する余地があると思っていた。食事でもしながらじっくり話を聞き出すべきかもしれない。昼間は三人がかりだったから、彼も緊張して、全て話せなかったのではないだろうか。

まあ、明日以降に、そういう機会もあるだろう。そもそも今日は、父が正月に持たせてくれたビーフシチューを食べるつもりでいたのだ。にんじんやジャガイモを抜いて冷凍してあるが、早いうちに食べた方がいい。冷蔵庫の中は空っぽ——つけ合わせの野菜を買って帰る気にもなれないから、純粋に肉だけのビーフシチューだ。

それでもいい。肉だけを味わう価値があるビーフシチューなのだ。

父は新しい道を歩き出している。母が亡くなったショックから、いつどうやって脱したのだろう。家を飛び出してしまった自分は、父の「その後」を知らない。

飛び出した——というか逃げたのだ。父と二人きりの生活に息が詰まり、何とか一人で生きていこうと、自分なりに頑張ったつもりだ。

しかし自分は、母の死を未《いま》だに乗り越えていないかもしれない。

本当は、父と二人で何とかすべきだったのではないか？　親子なのだから。

8

加穂留は、平日は午後十一時にはベッドに入る。たっぷり寝ないと、昼間の仕事にてきめんに影響が出るからだ。そこから逆算して、風呂に入るのは十時、食事は八時までに終わらせるのが、帰宅後のタイムスケジュールである。

今日は冷えこんだから、少しゆっくり風呂に入って体を温めよう。そう思って風呂の準備を始めた瞬間、スマートフォンが鳴った。急いで電話に出る。新崎だった。時刻は午後九時四十五分。

「水沼です」

「恥ずかしい話ですが……」

新崎が切り出した。声が苦しそうで、加穂留はすぐに異常事態を察した。

「どうかしましたか？」

「帰宅途中に……襲われまして。今、病院です」

「大丈夫なんですか！」加穂留は思わず声を張り上げた。電話できるぐらいだから大丈夫、と気づいた時には、もう外へ出る準備を始めていた。

「これから検査です」

「病院はどこですか？」

「警察病院……ですか？　そんな感じの」

「みなとみらいですね」

「そうだと思いますけど……救急車に乗っていたので……外を見ている余裕はなかったです」

「心配しないで手当を受けて下さい。すぐにそっちに行きます」

加穂留はコートを着込み、財布とスマートフォンを摑んだだけで飛び出した。

けいゆう病院は、みなとみらい駅のすぐ近くにある。加穂留も、健康診断などでお馴染《なじ》みの病院だ。どうやって行くか……一瞬迷ったが、家を出たところでちょうどタクシーが走ってきたので手を挙げて停めた。市営地下鉄からみなとみらい線の乗り換えは結構面倒で、一度横浜駅まで出なければならない。高島町駅で降りて走り続ける手もあるが、今は時間優先だ。

佳奈や右田、あるいは課長に報告しておくべきか……いや、まだ怪我の具合が分からないから、病院で確認してからにしよう。あまり心配させても――と思ったが、やはり不安で、佳奈に電話を入れてしまった。もう寝ているのではと思ったが、呼び出し音一回で電話に出てくれる。

「新崎さんが襲われました」

「状況は？」まるで既にそのことを知っていたかのように、佳奈は冷静だった。

「まだ分かりません。新崎さんから電話がかかってきて、今病院にいると……私は今、けいゆう病院へ向かっています」

「分かった。状況が分かったら連絡して。他の人に連絡する必要はないから――私がハブになる」

「了解です」

佳奈の冷静さがありがたい。誰にも教えず一人で病院に駆けこんでいたら、自分もパニックになっていたかもしれない。

夜十時、幹線道路も空き始める時間帯で、タクシーは十五分ほどでけいゆう病院に到着した。警備員の詰め所で状況を確認する。一階の処置室を教えてもらい、そこまでダッシュした。息を整えながら処置室へ辿《たど》り着く……誰もいない。「処置室」という看板の上にあるランプが赤く点灯しているだけだった。ランプに威嚇されたような感じ——ドアを開けて中に入るわけにはいかないし、待つしかない。

ベンチに腰を下ろしてスマートフォンを確認……誰からも着信はなかった。焦る。ドアに耳を押し当てて中の様子を確認しようと思ったが、低い話し声、歩き回る音、かすかな金属音が聞こえるだけで、何をしているのかはまったく分からない。すぐに足音が大きくなる。ドアの方に誰かが近づいているのだと気づき、慌ててバックステップする。

ドアが開いて看護師が出て来たので、加穂留はすぐに声をかけた。

「すみません、県警の新崎大也……治療中ですか？　同僚の水沼です」

「ああ……助かりました」加穂留よりも若そうな看護師が、ほっとした表情を浮かべる。

「はい？」

「ご家族に連絡を取ろうとしたんですけど、いらっしゃらないようで」

「あ、はい……」新崎に家族がいない——初耳だったが、加穂留は適当に話を合わせた。一人暮らしなのか？　いや、いないというのはどういう意味だろう。両親を既に亡くして兄弟もいない、天涯孤独の身とか？「本人から連絡をもらいました——具合はどうなんですか？」

「命に別状はないと思いますけど、先生に確認していただけますか？」

この辺はどの病院でも同じだ。病状の説明については、必ず医師が行う。家族などは、一刻も早く、誰からでもいいから詳しく事情を訊《き》きたいのだが、ここは役割分担ということだろう。

「処置はもう終わりましたか？」

「ええ。今、出てきます」

「本人と話せますか？」

「ちょっと難しいかもしれません」

またドアが開き、ストレッチャーに載せられた新崎が出てきた。頭にネット型の包帯を被《かぶ》せられ、目を閉じている。表情は苦しそう……加穂留がストレッチャーに駆け寄ると、押していた看護師が止めてくれた。

「新崎さん？　水沼です。分かりますか？」

反応なし。寝ているのか、麻酔が効いているのか。目がかすかに開いたが、こちらを認識している様子はない。頬を引っ叩《ぱた》いてやりたいという焦りに襲われたが、そんなことをしたら、せっかく処置した傷が開いてしまうかもしれない。ストレッチャーを押す看護師に助けを求めて顔を見たが、彼女はゆっくりと首を横に振るだけだった。

その後で医師が出て来る。やたらとでかい――百八十五センチぐらいあり、横にも大きい――中年男性で、いかにも頼り甲斐《がい》がありそうなので、少しだけ安心した。

「先生、県警訟務課の水沼です。新崎の同僚です」余計なことかもしれないと思ったが、バッジを見せた。

「ああ、患者さんが連絡していた人ね」医師が気楽に頭を下げた。「ご心配なく。命に別状はないです。今、鎮静剤で眠っているだけですから。痛がりな患者さんでね」

「傷を縫ったんですか？」

「縫ったというか、ホチキスで止めた」

医師が訂正した。大した治療ではないというように……実際はかなりの痛みを強いられる。加穂留も高校時代、ファウルボールを追って三塁側のフェンスに激突し、額を怪我した経験があるから分かっている。あの処置の痛みを知っていたら、最初から麻酔してくれと頼んでいた。医師は「我慢強いね」と褒めたが、殺意を抱いたほどだった。

「怪我の具合はどうなんですか？」

「頭だけ……骨折はなし、脳震盪《のうしんとう》を起こしているけど、命に別状はないですよ」

「そうですか……いつ頃話せますか？」

「鎮静剤が切れたら話せますけど、明日の朝まで待ってもらった方がいいかな。鎮静剤は強いのを使っているし、脳が腫《は》れているから、しばらくはきついと思いますよ」

「本当に大丈夫なんですか？」脳が——というのが不安だ。

「治療は無事に終わりました。ただ、薬の影響がどんな風に出るかは、何とも言えませんよ。個人差があるので」

「分かりました。お手数おかけしました」

「いやいや」

去って行く医師の背中に向かって、丁寧に頭を下げる。そこへ制服警官が二人やって来て、いきなり医師に詰め寄った。逮捕せんばかりの勢いで、医師は顔をしかめて困っている。加穂留はすかさず助けに入った。

「西署の方ですか？」

「そちらは？」年長の方の警官が、胡散臭い物を見るような視線を向けてきた。

「訟務課の水沼です。同僚です」

「そっちに連絡が？」

「はい、本人から直接」

「何か言ってたか？」

「まだちゃんと話せない様子でした。今は麻酔で眠っています」

「鎮静剤」医師がぽつりと訂正した。

「すみません、鎮静剤です」加穂留も言い直した。「消防から連絡ですか？」

「ああ」

「明日の朝まで目が覚めないと思います。事情聴取はその後でも……」

「そうもいかないんだよ。警察職員が襲われたんだから」

「襲われたのは間違いないんですか」加穂留は二人に詰め寄った。

「目撃証言によると、な」

　ということは、すぐに犯人につながるだろう。目撃者がいるということは、現場は人通りのない裏道などではない。防犯カメラもあるような場所ではないだろうか。それなら、防犯カメラのチェックと追跡で、何とでもなるはずだ。もう、その辺の捜査は始まっているだろう。

「ええと……どうしますか？　何人もで待っていても仕方ないと思います」

「あんたはどうする？」

「意識を取り戻すまではここにいようと思います。訟務課にも連絡したいので……意識が戻ったら、私からそちらに連絡するということでどうでしょうか？」

「そうだな」制服警官が腕時計を見た。

「朝まで待ってもらった方がいいですよ」医師が忠告した。「負傷した後は、体力を消耗しますからね」

「では、出直します」

制服警官二人が去って行くと、医師がほっと息を吐いて首を横に振った。

「ずいぶん乱暴な人たちだね」

「同僚が襲われたんですから、むきになりますよ」新崎がどういう人間なのか知っても、こんな風に必死になれるかどうかは分からないが。「すみません、私はここで待ちます」

「ベンチで寝てもらうしかないけどね」

「寝なくても大丈夫です」

「それは任せるけど……」

「病室の前にいます」

看護師に病室を確認した。ナースステーションに近い個室。ふと、警備の人間はいらないだろうかと心配になった。相手が、訟務課の人間だと分かって新崎を襲ったのであれば、再度の襲撃もありうるのではないだろうか。殺すつもりが、やり損ねているのだから。

まあ、自分がいれば抑止力になる……かもしれない。

場所を確認した後で、一階に降りる。待合室の一角に、電話を使えるスペースがあるので、自動販売機で水を買ってからそちらへ向かった。

今回も、佳奈は呼び出し音一回で出た。

「無事です」まず結論、は警察学校で叩きこまれる「いろはのい」だ。

「そう、よかった……怪我の具合は？」

「脳震盪ですね。頭を少し縫いました——ホチキスで止めましたけど、命に別状はありません。今は鎮静剤で眠っています」

「話は聴けた？」

「まだです。明日の朝まで待った方がいいと、医者の方からは言われています」

「了解。じゃあ、あなたも引き上げて」

「そうはいきません。目が覚めるまで待ちます」

「そこまでむきにならなくていいんだよ」

「私に一報を入れてきたんですよ？　私に話したいことがあるはずです」

「たまたま携帯の通話履歴で一番上にあっただけかもしれないでしょう」佳奈が冷静に指摘した。

「そうかもしれませんけど……ちょっと責任を感じないでもないんです」

「そうなの？」

「いえ――自分でもよく分かりませんけど」

「とにかく病院の方は、自分の判断で何とかして。でも、明日の業務に差し障らないようにね」

「訟務課としては……」

「課長が所轄と話してる。本部が捜査に入るかどうかは難しいところね」

「職員が襲われているんですよ？　重大事件じゃないですか」

「大袈裟《おおげさ》になった方がいいと思う？」

「それは……」少し熱くなってしまった、と反省する。新崎は、そして自分たちも、あくまで目立たず行動すべきではないだろうか。「すみません。大人しくしてます。意識が戻ったら所轄に連絡する手筈《てはず》にしてますから」

「その前に私に連絡して。いつでもいいから」

「でも……夜中に大変じゃないですか？」

「ワンコールで出ちゃう癖があるから。いつまでも抜けなくて嫌だけどね……じゃあ、あなたは無理しないで」

「はい」

電話を切り、ほっと息を吐く。病室へ戻ろうとして、もう一度自販機に立ち寄り、熱いブラックコーヒーを買った。缶コーヒーにどれだけ眠気覚ましの効果があるかは分からないが、飲まないよりはましだろう。

病室の前にベンチがある。座ると、廊下の壁がちょうど背もたれになった。午後十時半……ずいぶん遅くなってしまったが、新崎から連絡を受けて、まだ一時間も経っていない。

今夜は長くなりそうだ。

まず水を一口。それから缶コーヒーをゆっくりと啜った。看護師たちが時折行き交うが、緊急の感じではない。ナースコールに応じたり、夜の見回りをしたり……だろう。

ふと、嫌な記憶が蘇《よみがえ》る。捜査では何度も病院には来ているが、加穂留にとって病院の記憶は、母親の闘病生活と結びついている。

母親は四十代半ばで大腸がんを発症し、あっという間に悪化した。現職の警察官として、いつも元気でキビキビしていた母親が、見る間に弱っていくのを見るのは辛《つら》い限りだった。数度にわたる入院……見舞いのために何十回となく足を運んだが、次第に辛くなってきたのを覚えている。治らないのに入院していることに何の意味があるのか。大好きな家で最後の時間を過ごさせるべきではないか——母親はわがままを言わなかったが、帰りたがっているのは分かっていた。加穂留は涙ながらに父親に訴えたのだが、答えは「治療が続いている限りは病院に任せる」。父は父なりに、プロの技術を信用していたのだろうが……加穂留は未だに、最後の日々は自宅で過ごさせるべきだったのではと悔いている。

だからこそ、父親を完全に許すことはできない。

体を揺さぶられ、はっと目を覚ます。危ない……水のペットボトルが倒れ、キャップが緩んでいたせいか、ベンチに水が少し溢《あふ》れている。壁の時計を見ると、間もなく午前三時。

「今、目が覚めましたよ」最初に話をした看護師が告げる。「少しなら話せそうです」

「すみません」

礼を言ってハンカチを取り出し、濡《ぬ》れたベンチを拭《ふ》いてから病室に入った。ベッドに寝かされた新崎はひどく弱々しく見えた。いつの間にか病院の寝巻きに着替えさせられており、点滴や各種モニターのコードが体につながっている。椅子を引いて座り、あらためて顔を見ると、左の目がほとんど塞《ふさ》がっていることに気づいた。正面から一撃を受けたのかもしれない。

「どうですか？」

「まあ、何とか……」

「誰にやられたんですか？」

「見覚えはない……ですね。知らない人」

「強盗ですか？　何か盗《と》られました？」

「分からない……」

半分寝ている人を相手にするようで、話は遅々として進まない。それでも加穂留は、当面必要な情報を入手した。

新崎は加穂留と別れた後、黄金町で降りて、大岡川に近いラーメン屋で夕食を取った。その後、喫茶店でコーヒーを飲んで一度帰宅。しかし冷蔵庫の中が空っぽだと気づき、買い出しのために、もう一度黄金町の駅前に出た。それが午後九時半。行き先は大岡川沿いにある小さなスーパー

――加穂留にはすぐに分かった。そこで買い物したこともある。

そして帰宅する途中でいきなり襲われ、現場でしばらく気を失っていたようだった。スマートフォンは無事だったので、加穂留に連絡を取った――行動にも証言にも矛盾はない。

不審点もない。

「相手に心当たりはないんですね？」加穂留は繰り返し確認した。

「分からない」新崎も繰り返すだけだった。しかし先ほどよりも、声ははっきりしている。

「今、体調はどうですか？」

「頭が痛い。それとぼんやりしてる」

「鎮静剤の影響です。脳震盪はありますが、重大な怪我ではないですから安心して下さい」

「それを……最初に聞きたかった」新崎が喉《のど》に手を当てる。

「大丈夫ですか？」

「喉が……乾いて……」

サイドテーブルにはペットボトルがある。これは飲んでもいいものだろう。しかしストローなどはないから、飲むには起きてもらうしかない。起こして大丈夫だろうかと心配して加穂留は訊ねた。

「めまいとかはないですか？」

「大丈夫」

加穂留はスウィッチを見つけ、ベッドを起こした。四五度の角度になったところで、ペットボトルのキャップを開けて渡す。新崎はほんの一口飲んで目を閉じ、すぐに二口目……今度は少し多めに含んで、口の中でゆっくりと転がした。喉仏が上下し、「ああ」と言葉が漏れる。ボトルはそのまま、腹のところに置いた。

「所轄が話を聞きたがっています。朝までは話ができないと言ってありますけど、その方がいいですよね？　まだ午前三時ですから、寝ていて下さい」

「そうします」

「じゃあ、私は外にいますから——言っておきますけど、ただの連絡係ですからね」

「私は何も言ってませんよ」

「そうですか」

加穂留は手を伸ばしてペットボトルを受け取った。ベッドを水平に戻し、新崎の様子を見守る。目を閉じてはいるが、すぐに眠ってしまうような体調ではないようだ。鎮静剤の影響も薄れてきているのかもしれない。これはたぶん、喜ぶべきことなのだろう。さほど長く入院せずに済むはずだ。とはいえ、数日間は……何かと準備が必要だと思うが、家族はいないようだし、加穂留たちが面倒を見なければならないのだろうか。その辺は男性の方が——右田に押しつけてしまおうと思った。

「新崎さん、一つ聞いていいですか」

「何でしょう」新崎がうっすらと目を開けた。

「どうして私に電話してきたんですか？」

「ああ、それは……」もう一度目を瞑《つむ》る。何か言い訳を考えているようにしか見えなかった。

「スマホの通話履歴の一番上にあったからですよ」

「誰でもいいから必死にかけた？」佳奈が推測していた通りだと考えると、情けなくなる。

「そうみたいですね。よく覚えてないですけど」

「しっかりして下さい。自分のことじゃないですか」

「頭を殴られて、気を失って……ようやく意識が戻りかけた時ですよ？　自分の行動の説明なんて、できるわけがないでしょう」

「ああ、ごもっともですね」仕方なく加穂留はうなずいた。怪我人を責めても意味はない。「じゃあ、ゆっくり休んで下さい。私は外にいますから」

「何かあったらどうしたらいいですか？」

「ナースコールを押して下さい。看護師さんが駆けつければ、私も気づきますから——では、お休みなさい」

「眠れるかな」

「ちゃんと寝て下さい。寝かしつけは、私の給料の中に入ってませんからね」

　どうして憎まれ口を叩いてしまうのだろう？　自分でも分からぬまま、加穂留は廊下に出た。ベンチに腰かけ、残っていたペットボトルの水をごくごくと飲む。変な場所で寝てしまって、変な時間に起きたので、体のあちこちが痛み、薄い頭痛が頭に張りついていた。病院なのだから、薬ぐらいもらえるのではないかとも思ったが、患者でもないのに、そんなことはできないだろう。看護師が個人的に持っている市販薬でももらえれば……今後は、頭痛薬ぐらいは持ち歩くようにしよう、と反省した。

　水をもう一口——それでペットボトルは空になった。廊下の片隅にあるゴミ箱に捨ててトイレを済ませ、ベンチに戻る。硬いベンチに腰を下ろすと妙にほっとした。このベンチが、もう自分の居場所という感じになっている。廊下には薄く灯《あか》りがついていて、それがどうにも邪魔くさかったのだが、気づいた時には眠りに落ちていた。

その後は断続的な眠り。しかも悪夢つき。

襲われているのは新崎ではなく、何故か加穂留なのだった。

9

朝六時、加穂留は目を覚ました。上体を折り曲げるような格好でベンチで寝てしまったせいで、体が固まっていて、すぐには動き出せない。慎重に体を起こして、水を……と思ったが、三時間前に飲み干してしまったと思い出す。

ちょうど病院全体が動き出す時間だった。入院患者の検温、血圧測定など……看護師たちが、ナースステーションを忙《せわ》しなく出入りしている。ようやく立ち上がって伸びをし、体の凝りを解《ほぐ》してやる。早く水が飲みたかったが、取り敢《あ》えず新崎の病室に顔を出した。ちょうど体温を測り終えたところ……こちらを見た看護師が「体温も血圧も正常ですよ」と告げる。

その看護師について、ナースステーションに戻る。

「事件を担当している警察署の方で事情聴取をしたがっているんですが、この時間でも大丈夫でしょうか」

「業務なら……静かにしていただければ」

「それは大丈夫です。きちんとさせます」

礼を言って、加穂留は一階の待合室に降りた。新しい水を買い、西署に電話をかける。当直の人間と話して、事情聴取は可能になったと告げる。

水を一口。熱いエスプレッソが飲みたかったが、しばらくはお預けだ。これから所轄の連中の相手をして、訟務課の仲間に引き継ぐまでは。

七時を過ぎると、急に忙しくなった。西署から制服警官の二人組がやって来て、事情聴取を始める。その三十分後には岩下が到着したので、昨夜からの状況を詳しく説明した。そして、これはチャンスだと気づく。

「課長、どういうことなのか、全部話して下さい」

「何が？」岩下がとぼける。

「新崎さんのこと。新崎さんの狙いや、どうして訟務課に来たのか、知っているのにちゃんと話してくれませんでしたよね？　それが、この事件の原因になっているかもしれませんよ」

「まさか」

「まさか、じゃないです」加穂留は厳しく言った。「課長にもお分かりでしょう？　次は危ない──今度は新崎さんは殺されるかもしれません。そうならないためにも、きちんと手を打った方がいいでしょう」

「分かった、分かった」岩下が面倒臭そうに言った。「ここの仕事が一段落したら、話してやるよ。これ以上怪我人が出たらたまらないからな」

「それは、私が話します」

女性の声──はっとして声がした方を向くと、内間美月だった。

「内間……さん」加穂留は惚《ほう》けた声を出してしまった。「どうしてここへ？」

「俺が連絡した」岩下が打ち明ける。

「お二人、知り合いなんですか？」

加穂留は訊《たず》ねたが、岩下は何も言わない。美月が病室の方を見て、「新崎さんは？」と厳しい口調で訊ねる。

「今、所轄が事情聴取中です。体調は大丈夫そうです」

「岩下さん、西署は……」美月が岩下に話を振った。

「汚染されていないと思う」

「じゃあ、任せておいて大丈夫ですね――水沼さん、ご飯は？」加穂留に突然話を振る。

「それどころじゃないです」

「まず、ご飯を食べようか。ここの一階にカフェがあるでしょう？　確か、朝八時から開いてるはず」

「はあ」

「それまでに細かい仕事は済ませて……新崎さんは、いつまで入院？」

「まだ分かりません」加穂留は答えた。

事情聴取していた西署の警官が、ようやく出て来た。入れ替わるように、美月が病室に入っていく。

「何なんですか、いったい」加穂留は、つい咎《とが》めるような口調で岩下に向かって言ってしまった。

「全員お知り合いですよね？　他にも仲間がいるんですか」

「お前は知らない方がいい」

「私も訟務課の人間なんですけど」

「これは訟務課とは関係ない」

「はい？」

「訟務課だけの問題じゃない、と言うべきかな。ここで話すことじゃないけど……ここは警察病院だから、スパイが潜りこんでいる可能性もないとは言えない」

「まさか」

「そういう連中なんだ。権力者は、権力を守るためには何でもやる」

「あの人たちは、権力者じゃないでしょう」

「警察の中では、階級が上の人間が権力者とは限らない。実質的に神奈川県警を動かしている人間が権力者なんだよ……じゃあ、お前は飯でも食ってこい。俺は新崎と少し話す」

「他の人は応援に来ないんですか？」

「この後、福田が来るよ。新崎の面倒は、福田が中心になって見るから、お前は飯を食ったら少し安め。訟務課には午後から出てくればいい」

「それは、食べた後の体調で決めます」加穂留は強気に出た——自分を鼓舞するために。

美月が病室から出て来た。ここへ来た時よりも、少し顔色がよくなっている。

「じゃあ、行きましょう」

「今日は、小田原からですか？」

「そう。近いものよ。車で一時間だから」

二人は一階のアトリウムに出た。天井が高いので開放感はあるが、病院内のカフェなので、やはりどこか暗い雰囲気がある。食べ物はサンドウィッチやホットドッグ。刺激が強そうなスパイシードックに惹《ひ》かれたが、今朝の自分はかなり弱っているはずだ。胃に優しい卵サンドと紅茶にしよう。

朝食代は美月が払ってくれた。食べ終えるまでは難しい話はできない……しかし沈黙に耐えられず、加穂留はどうでもいい話題を持ち出して時間をつないだ。

「小田原からここまでだと、どうやって来るんですか？」

「小田厚で厚木まで出て東名、それから保土ヶ谷バイパス――黙って食べたら？　私は、無言の食事にも慣れているから」

「すみません……」何だか情けなくなってくる。美月はいかにも厳しくかっちりした人という感じで、少しでも対応を間違ったら、その後は完全に無視されそうだ。

食事に専念する。卵サンドを片づけ、紅茶をゆっくり飲む……胃の中が温まって、ようやく気持ちも落ち着いてきた。

「新崎さんが、いろいろなことを話してくれました」

「そう……話しちゃったんだ」

「昨日、私がお伺いしてから、新崎さんに連絡しましたよね？　変な奴が訪ねて来たから、何とかしてくれって」

「あなたは『変な奴』ではないけどね」美月が苦笑した。「『図々《ずうずう》しい奴』『しつこい奴』ではあるけど」

「とにかく、おかしいですよ。県警の中で、得体の知れないことが進行している。それに戦いを挑もうとしている人がいる――昨日新崎さんに説教されている時に、逆に説得して話を聞き出しました」実際には、新崎君から聞いたわ」

「その話は、新崎君から聞いたわ」

「何でも筒抜けなんですね」

「彼も決心を固めたみたい。ここから本気を出す――そのために、あなたたちの手を借りることにした、と。私としては反対する理由はないわ。でも、向こうの動きも早いようね。すぐに新崎君を潰《つぶ》しにかかった」

「あの連中なんですか」

「そうとしか思えない……私が動くわ」

「はい？」

「これからは堂々と動く。新崎君を襲うということは、向こうも焦ってるのよ。この事件の捜査をきっかけに、潰せると思う。連中は、失敗したのよ。こんなことをすればどうなるか分からないのは、想像力が欠如してるから。そういう人間は、破滅に気がつかない」

「新崎さんから、いろいろ話は聞きました。新崎さんが調べたことで、分かっていることも分かっていないこともありますよね」

「大っぴらには動けないし、全てが分かるわけじゃないわ」

「いろいろ教えてもらっていいですか？　ついでにコーヒーも買ってきていいですか？」

「紅茶じゃ物足りない？」

「もう少し刺激が欲しいです。内間さんも何かどうですか？」彼女が飲んでいたコーヒーのカップも、とうに空になっていた。

「私はもう十分」

加穂留はコーヒーを仕入れてきて、飲みながら席に戻った。やはりコーヒーの刺激がありがたい。最初からコーヒーでもよかった。

「まず、教えて下さい。内間さんと相澤さんの関係です。お二人は、交際していたんですか？」

「そう言っていいと思う。最初は、私にとっては師匠みたいな人だったけど」

「捜査一課の」

「そう——あ、勘違いしないで欲しいんだけど、つき合うようになったのは、相澤さんの奥さんが亡くなった後よ」

「はい」

「そのうち、裁判のこととかあって……いろいろ怪しい部分が出てきた。相澤さんははめられたんだと思う」

「そこがよく分からないんですが」

「例のグループの話は聞いたわね？」

「R、ですね」

「創設者が宮古《みやこ》龍太郎《りゅうたろう》という人だったの。そのイニシャルを取って、R」

「それって、あの宮古龍太郎ですよね？　伝説の悪徳刑事」悪評は今に至るまで伝わっている。

「知ってるんだ」美月が面白そうに言った。「警察学校で教える名前じゃないわね。警察学校では、殉職した人の英雄的な話しか教えない」

「はい」

「元祖Rは、とにかく問題がある人だった。そのノウハウを受け継いだのが、今のRの人たち」

「そんな問題のある人が、どうして教祖みたいに……」

「神奈川県警というか、警察の体質としか言いようがないわね。威圧的、暴力的な取り調べもそうだし、周辺を潰しにかかる……徹底した周辺捜査で、家族や友だちの秘密を割り出して、それを取り引き材料にするのが得意だった。家族がちょっと悪いことをしていたら、うしろめたい気になるでしょう。違法かどうか、ぎりぎりのやり方ね」

美月が肩をすくめ、推測を話してくれた。裏は取れてないと美月は言ったが、加穂留には無理のない推測に聞こえた。

「相澤さんは、一課の中ではエースと言われていた。実際、それだけの実績があった。Rの連中はそれに目をつけて、引き入れようとしたのよ。でも、相澤さんは拒否した。Rの悪い噂は知っていたし、奥さんを亡くして大変な時期だったし……でもRの連中はその拒絶が気に食わなかった。相澤さんは相澤さんで、Rの連中の危険性を感じていた。県警の将来のために潰さなければならないと考えて、情報を収集していたのよ。それがRの連中の知るところになって、連中は逆に相澤さんを潰しにかかった。それがあの裁判」

「警察側がしかけたと聞いています」

「馬鹿みたいでしょう?」美月が両手をさっと広げた。「警察が、犯人を使って裁判を起こさせる。しかも勝ち目のない裁判を。それでも相澤さんはダメージを受けた。病気とは直接関係ないと思うけど……Rの連中にしてみれば、ラッキーだったでしょうね。うるさい人間が死んでいなくなったんだから」

美月の声がかすかに震えた。しかし涙にはつながらず、気丈な声で続ける。

「相澤さんは亡くなったけど、彼の意思は生きてる」美月が自分の胸を拳《こぶし》で叩《たた》いた。

「新崎さんもですか?」

「そう」

「新崎さんは外部の人ですけど……」

「それには複雑な背景があるのよ。そのうち話してあげる」

「お願いします。新崎さん、その件はどうしても話してくれないんですよ」

「本人は、話しにくいんじゃないかな。でも私は知ってる――相澤さんから聞いたから。あの二人には、特別な絆《きずな》があるのよ」

それを聞きたいような、聞きたくないような。知って、自分も複雑な人間関係に巻きこまれるのが怖い気もした。

「一つ、提案があります」

「何？」

「そのRなんですけど、レベルが落ちてませんか？」

「レベル？」美月が首を傾げる。

「相澤さんを貶《おとし》めようとした時は、わざわざ裁判を準備しました。手間もかかるし、危険でもある。でも、外堀を埋める狡猾《こうかつ》なやり方ですよね？　今回は違います。滅茶苦茶というか乱暴というか、これだとすぐに摘発されてもおかしくありません。西署がきちんと捜査してくれるかどうかは分かりませんが」

「あそこは汚染されてないと思うけど……我々の調査では」

「はい。でも、実際にどうなのかは分かりません。尻尾《しっぽ》を摑《つか》むためには、こちらも思い切って罠《わな》をしかけるしかないと思います」

「それは……あなた、もしかしたら、自分を餌にしようと思ってる？」勘よく気づいた美月が、眉《まゆ》をひそめる。

「上手《うま》くいったら、現行犯逮捕できるんじゃないでしょうか。Rの連中が、新崎さんの動きを把握していたとすれば、私が動いているのも知っていると思います。そして訟務課の中では、私が穴です」それを言う――認めるのは辛《つら》かったが、作戦のためだ。「私は刑事になれなかった人間です。経験も少ない。次に狙うとしたら、そういう私だと思います」

「危険過ぎる」

「承知の上です。どう考えても、真っ当な手段では対抗できません」

「それは……」

「こちらのトップは誰なんですか？　新崎さんですか？　内間さんですか？」

「そういうちゃんとした組織じゃないから。そもそも組織ですらない」

「だったら、内間さんが決めてくれれば、もう動けるんじゃないですか？」

「あなたを危険な目に遭わせるわけにはいかないわ」美月が決然とした口調で言った。

「そう考えていただけるのはありがたいですけど、今は勝負をかける時じゃないんですか？　新崎さんは動けないけど、そもそも新崎さんは戦力としては期待されていないでしょう」

「まあね」美月が苦笑した。「彼は警察官じゃない。運動神経ゼロだし、もちろん格闘技の経験もない」

「新崎さんが訟務課にいるのは、かなり上の人が了解しているからですよね？　部長以上の判断ですか？」

「ご明察の通り」美月が認めた。「でも、あなたの作戦は危険過ぎる。もう少し、私にも考えさせて」

「まず、誰を突《つつ》くかですね。刺激して、一番影響のある人は――捜査一課の上尾さんでしょうか」

「上尾は、単なるメンバー。Rの手腕を受け継いだ人ではあるけど」

「だったら、トップは誰なんですか？」

「そこを突く？　それは無理」美月が首を横に振った。「簡単に会える相手じゃないわ」

「部長クラスとかですか？」だとしたら、地元採用のノンキャリアの部長は一時的に籍を置いているだけで、県警に長く残る悪しき習慣に染まるとは思えない。

「とにかく、訟務課の名前を出して会える人じゃないわね。会う理由も作れない」

「だったら、会える人で、Rの中で一番偉い人」

「あなたね……」美月が溜息《ためいき》をついた。「新崎君が襲われたばかりなのよ？　怖くないの？」

「怖いです」加穂留は素直に認めた。「でも、私には証明しなくてはいけないことがある――自分が警察官だということを証明したい相手がいるんです」

「数字の水さん？」

「何で分かるんですか」気味が悪くなり、加穂留はコーヒーに逃げた。

「私、本当はあなたのお父さんをちょっと知ってるのよ」

「そうなんですか？」

「所轄にいた時、捜査二課の仕事を手伝ったことがある。その時にいろいろ教えてもらって……相澤さんもそうだけど、水沼さんも私にとっては師匠ね」

　神奈川県警は大規模警察本部なのに、やけに人間関係が濃い。まるで職員全員が顔見知りのようだ。

「あなたのことも、前から聞いていた。だからある程度は事情を知っている。お父さんに対して、意地を張らない方がいいわよ。もう退職されたんだし」

「それとこれとは関係ないです。私は、父に対するコンプレックスを持っていました。名刑事と言われた父には追いつけない――でも今は、そんなことは気にしていません。私自身を証明します」

新崎は軽傷だが、入院加療一週間という診断を受けた。その間は動きようがない。しかし加穂留は、美月から聞いた情報を元に、動きを進めることにした。

一度家に戻り、シャワーを浴びただけで出勤した。岩下と佳奈はいない。取り敢えず右田と話をしておくことにした。

「それは、お前……やばくないか？」右田は乗ってこない。

「万全の準備をして、右田さんがちゃんとケアしてくれれば平気ですよ」

「そうは言ってもさ」

「作戦は考えています。課長はいつ戻りますかね」

「午後には来ると思う。ただ、忙しいぞ。新崎が襲われた件について、あちこちと話をしないといけないだろう」

新崎は今や、県警の中で台風の目になってしまっている。R、Rに反対する人たち、そして全く関係ない大多数の職員が、新崎の事件を注視しているはずだ。そして本人は、病院で静かな時間を過ごしている——まさに台風の目の中にいるように、凪《なぎ》の状態だ。

「右田さん、病院の警備は本当に大丈夫なんでしょうか」

「課長が手配したはずだ。あそこは西署の管轄だから……」

「西署でも、地域課がやってくれた方が安心です」加穂留は係長の浜岡の顔を思い浮かべていた。

「私も後で電話しておきます」

「それはいいけど、勝手に動くなよ。ちゃんと皆で相談してからだ」

「陣容を整えてから、なんていうのはやめて下さい。向こうはまとまっているかもしれませんけど、こちらはバラバラなんです。きちんと準備するには時間がかかりますよ」

「分かってる。でも、勝手に動くな」右田がさらに釘《くぎ》を刺した。

「もちろんです。私だって、死にたくないですから」

「今は、それが冗談にならないことをよく分かっておけよ」

大袈裟《おおげさ》……ではない。右田の言う通りだ。しばらくは、通勤やランチを食べに行く時も気をつけよう。

警電の受話器を取り上げ、西署の地域課に電話をかける。けいゆう病院はこの署の管内なのだ。浜岡がすぐに電話に出る。

「浜岡さん、昨夜の事件……」

「聞いた」浜岡が暗い声で応じる。

「病院の方なんですけど、うちの新崎を守ってもらうことはできますか？　昨夜の犯人は、失敗したことを分かっているはずです。トドメを刺しに来るかもしれません」

「もう手は打ってる。ただし、病室の前に制服警官を張りつかせるわけにはいかないから、病院の周りを警戒してる。夜になったら、パトを一台常駐させておくよ」

「ありがとうございます。でも……西署の地域課は信頼できますか」

「当たり前だろうが」むっとした口調で浜岡が反論する。

「Rのメンバー、あるいは息がかかった人はいないか、という意味です」

「……その心配はない。しかしあんた、ようやくRの本体にたどり着いたか」

「まだ実態は分かりませんけど。どこに隠れているか分からないので、心配です」

「そうだな。リストはあるけど、完全というわけじゃないし」

「浜岡さんも……Rに対抗していたんですか？」

「そう考えてもらっていい。新崎を襲った件で、奴らは一線を超えた。あんたも背中に気をつけろよ」

「承知してます」

ほっと息を吐き、受話器をゆっくりと架台に戻す。そこへ佳奈が戻ってきた。

「取り敢えず、新崎君の入院の用意は整えたわ」

「すみません、お手伝いしなくて」

「あんた、徹夜だったんでしょう？　今日は休んでもいいのよ」

「やることがあります」

「こいつ、とんでもない過激派なんですよ」

右田が文句を言って、先ほど加穂留が話した計画を説明した。佳奈は顔色一つ変えずに聞いていたが、右田が話し終えると「いい作戦ね」とあっさり言った。

「福田さん、マジで言ってます？」右田は驚いていた。

「水沼にはいい餌になってもらって、私たちがきちんとフォローすればいいだけの話じゃない」

「危険過ぎますよ」

「反対するからには、対案があるんでしょうね」佳奈が厳しい顔で右田を見た。

「それは……」右田はうつむいてしまった。

「課長が帰ってきたら相談しましょう。それで水沼、ターゲットというか、こっちにとっての餌を誰にするか、決めた？」

「難しいところなんですけど、まず上尾さんを刺激して、それから間髪入れずにもっと上の人を揺さぶるのがいいんじゃないでしょうか。トップは——やり過ぎかもしれません」

「いい線」佳奈がうなずく。「ほどよく刺激して、ほどよく反撃してもらう。そこが狙い目。やり取りしている間に、向こうには絶対穴ができる」

「勘弁して下さいよ」右田が泣き言を言った。「うちの女性陣は、どうかしてるんじゃないですか？　無茶過ぎる」

「今時、女性陣が、とか言ってる時点で意識が低いわよ、右田君」佳奈が厳しく言った。

「はいはい、撤回します。それより、訟務課として、そんなに危険なことしていいんですか？」

「これは訟務課の業務じゃないわよ。ボランティア。だから、やるべきだと思った人だけがやる――危ないと思ったら、右田君は抜けてもいいわよ」

「そういうこと言われると、やらざるを得ないんだよな……」ぶつぶつ言いながら右田が頭を掻いた。

「小田原中央署の内間美月さんも協力してくれます」

「協力というか、本当の黒幕を見つけたら、彼女に銃を渡して、私は後ろを向いててもいいわ」

「内間さんのこと、知ってるんですか？」

「相澤さんの彼女でしょう？　知ってるわよ。相澤さんのことは悔しかったと思う。リベンジのチャンスは、渡してあげないと」

これを警察の結束と言っていいのだろうか。客観的に見たら、私刑《リンチ》の感じがしないでもない。

それでもやるべきだと加穂留は思った。この大掃除をきちんとやって、そして自分は……。

10

加穂留は上尾を尾行した。上尾の動向は筒抜け——岩下は、県警本部内に網の目のようにスパイ網を張り巡らしていることが分かった。ある意味Rの「本丸」でもある捜査一課にもスパイを飼っていて、上尾の動きを報告させたのだ。

一月五日金曜日、上尾は定時に本部を出た。今日は呑《の》みにも行かずに真っ直ぐ帰る予定、という情報まで入ってきていた。

県警本部の出入り口でその連絡を受けた加穂留は、上尾を待った。電話が入ってからわずか一分後、上尾がやって来る。一人きり……好都合だ。呑みに行く予定がないことがどうして分かったのかは不明だが、ここはそれを信じて尾行を始めよう。

加穂留が刑事をやっていたのは所轄にいた時だけで、それからは結構時間が経ってしまっている。きちんと尾行できるだろうか……歩き始めてすぐに肩を叩かれ、飛び上がりそうになった。刺客か——と心配しながら振り向くと、美月だった。

「内間さん……仕事はいいんですか」

「有給」美月があっさり言った。「二人で尾行は無理よ」

「それは助かりますけど、どこにいたんですか？」

「あなたが出るのと入れ替わりに、訟務課に行ったのよ。そうしたらすぐにスパイから連絡が入ったから、急いで降りてきた」

「保護者つきの尾行ですか」つい皮肉を吐いてしまう。

「尾行は二人で、が基本よ。今日は入れ替え式で。最初私が先に行くから、後で交代しましょう。あまりバタバタしないでね」

「了解です」

上尾は海岸通りから、すぐに関内桜通りに入った。寒風に首をすくめながらも、歩くスピードは緩めず、道行く人たちを次々に追い越していった。そのまま真っ直ぐ歩き続け、尾上町通りを渡って関内駅へ……上尾の自宅は京浜東北線の新杉田だが、真っ直ぐ帰るかどうかは分からない。関内駅周辺には、軽く一杯ひっかけるのにちょうどいい店が多いのだ。新杉田駅周辺は、飲食店不毛地帯のはずだが。

上尾は関内駅に入った。ホームへ出たところで、美月と交代。そのタイミングで、加穂留は普段はかけない眼鏡をかけて、マスクをつけた。マスクは格好の変装道具になる。顔の下半分は隠れてしまうし、コロナ禍以降、マスクをしているのが普通になったから、誰にも怪しまれない。

新杉田の駅を出て、産業道路を渡る。駅前にはマンションなどが建ち並んでいるが、上尾はそこを離れ、ひたすら西へ歩いていく。事前に住所を地図で確認していたので、横須賀街道まで来ると緊張してきた。ここから三分ほどだろう。

美月が追いついてきた。

「家の手前で決行」

「了解です」

「もう、レコーダーを動かしておいた方がいいわよ」

歩きながら加穂留はスマートフォンを操作し、ボイスメモアプリを立ち上げた。

「私は少し離れたところにいるから——道路を渡った先にある駐車場で声をかけて」

「分かりました」

加穂留は道路を渡る途中で、ほぼ上尾に追いついた。渡り終えたところで呼びかける。

「上尾さん」

上尾がびくりと身を震わせ、振り向く。しかしマスクとメガネのせいか、加穂留が声をかけてきたことに気づかない。加穂留はマスクを取って、改めて声をかけた。

「訟務課の水沼です」

「あんたか……何だよ、こんなところまで」

「ちょっとお話ししたいことがあります。他の人の邪魔になりますから、そこの駐車場でどうですか」

「人の敷地内に勝手に入ると問題じゃねえか」

「だったらお宅まで伺ってもいいです」

「……しょうがねえな」上尾が舌打ちして、コイン式の駐車場に入った。停まっている車は二台。

「うちの新崎を襲ったのはあなたですか」加穂留はいきなり切り出した。

「はあ？」

「捜査一課では、西署の捜査状況をどこまで把握しているんですか？　西署は、あなたたちには汚染されていないと思いますけど」

「お前、捜査一課を馬鹿にしてるのか？」

「いえ。捜査一課ではないです。Rを問題にしています。しかし、本気でRなんて名乗ってるんですか？　もう何十年も続いているんですよね？」

「何言ってるんだ」

「自分で名乗るはずないか。Rみたいな存在が、表に出るわけにはいかないですよね。検挙成績を上げるためには、違法なことも厭《いと》わない――あなたが訴えられた件が、まさに象徴的です。それを問題視した人たちが、Rがやってきたことを明らかにしようとした。でもあなたたちはそういう人間を排除しようとした。新崎さんが襲撃されたのもその一環でしょう。あなたがやったんですか」

「冗談も過ぎると、痛い目に遭うぞ」

「それも脅迫ですか？　でも、あなたは逃げられません。Rの息がかかった人がいない西署が、確実に犯人に迫っています。防犯カメラの映像解析で、犯人の自宅の最寄駅まで割り出したみたいですよ。その駅は……」加穂留はちらりと振り向いた。新杉田駅――実際には、そういう情報は入っていなかったが。しかし上尾の顔は引き攣《つ》り、加穂留は適当に投げたボールが見事にストライクゾーンに入ったかもしれないと想像した。

「勝手なことを言うな。名誉毀損《きそん》になるぞ」

「あなたに名誉なんかあるんですか？　違法行為を積み重ねてきたのに？」

「俺たちはずっと、県警を背負ってきたんだ。重要な事件で、俺たちがどんな捜査をしてきたか、それを知れば何も言えないはずだ」

「結果が全てですか」

「当たり前だ」

「いったい、何十年前の感覚ですか？」加穂留は嘲《あざけ》った。「今はプロセスも重視されるんです。あなたたちのやり方はもう時代遅れなんですよ。黙って第一線から引いてもらう方がいいですね。でもその前に、罪はきちんと償ってもらいます」

「ふざけるな！」

「ご自宅へ戻って、美味《おい》しいものでも食べて、温かいお風呂《ふろ》に入ってくつろいで下さい。そういう日々も、もう長くは続かないでしょうから」

上尾が加穂留を睨《にら》みつけた。「勝手なことを言うな」と吐き捨て、踵《きびす》を返して去って行く。加穂留は彼の背中が見えなくなるまで待ってから、交差点の方へ引き返した。横須賀街道に停車したタクシーの前で、美月が手招きしている。加穂留が駆け出すと、美月は先にタクシーに乗りこんだ。加穂留が乗ると、すぐに発進する。

「どこまで行くんですか？」

「取り敢えず中心部へ戻るわ」スマートフォンを取り出して確認する。「岩下さんがニューグランドの部屋を取ってくれたから」

「高くないですか？」

「私たちがお金を出すわけじゃないわよ。ただし、ツインで私と同室ね。用心のため――それと経費削減のために」

「分かりました」

「一度そこへ集合して、今の録音を検討するから。表向きは、訟務課有志の新年会ということで」

「内間さんが入ると、怪しくなりませんか？」

「私はたまたま一緒になったことにするから――ホテルは、意外に安全なのよ。いろいろな人が行き来してるから、怪しまれないし」

「そうですか」

タクシーでそのまま、横浜の中心部に戻る。ニューグランドは、横浜の人にとっては象徴的なホテルだが、実際に利用する人は少ないのではないだろうか。地元の人がわざわざ泊まることもないだろうし、せいぜいレストランで会食ぐらいだろう。加穂留も、レストランに二、三回行ったことがあるだけだ。有名なバーがあるから、酒呑みはそこで優雅な時間を過ごすのかもしれないが。

七時前にホテル着。チェックインしてから、コーヒーハウスに向かった。ニューグランドにはイタリア料理店も入っているのだが、有名なのはこのコーヒーハウスである。戦前、そしてアメリカ占領時代に培われた、日本の洋食の基本のような料理が食べられる。

とはいえ、今日は料理を楽しむのが主眼ではない。

店に入ると、既に岩下、佳奈、右田が揃っていた。

「料理は後にしてくれ」と岩下が告げ、すぐに録音を聴かせるようにと指示する。音を出すわけにはいかないので、全員がイヤフォンを使って順番に録音を聴く。短いやり取りなので、すぐに終わった。

「あんた、飛ばしたわね」佳奈が皮肉っぽく言い、「喧嘩《けんか》売ってる感じでしたか？」と美月に訊ねる。

「今にも殴りかかりそうだったけど、よく我慢したわ」

「そこまでじゃないですよ」否定して、加穂留は岩下に視線を向けた。「どうですか？　動揺させたと思いますか？」

「十分だと思う」

「顔色が変わってました」美月がフォローした。「第一段階はこれで十分だと思います」

「第二段階をいつ決行するか、だな」

「時間を置かない方がいいと思います」加穂留は提案した。「週末に入りますけど、明日にも」

「ターゲットは」岩下が手帳を広げる。「明日は公休だ。自宅で摑まるが、家族は巻きこみたくない」

「一日自宅にいるということはないと思います。張り込みしていれば……」

「いつになるか分からないぞ。ちょっと待ってくれ」岩下が立ち上がり、スマートフォンを持ってコーヒーハウスの外へ出た。

「上手くいったと思いますか？」加穂留は美月に訊ねた。

「私の感覚では、大成功だと思うけど。もしかしたら今晩、襲ってくるかもしれないわよ」

「ホテルは安全じゃないんですか？」

「自宅よりは安全でしょうけど、絶対に安全ということはないから」

「一番いいのは、早くRの人間を逮捕することです」佳奈が指摘した。「一人でも逮捕できれば、そこに穴が開いて、総崩れになる可能性もあります」

「それを祈るけど……祈っちゃ駄目ね。自分の力で何とかしないと」

美月のこの強さが不思議だった。復讐心《ふくしゅう》だろうか……恋人が裁判で窮地に追いこまれ、その後亡くなった。しかしヒステリックになるわけではなく、ただ冷静に、冷酷に相手を追いこもうとしている。相手がどれだけ大きな存在かも分からないのに……。

岩下が戻って来た。気楽な調子で「取り敢えず飯にしよう」とさらりと言った。

ここのコーヒーハウスといえばナポリタンとドリアが定番なのだが、加穂留は敢えてハンバーグを頼んだ。しっかり肉と野菜を食べて、明日に備えるつもりだった。全員、注文はバラバラ。料理を待つ間に、岩下のスマートフォンが鳴った。電話かと思ったが、メッセージだったようで、ちらりと見ただけでテーブルに伏せてしまう。

　料理が次々に届き始めて、静かな夕食が始まった。まさか最後の晩餐《ばんさん》ということはないだろうが……ハンバーグは、ソースの味が深く、美味《うま》い。つけ合わせの野菜も手抜きなし。加穂留はパンを頼んでいたが、当然ライスにも合うだろう。そして佳奈が頼んだナポリタンも、美月のドリアも美味そうに見える。胃の容量が二倍あれば、料理を二つ頼んで楽しみたいところだ。

「確定情報じゃないんだが」料理をあらかた食べ終えたところで、岩下が切り出した。「マル対は、土曜日にはだいたいジムへ行くそうだ。午前中」

「間違いないですか？」美月が念押しする。

「俺のスパイは優秀なんだ」岩下は自信ありげだった。「ジムは、土曜日は九時から営業――だから明日は、それぐらいを目処《めど》に始動してくれ。その後は……その後の方が大変なんだが、とにかく水沼は、まず自分の身を守るように」

「頑張ります」現段階ではそれしか言えない。

　緊迫しているせいで、食事は盛り上がらなかった。明日、全てが終わるかもしれないし、悪夢が始まるかもしれない。いずれにせよ、自分にかかっている。

　今夜、無事に眠れるだろうか。


「あなた、図太いわね」ジムへ向かうタクシーの中で、美月が呆れたように言った。

「何がですか？　自分ではビビりだと思ってますけど」

「昨夜、速攻で寝たでしょう。私は二時ぐらいまで眠れなかったのに」

「すみません……」

「謝ることじゃないけど」美月が笑った。「あ、その交差点の手前で停めて下さい」

二人はタクシーを降り、ジムの入ったビルまで少し歩いた。ジム自体はビルの二階と三階を占めており、受付は二階にある。いずれにせよ、一階のエレベーターホールの前を通らないことには上にいけないから、ここで待機していれば大丈夫だ。

二人は八時半から待ち始めた。九時が近くなると、高齢者が続々とやって来て、階段やエレベーターで二階に上がって行く。土曜日の午前から、こんなにジムに通う人がいるとは思わなかった。もしかしたら、高齢者の社交場になっているのかもしれない。

九時を少し回ったところで、マル対がやって来た。写真で確認しているから間違いない。

木下雄太《きのしたゆうた》、刑事総務課管理官。捜査一課暮らしが長かったが、去年現場を離れて、管理部門に転出していた。この先、所轄で副署長をやったりして、まだ上を目指せるポジションだ——何もなければ。

「木下さん」

加穂留は声をかけた。木下が怪訝《けげん》そうな表情を向けてきたが、その表情はすぐに怒りのそれに変わった。何も言わず、加穂留を凝視し続ける。

「ちょっとお時間いただけますか」

「忙しいんだが」硬い口調で木下が言った。

「それは分かりますが、大事なことです。県警の存亡がかかっています」

「それは、訟務課の仕事なのか？」

「違います。有志でやっていることです。あなたたちを追いこむために——うちの新崎を襲ったのは、自分たちが追いこまれていると思ったからですよね」

木下がさっと周囲を見回した。ジムがオープンしたばかりの時間なので、依然として人通りは多い。人に聴かれたくない話だ、と加穂留は確信した。

「その件について話し合いたいんですが、いかがですか？　あなたが指示したことは分かっています」はったりだった。「実行犯も割れました。捜査を担当している西署には、あなたたちの息がかかった人間はいない。実行犯を逮捕すれば、確実にあなたたちまでたどり着きます。西署だけじゃありません。地検にも話は通じていますし、監察も――監察は駄目ですね。あそこには、Rの人がいます。監察官の那須《なす》さん。話を持ちこんでも、あの人が潰すでしょう。だから、刑事事件として処理します」

「お前にそんな権利はない。訟務課は捜査部署じゃないんだ」木下は冷静さを取り戻したようだった。

「あなたたちに対抗するためには、私たちもいろいろなところに手を広げます――知らない間に、あなたたちは監視されていたんです。もう逃げられませんよ」

「馬鹿言うな」

「他の人にも相談した方がいいんじゃないですか？　ジムで体を鍛えるのも大事でしょうけど、いくら健康でも逮捕されたら――仕事がなくなったら、あなたたちはただの人です。警察の中でしか生きられないんですから」

木下がまた加穂留を睨みつけた。長い……加穂留は感情を消して、その目を見続けた。一瞬木下の視線が揺らいだと思った次の瞬間には、踵を返して去って行く。加穂留はその背中が見えなくなるまで見送った後、ようやく息を吐いた。外は真冬の寒さなのに、背中に汗をかいている。

美月がすっと現れて、横に立った。

「あなた、本当に喧嘩を売るのが上手いわね。何かに活《い》かせる才能じゃないけど」

「まったくです」額に手をやる。やはり汗で湿っていた。「これで仕かけは完成ですね」

「後は、向こうが乗ってくるかどうか……これからが大変よ」

「私は、死ななければいいです」

「いい覚悟だけど、私たちを信用してね。必ずあなたを守るから」

加穂留は黙ってうなずいた。喉《のど》が張りついて声が出ないほど緊張している。


身を晒《さら》す——相手にチャンスを与えるために、どう動くのがベストか。

自分が相手だったら、と加穂留は考えた。昼間は人目につくから無理だ。夜も、人出が多い場所はNG。夜で人の流れが少ない場所——と考えるとなかなか難しい。そもそも、わざわざそんなところへ行ったら、逆に怪しいと思うのではないだろうか。

岩下は、自転車を使うように指示してきた。自転車なら、いざという時に逃げられる可能性が出てくる。相手が車できても、車が入れないような細い路地に入ってしまえば、逃げ切れるだろう。とはいえ、自分の姿を晒して標的にするのはかなり怖いことではある。

何度か岩下と電話で話した末、まず土曜の夜に自宅を出て、自転車で街を流してみることにした。ルートが送られてくる。基本的に幹線道路を走って横浜スタジアムまで往復。野球シーズンなら、スタジアム周辺は夜遅くまで賑《にぎ》わうが、今はシーズンオフである。しかもあの辺は官庁街、ビジネス街でもあるので、土曜の夜になるとほとんど人気がなくなる——それが不安だった。自転車だと片道十五分ぐらいだろうか。敢えてゆっくり走って二十分。往復四十分は、かなり緊迫した時間になるだろう。

午後十時、加穂留は準備を整えた。ストレッチの効いた細身のジーンズ、フリースに薄手のダウンジャケット。足元はハイカットのコンバースにした。荷物は小さなバックパックにまとめて入れたが、携帯電話と今日の午前中に岩下から渡された無線だけはダウンジャケットのポケットに入れる。迷った末、しばらく被《かぶ》っていなかった自転車用のヘルメットを持ち出し——所轄にいた頃、体力増強のためによくサイクリングをしていたのだ——グローブもはめる。何が起きるか分からないから、できるだけ自分の身を守れるように準備したつもりだった。

外へ出ると、身を切るような寒さだった。自転車の場合、どんなに必死に漕《こ》いでも体はなかなか温まらない。スピードが出る分、風を強く浴びて、体が冷えてしまうのだ。

自転車に跨《また》がり、少し様子を見る。寒いが我慢できないほどではない。スマートフォンで天気予報アプリを見ると、現在の気温は六度。天気は晴れだが、空に星は見えない……それはいつものことか。

無線に向かって静かに語りかける。

「出ます」

「——了解」美月の声が聞こえてきた。

周囲を見回したが、こちらを護衛してくれる車などは見当たらない。ただし、バイクが一台……本格的なライディングウエアに身を包んだ女性が、シートに跨っている。

「内間さん、バイクですか」

「そう。私からは見えてるから。車は少し離れたところ。GPSの追跡準備も完了」

取り敢えず、できることはやった。加穂留はもう一度「出ます」と言ってペダルを踏んだ。

本格的なサイクリング用の自転車で、前傾姿勢がきつい。この手の自転車の弱点は、低速域での安定性だ。ずっと前傾したまま低速で走り続けるのは、加穂留の感覚では曲芸のようなものである。多少飛ばした方がいいかもしれない。美月はバイク……バイクは自転車以上に、低速走行を続けるのは難しいはずだ。そもそもノロノロ走っていたら、クラクションを鳴らされる。

大通り公園を抜けて、公園の側道へ。公園の様子をちらちら見ながら、それなりにスピードを上げてペダルを踏み続ける。時速二十キロぐらいだろうか……自転車でツーリングするには快適なスピードだが、美月は苛々《いらいら》しているかもしれない。美月が跨っているのは、かなり大型のバイクのはずで、ゆっくり走るとストレスが溜まるだろう。

すぐに伊勢佐木長者町駅に辿《たど》り着く。ずっと左側の車線を走っていたのだが、この駅前では左折専用車線になるので、一度歩道に入った。さらにスピードを落とし、横断歩道の前に出て待つ。

「状況は？」美月が確認してきた。

「現在異常なし」

答えて、信号が変わるのを待つ。交差する横浜駅根岸道路は交通量が多い片側二車線で、信号が変わるのに時間がかかる。斜め向かいの青信号が点滅し始めたので、少し前に出た。この時間だとさすがに交通量も少なくなっており、歩く人も少ない。

一台の車が、信号が黄色に変わる交差点に突っこんできて、加穂留の目の前で停まった。白いミニバン——ナンバーは見忘れた。歩道の路肩ギリギリに停まったので、加穂留は少し戻ろうとしてバランスを崩してしまった。そのタイミングでミニバンのスライドドアがいきなり開き、二人の男が飛び出してくる。一人が自転車のハンドルを押さえ、もう一人が加穂留の腹にパンチを叩きこむ——一番きついところだ。目の前に星が飛び、全身が痺《しび》れる。そして体の中心から激しい痛みが広がり、呼吸が苦しくなった。

暗転。最後に知覚したのは、自転車が倒れる音だった。

11

ゆっくりと意識が戻ってくる。最初、焦点が合わずに目まいがしていたのだが、突然パッと目の前の光景をはっきり認識できた。

倉庫？　倉庫のようだ。近くにはパレットが天井近くまで積み上げられており、加穂留は、油と埃《ほこり》の臭いが染みついた床に転がされている。両手は後ろに回され、肩がきつく引き攣《つ》って、手首から先の感覚がない。プラスティック製の結束バンドだ、とすぐに分かった。手軽に使えて、しかも拘束されると、外すのはほぼ不可能である。両膝《ひざ》もきっちり縛られていた。こちらはロープだが、脚はまったく動かない。

しかし猿轡《さるぐつわ》はされていない。

ということは、向こうは私と話す気があるわけね、と加穂留は納得した。それなら時間稼ぎはできるだろう。問題は、美月たちが私の居場所を摑んでいるかどうかだ。持たされたGPS発信機は二つ。一つはバックパックの中に、もう一つはジーンズの前ポケットに入れてある。バックパックは……背負っていないし、目に見える範囲にはない。ジーンズのポケットにも、普段入っていない硬いものがある感触はなかった。当然入念にボディチェックされ、没収されたと考えるのが自然だ。ということは、加穂留の足取りはどこかで途絶えてしまっている。

静かだ……しかしどこかから、微《かす》かに潮の香りを含んだ風が吹きこんでくる。ということは、ここは完全に密閉された場所ではなく、逃げ出すチャンスはあるかもしれない——足のロープさえ外せれば。

加穂留は何とか体を起こし、両足を前に投げ出す格好で座った。ただし、体を預けるものがないので、腹筋を使わないとこの姿勢は保てない。

パレットの山のところまで行ければ、寄りかかることができるのだが、移動はとても無理だ。それでも何とか、この姿勢で落ち着けるようになってきたから、取り敢えず無駄なエネルギーを使わないようにした方がいいだろう。いずれある……脱出のチャンスが。

さっと光が射しこんだ。どこかのドアが開いたのだ——光量はそこそこあり、ここは人里離れた山の中ではないと推測できた。街中、あるいは港に近い倉庫ではないだろうか。

足音……二人だ、と分かった。ほどなく、二人の男が加穂留の目の前に立つ。一人は——上尾。恐怖を感じるべき場面なのに、加穂留はほっとしていた。自分がやっていたことは間違いなかった。正しい相手を追っていたのだ。

パッと灯《あか》りが点《つ》き、一瞬視界が潰れる。大型のマグライトの光を顔に向けられたのだ。よくある手口——向こうにすれば、自分の顔を見られないための一番簡単な方法である。しかし加穂留は見てしまった。用心するつもりだったら、そもそも目隠しをしておけばよかったのに。こちらを舐《な》めているのか、何か他の目的があるのか。

「上尾さん、これで終わりですね」加穂留は強がりを言った。

「終わりはお前の方だ。余計なことに首を突っこんで……何がしたい?」

「間違いを正したいだけです」

「間違い? 何が間違いだ」

「R。あなたたちがやってきたことは、許されません。今までは見過ごされてきたかもしれないけど、もう無理ですよ。違法行為もある——あなたが訴えられた件が、典型的なRのやり方です」

喋《しゃべ》れる、とほっとした。殴られた胃の辺りには鈍い痛みが残っていたし、喉はからからだったが、我慢できる範囲である。ふと、新崎の顔が脳裏に浮かぶ。彼の言葉が蘇《よみがえ》った。「喋り続けていれば何とかなる」そう、言葉は自分の武器だ。喋れさえすれば、何とかなる——何とかしないと。

「終戦直後に県警にいた宮古龍太郎という刑事が、Rの始祖ですね？　宮古龍太郎は、強引な取り調べで冤罪《えんざい》を何件も生み出した人間です。検挙率は高かったそうですが、フレームアップもあった……結果的には警察を追われました。しかし、この人を崇《あが》めていた刑事が何人もいた。宮古龍太郎の周りで捜査のノウハウを学び、後の世代にも伝えた。証拠が残りにくい暴力的な手段、脅迫、騙《だま》し。ぎりぎりの線で容疑者にプレッシャーをかけ、供述を引き出す。昭和の時代でも問題になりそうなやり方は、令和の時代では絶対に通用しません。でもあなたたちは、ずっと同じようなやり方を続けてきた。家族に脅しをかけるような悪質な方法もあったそうですね」

「そういうのは、証明できないな」

「あなたのやり方は露呈しました。それで裁判に負けたんです。あの時私は、ただ裁判で負けただけだと思っていた。でも実際には、あの裁判はRのやり方を世間に晒すための作戦だった」

「あんたらは、俺らにとっての盾だろう。県警を守るためにいる。それが……真逆の態度だな」

「正しいことは何か、という問題です」加穂留は引かなかった。「Rのメンバーは、違法ぎりぎりの捜査手法で検挙率を上げてきました。メンバーは県警内で尊重され、人事でもいいポジションを獲得してきました。その結果今では、県警内での一大勢力になってしまったんですよね。捜査能力を捜査以外にも使い、キャリア組を含む幹部の弱点を摑み、自分たちが調査されないように対策してきました。その結果、今では人事に影響を持ち、さらに仲間を引き入れて勢力を拡大しようとしている。でもたまには、思い通りにならない相手もいますよね――相澤さんとか」

顔に当てられた光が微妙に揺らぐ。上尾の顔が一瞬、闇の中にぼうっと浮かんだ。もう一人は誰だろう……足音から男だとは思うが、はっきりとはしない。焦るな、と加穂留は自分に言い聞かせた。焦ってパニックになったら負ける。冷静に話し続けている間は、自分は生き延びられるはずだ。

「あなたたちは、捜査一課のエースだった相澤さんを自分たちの仲間に引き入れようとした。でもそれが叶《かな》わずに、裁判まで起こして相澤さんを潰そうとした――どうしてですか？　ただ仲間になるのを断られただけで、そこまでやりますか？　今までだって、そういうことはあったでしょう」

「奴は余計なことをしたからな」

余計なこと――それでピンときた。新崎が訟務課にいるのもそのためなのだ。

相澤は、Rに誘われたことがきっかけか、何かそれ以外の理由があったのか、Rについて調べていたという。相澤ほど優秀な刑事だったら、一人でもRの本丸に近づけたのではないだろうか。だからこそ、Rにとっては引きこみたい人間から敵になった――そういうことではないかと指摘すると、上尾が黙りこむ。

「あなたたちは、自分たちの行為が間違っていることは自覚していた。今までは好き勝手にやっていたけど、それを本気で崩そうとする人間が出てきたから、焦ったんでしょう。だからといって、あんなややこしい方法で相手を貶めることはなかったんです。あれが、あなたたちの崩壊の第二章ですよ」

「俺たちは生き延びる――神奈川県警を支えてきたのは俺たちなんだ」上尾の声には誇りが感じられた。

間違った誇りが。

「今までは――違う。あなたたちは、県警を内部から腐らせていただけです」

「ふざけるな！　俺たちの検挙率を知らないのか？」

「違法な方法で検挙して、容疑者の口を割らせて……そんな方法がいつまでも通用すると思っていたらおかしい。あなたたちには退場してもらいます」

「どうやって？」上尾がせせら笑った。「俺たちは――俺たちこそ県警なんだ。排除しようとしたら、痛い目に遭うぞ」

「むしろそちらに、痛い目に遭ってもらいます」

「それが訟務課の仕事か？　お前らは、俺たちに因縁をつけてくる相手を排除してればいいんだよ。ただの盾だ」

「真面目に、真っ当に仕事をしている人は、全力で守ります。でも、そうじゃない人間は……訟務課であるとか違うとか、そういうことは関係ありません。警察官として、人として、止めなければならないんです」

「お前、どこまで知ってるんだ？」

マグライトの光が揺れ、上尾が近づいて来る。息遣いまではっきりと聞こえた。

「あなたが心配している以上に知っています」

「だったら、まずお前を排除する」

「確実に殺した方がいいですよ。あなたは一度失敗している……ヒットマン失格ですね。そもそも私を殺した後、どうしますか？　Rを壊滅させようとしている人間がどれぐらいいるか、分かってますか？　最後の一人まで追い詰めるなんて、不可能です」

「自分が死んだ後のことまで心配する必要はない」

マグライトの光が消えた。視界は完全に消えている——何度も目を瞑っては開いたが、ぼんやりとしか見えなかった。上尾の横にいる男が前に出る。さらに目を瞬いて、何とか視界を確保した。

すぐに加穂留は絶望に陥った。Rは県警内部に深く広く根を張っている。誰がメンバーなのか、完全に把握することはできないだろう。

しかし、まさかこの男が……加穂留の目の前に立っているのは、西署の浜岡だった。


「今のうちに言っておくことは？」上尾が皮肉っぽく言った。

加穂留は何も言わず、必死でもがいた。もがくことで、縛《いまし》めを緩めることができるのではないか……しかし手首も膝もまったく自由にならない。

「浜岡さん、そういうことなんですか？」

浜岡がRの人間だとしたら、加穂留たちの動きは早くから向こうに筒抜けになっていたことになる。新崎もこの男の正体には気づいていなかったのか……向こうの方が一枚上手ということか。

浜岡と交わした会話が、断片的に思い出される。一緒に食べたケーキ、彼の家族。彼と話したことが、修行になっていたと思う。しかし自分は何も知らぬまま、敵にせっせと情報を流していたことになる。相手の正体が読めず、向こうにすれば勝手に網にかかってきた存在——自分は、この作戦を展開する前から、Rにとっての「餌」になっていたのではないだろうか。

改めて、自分は駄目な警察官だと思う。父にはとても及ばない。こんな自分でも死んだら、父は泣いてくれるだろうか。そう考えると、情けなくなって涙が滲《にじ》んでくる。

「さっさと済ませましょうか。処理班は……来たな」上尾が振り向く。先ほど彼が入って来たドアが開き、光が——その中に、数人の姿が見えた。ここで私を殺して、遺体を処理する汚い仕事を専門にする人間がいるわけか。

こんなところで死にたくない。

涙がこぼれそうになるのは、必死に堪《こら》えた。自分はまだ死んでいない。死んでさえいなければ、何か手はあるはずだ。この窮地を脱出して生き延び、Rを潰す方法が——そう、会話を中断させてはいけない。話し続けることだ。言葉はいつも、状況を切り開く力になる。新崎も父も、そう言っていた。必死で手首を回す。鋭い痛みが走り、擦《こす》れた部分が傷になるのが分かった。しかしその痛みのせいで意識がはっきりする。

「じゃあ、そういうことで、お別れだ。本当に、言っておくことはないか？」

浜岡が前に出る、手には拳銃《けんじゅう》。これは正規の銃ではあるまい。新崎によると、Rのメンバーは押収した薬物や銃を違法に保管しているという。この銃もそういうものかもしれないが、きちんと撃てるかどうか……暴発して、浜岡が怪我するぐらいしか、加穂留が生き延びる方法はない。思い切って脚を伸ばせば、蹴《け》りを入れられるのでは？　しかし浜岡の視線は下向きで、十分警戒している。

しかし次の瞬間、浜岡が踵《かかと》を起点にいきなり体を回転させた。年齢や体の大きさを感じさせないスピードで、激しく肉を打つ音が響き、上尾が膝から崩れ落ちる。

「動くな！」浜岡が声を張り上げると、薄い闇の中で、こちらに近づいて来る男たちの足が止まった。浜岡は手錠を取り出し、床に転がっている上尾の両手を後ろでつないだ。それから急いで加穂留の背後に回り、結束バンドをナイフで切る。腕全体に一気に血流が戻り、じんじんと熱くなってきた。思い切って両腕を回してみると、痺れの他に痛みも感じる。無理矢理後ろに引っ張られて固定され、肩の筋肉を痛めてしまったのかもしれない。

「あとは自分でやってくれ」

加穂留の手にナイフが渡される。手の痺れと肩の痛みに耐えながらナイフを使い、膝を縛ったロープを何とか切った。幸い足は痺れておらず、すぐに立ち上がることができた。浜岡は加穂留の前に立って銃を構えたが、果たしてこれで大丈夫なのか。相手は数人——目を凝らして数えると三人だった。今は動きを止め、一人が片膝をついている。こちらを銃で狙っているのだろう。

「動くな!」浜岡がまた叫ぶ。

ふと、これも全て芝居なのではないかと思った。裏切っていたと思った浜岡が実は味方だった——と思わせて、やはり浜岡はRの人間だった。一瞬安心させた後で、残虐に殺す。

Rは、一人の優秀な警察官を貶めるために、外部の人間をコントロールして裁判まで起こさせるような連中の集まりである。だったらそれぐらいのことは……浜岡を背後から突き飛ばして拳銃を奪い、一人で逃げるか? しかしそれでも、相手はまだ三人いる。

「浜岡さん……」

「ああ?」浜岡は前を向いたまま、低い声で答えた。

「信じていいんですか?」

「こんな時に、そんなこと聞くな!」短く叱責《しっせき》し、浜岡が意識を前方に集中させる。ここで何が起きて、どう対応していくかは、彼自身決めていなかったのではないだろうか。もう少し計画性を持って動いてくれないと。

パン、と甲高く鋭い音が響き、目の前で浜岡が崩れ落ちた。床に拳銃……「浜岡さん！」と叫んだが、浜岡は左手で右腕を押さえたまま、ひざまずいて動けなくなっている。加穂留は急いで拳銃を拾い上げて、構えた。まさか、自分が銃で対抗する羽目になるとは。

「大丈夫ですか！」

「何とかな……そのうち痛み出すけど」

「この銃、本物ですよね？」

「出所は聞くなよ。やばいと思ったら迷わず撃て」

撃てと言われても。向こうは三人。そのうち少なくとも一人は銃を持っている。加穂留は射撃に自信がないし、格闘戦になったらひとたまりもないだろう。

銃が異様に重い。肩の痛みのせいもあるが、まるでダンベルを持っているようだった。いつまで睨み合いを続けていけばいいのか……思い切って撃つ？　しかし致命傷を与えずに攻撃能力を奪うような撃ち方はできそうにないし、その前に自分がやられてしまうかもしれない。

細い光。埃の臭い。

加穂留は、こめかみを汗が伝うのを感じた。ジリジリと時間が過ぎ、胃が痛くなってくる。今度は殴られた痛みではなく、胃が内側から悲鳴を上げているのだ。

どうする――どうする？　その時いきなり、ガラガラと激しい音がした。ドアではなく大きなシャッターが一気に開き、何十人もの人間が光と一緒に雪崩れこんでくる。

「銃を捨てろ！」先頭で叫んだのは、右田。銃を捨てろと言っても、そもそも右田が銃を持っているはずがないのに……訟務課の人間は、銃を触れる立場ではないのだ。しかし、振り向いた三人の男たちは、すぐに両手を挙げた。目を凝らして見ると、多くの人間が銃を構えて、三人を狙っている。一気に襲いかかって制圧——まるでラグビーの試合のように、三人が下敷きになる。しばらくそのまま苦しめて欲しいと、加穂留は真剣に願った。

右田が走って来る。

「水沼、銃」

「あ」間抜けな声が出てしまい、自分がまだ銃を構えていることに気づいた。ゆっくりと腕を下ろしたが、銃を手放せない。指が固まって、銃にくっついてしまっているようだった。

「お前、安全装置を外してないぞ」

言われて銃を見ると、確かにその通り……右田が銃身を摑んで銃を取り上げた。その瞬間、加穂留は全身から力が抜けて、座りこんでしまった。

「刑事でもない人間がよくやったよ」右田が褒めてくれたが、嬉《うれ》しくも何ともない。囮《おとり》になる作戦は自分で考えたのだが、無謀でしかなかったと思う。一歩間違っていたら、ここで死んでいた——何も残さず、それを後悔する暇もなく。

新崎が前に出て来る。頭には包帯を巻いたままだ。

「新崎さん……何やってるんですか」埃と油にまみれた床に座りこんだまま、加穂留は震える声で訊ねた。

「騎兵隊のお出ましということで」

「ふざけてる場合じゃないでしょう!」

「私を襲った人間の顔を見ておきたいと思いましてね。逮捕されたら、顔も拝めないでしょう。だから病院を抜け出してきたんですよ」

「それは……」

「そこでお休みのようですね」新崎が床に転がっている上尾を冷たい目で見た。

「上尾さんなんですか？」現職の刑事が……加穂留は、Rの連中が外部の人間を使ってやらせたと想像していたのだが。

「西署の連中は、今日も必死で捜査してたんだ」右田が説明した。「防犯カメラのチェックで上尾を割り出した。こいつもどうしようもない奴だな……街中で人を襲ったら、防犯カメラに証拠が残る。やるなら、そういうものがないところでやるべきだったんだ。ろくにチェックもしないから、こうなる」

Rは、実はそれほど危険な集団ではないのかもしれないと加穂留は思った。行動に穴が多過ぎる。自分たちが手をつけなくても、いつかは自爆、自滅していたのではないだろうか。

そこで加穂留は気づいて、振り向いた。浜岡は依然として左手で右腕を押さえたまま、座りこんでいる。

「浜岡さん、怪我は――」

「かすり傷だ。うちの家族には、余計なことは言うなよ」苦しげな表情を浮かべて浜岡が言った。

「言いませんけど……」

「嫁が心配性なんだ」浜岡がニヤリと笑ったが、すぐに表情が歪《ゆが》んでしまう。かすっただけとはいえ撃たれたのだから、痛みは相当激しいはずだ。

そこへ美月がやって来る。浜岡を見て溜息をついた。

「浜岡さん……」

「すまん、ヘマした」

美月がしゃがみこみ、浜岡のブルゾンの袖《そで》に手をかけた。銃で撃たれて穴が空いているので、そこに指をかけていきなり引き裂いてしまう。

「おいおい、お気に入りなんだけど」浜岡が抗議した。

「そういう問題じゃないでしょう！」怒ったように声を張り上げ、美月がさらに袖を引き裂く。気を利かした右田が、そこにマグライトの光を当てた。

「大丈夫」美月がほっとした表情を浮かべる。「本当にかすっているだけだと思います。大したことはありません」

「しかし、痛むな」

「すぐに救急車を呼びます」

「入院は勘弁して欲しい」

「それは病院の判断です」

美月が腕を貸して浜岡を立たせた。浜岡は、ぼろぼろになったブルゾンの袖を恨めしそうに見ている。本当にお気に入りだったようだ。

「浜岡さん」

呼びかけると、浜岡がゆっくりと加穂留に視線を向けた。バツが悪そうな表情を浮かべ、いきなり頭を下げる。

「悪かったな、怖い思いをさせて」

「別に怖くはなかったです」加穂留は強がった。本当は、あの時間は恐怖の記憶として長く残るだろう。夜中に何度も目を覚まし、睡眠薬のお世話になる日がくるかもしれない。「でも、どういうことか、説明して下さい。納得できません」

「水沼さん、後で」美月が厳しい表情で睨む。

「俺は二重スパイだよ」浜岡がさらりと言った。「それぐらいやらないと、奴らは潰せない」

「二重スパイ……」浜岡も命を賭《か》けていたのだ。しかし自分には教えておいて欲しかった。何が起きるか予《あらかじ》め分かっていれば、こんなに動揺せずに済んだのに。

「申し訳ないな。味方だと信じていた人間が実は敵かと思ったら、やっぱり味方で——低予算のB級映画みたいだろう」

「三日で公開打ち切りですね」

笑い出した浜岡が、美月に腕を引かれて歩き出した。途中、一瞬立ち止まり、まだ気を失っている上尾の頭を軽く蹴飛ばした。

「まったく……」右田が溜息をつく。まだ揉《も》めている警官隊の方に視線を向けた。三人はとうに制圧しているはずなのに……。

「お前ら、いい加減にしておけ！」右田が叫んだ。「裁判になっても弁護してやらねえぞ！」

それでようやく、極めて暴力的なラグビーの試合は終わった。

「まったく、単純な奴らだ」ぶつぶつ言いながら、右田が近づいて行く。

「——大丈夫ですか？」新崎が訊ねる。

「あまり大丈夫じゃないですけど」

「歩けますか？」

新崎が手を差し伸べてきたが、加穂留は首を横に振って歩き出した。人の手は——特に新崎の手は借りたくない。最初はぎくしゃくしてしまったが、それでもゆっくり歩いているうちに、元に戻ってきた。肩の痛みと痺れは取れないが、重傷ではないはずだ。

「ところで……外から念でも送ってました？」絶望的な状況で脳裏に浮かんだ彼の言葉。

「念？」

「いえ——何でもないです」

何とか倉庫の外に出た——雪が降っている。今夜は晴れの予報だったはずだが……もしかしたら、自分は一日以上拉致《らち》されていたのか？　混乱しながら、加穂留はパトカーの方へ歩いていった。パトカーも覆面パトカーも……警察車両が十台ぐらいある。一瞬自分がどこにいるか分からなくなったが、金沢区《かなざわ》——幸浦《さちうら》辺りだろうと見当がついた。やはり、倉庫などが立ち並ぶ一角である。

自分を追跡していたはずのミニバンに乗りこむ。中では岩下が誰かと電話で話していた。加穂留がドアを閉めると、すぐに電話を終える。

「無事だったようだな」

「いったい誰を連れて来たんですか？」

「かき集めたんだ。本当は機動隊を連れて来たかったんだが、出動させる理由がなかったんでね」

「Rに対抗する——Rを潰そうとしている人が、こんなにたくさんいたんですか？」

「そういうこと」

「正規の出動なんですか？」それはそうだろう。銃を持っている人間も何人もいたのだから。

「それについては、お前は心配するな。ちゃんと上に話が通っている」

「上……」

「本部長だよ」岩下がさらりと言った。「これまで、Rは上層部の弱点を握って何も言わせないようにしていた。しかし今の本部長には、そういう弱みがないんだ。本部長は赴任してきた時に

Rの話を聞いて、潰すことを決めた。その報告は警察庁にも入っている」

「新崎さんがうちに来たのも、その一環ですか？」それなら理解できる。仮に岩下が反R派の筆頭だとしても、新崎を職員として採用してこの戦いに巻きこむような真似ができるはずがない。しかし本部長が絡んでいるなら、それも可能だろう。

「これで終わりですか？」

「後始末は大変だと思うけど、山は越えたかな」

「私個人は、まだ山を越えていませんけど」

「ああ？」運転席に座った岩下が振り向く。

「新崎さんについては、分からないことばかりです。最初は、新崎さんのことを調べようとして動いていたんですし、私には全てを知る権利があると思いませんか？」

「話すか話さないかは、新崎次第だな。二人で相談してくれ」

12

新崎と二人きりで話す機会はなかなかこなかった。県警捜査一課の刑事が訟務課のスタッフを襲い、さらに一人を拉致――大騒ぎになり、マスコミもここぞとばかりに「R」について書きたて始めた。捜査は大がかりになって、「被害者」である加穂留も連日、捜査一課、そして監察の事情聴取を受けた。加穂留は包み隠さず、Rを潰すために動いていたこと、その結果反撃されて拉致されたことなどを説明した。訟務課、それに美月を交えて何度もすり合わせたので、証言に矛盾は出なかったはずである。

それが一段落したのが、一月の後半。二つの事件で上尾、それにRの他のメンバーが起訴された。本部長が謝罪会見を行い、「今後関係者に対する内部調査を徹底する」と約束した。そんな最中に、川崎中央署の署長が体調不良を理由に辞職した。この署長が、現在のRのトップとみなされていたのだが、騒動から逃げ出すように辞めたことで、逆に疑惑が証明された格好になった。

訟務課は平静を取り戻し始めた。今後は難しい問題が残る……これまでRの連中が行ってきた捜査に対して不満を抱いていた容疑者たちが、違法な捜査だとして訴訟を起こしてくる可能性がある。その場合も、訟務課は県警の守護者として動かねばならないのだろうか。

考えても分からない。仮にそうなっても、自分が仕事をこなせる自信はない。

二月も間近のある日、加穂留は仕事終わりに新崎を誘って象の鼻パークへ行った。この季節にしては暖かい一日で、夕方になっても寒風に耐える必要はない。

「話して下さい。私には知る権利があると思います」加穂留は強硬に切り出した。

「私がどうしてここにいるかは、前に話したでしょう」

突然二人の間を強風が吹き抜け、新崎のネクタイが宙を舞った。

「それ以前の話です。どうして弁護士のあなたと相澤さんが知り合ったのか――それが今回の一件の始まりじゃないんですか？」

「私が弁護士であることとは関係ないとも言えるんですよ」

「どういうことですか？」

「ずっと昔――私がまだ学生の頃です。目の前で交通事故が起きて」

「それは――もしかしたら、相澤さんの奥さんが巻きこまれた事故のことですか？」ピンときて加穂留は言った。

「赤信号で、交差点にバイクが無理に入ってきて、それを避《よ》けようとした相澤さんの奥さんの車が信号柱に突っこんだんです。すぐに救急車を呼んだんですけど、奥さんは車の中に閉じこめられて、非常に危ない状態に見えました。私はドアをぶち壊しました」

「そんなこと、できるんですか？」加穂留は目を見開いた。

「そもそもドアはかなり壊れていたんですけど……自分でもどうやったか、覚えていません。ようやくドアが開いて……奥さんは意識がなくて血まみれでした。駄目かと思ったんですけど、そこで救急車が来て」

「奥さんは、一命を取り留めたんですよね？」

「その時は」新崎がうなずき、自分の手を見下ろした。まるで相澤の妻の血がまだ付着しているとでもいうように。「私は、救急活動に加わったことで、消防署から表彰を受けました。それはどうでもいい話ですけどね……その後、相澤さんが訪ねて来て、涙ながらにお礼を言ってくれました。正直、どう話していいか分からなかったんですけど……自分でも、何をやったか、ちゃんと覚えていなかったもので」

「それで相澤さんと縁ができたんですね」加穂留もようやく合点がいった。

「それだけじゃなかったんですよ。私はその後、相澤さんにそれ以上の恩を受けました」

「どういうことですか？」

「その二年後……私は司法試験を受けました。ところがその前日にトラブルに巻きこまれたんです」

「トラブル、ですか」

「当時、私は学習塾でバイトをしていました。それは試験の前日でも同じで、授業が終わったのは午後九時過ぎ……その日はさすがに早く帰ろうと思って、普段は通らない近道をしたんです。ところがそこが酔っぱらいの巣窟《そうくつ》で、絡まれました。絡まれたというか、いきなり殴られた」新崎が右手で頰を撫《な》でた。その時の痛みが、今も記憶に残っているというように。「私はずっと、そういうことには縁がない人間でした」

「でしょうね。喧嘩しそうには見えません」緊張してきた新崎の気持ちを解《ほぐ》そうと、加穂留はわざと軽い調子で言った。

「その場で倒れて動けなくなってしまって……バッグを奪われそうになりました。大事な参考書も財布も入っていて、絶対に盗《と》られてはいけないものだったんですけど——それを助けてくれたのが相澤さんだったんです」

「それは——偶然ですか？」

「偶然です」新崎はうなずいた。「たまたま別件の捜査で近くにいて、騒ぎが聞こえたので助けに入ってくれたんです。相手は三人いたんですけど、瞬時に全員を殴り倒して」

「それはすごい」

「相澤さんは三人とも逮捕するつもりだったんですけど、私がやめてくれと頼んだんです」

「翌日、試験だったからですね？」事件直後は、被害者も事情聴取を受けなければならない。一々確認しながら話をして、しかも調書に落とすので時間がかかる。大事な司法試験の前日にそんなことで時間を取られたら、試験は上手くいくはずがない。

「ええ。僕は精神的に強い人間じゃないですからね」

「助けてくれたのがあの相澤さんだということは、分かったんですか？」

「すぐに分かりました」新崎がうなずく。「相澤さんはわざわざ自宅まで送ってくれました。でも残念ながら、その年の試験は落ちましたけどね」

「ショックが大き過ぎますよね」。新崎が弱かったとは言えない。下手したら殺されていたかもしれないのだ。その夜きちんと眠れたとは思えないし、試験の最中にもフラッシュバックして集中できなかったのではないだろうか。

「落ちたことが分かってから、相澤さんには改めて挨拶《あいさつ》に行きました。慰めてくれて、来年も頑張れと……その時に奥さんにもお会いしたんですけど、調子は悪そうでした。事故で一命は取り留めたんですけど、完全には治らなくて……頸椎《けいつい》をひどく痛めて、入退院を繰り返していたんです」

「相澤さんも大変だったんですね」言ってしまってから後悔する。何が「大変だったんですね」だ。言うだけなら、誰でもできる。

「奥さんの介護と仕事で、相澤さんはかなり追い詰められていました。でも私には気を遣って励ましてくれました。落ちたら警察に来ればいいと言われましたけど、さすがにそれは……」新崎が苦笑した。

「翌年は？」

「無事に合格しました。相澤さんには真っ先に伝えましたよ。自分のことのように喜んでくれて。それから、年に何回かは会って酒を呑むようになったんです」

「年上の友人という感じですか」

「私にすれば恩人ですし、向こうも……そうですね、友人と言っていいと思います。それなのに、奥さんが亡くなって、相澤さん自身も裁判に巻きこまれて――私は何もできませんでした。自分に力がないことが情けなかった」

　新崎がぶらぶらと歩き始めた。象の鼻パークでは、テラスでお茶を飲んだり買い物したりできるが、それ以外には特に何もない。外から来た人を「横浜名所だ」と案内できるような場所でもない。

ただし、散歩コースとしては素晴らしい。開けた港、赤レンガ倉庫、みなとみらい地区の高層ビルと、横浜の名所を一望できるのだ。とはいっても、三月から十一月まで限定の感じだろうか。それ以外の時期は、冷たい海風との戦いを強いられる。加穂留はマフラーを巻きつけ直して、顎《あご》を埋めた。

海辺ぎりぎりのところまで来て、新崎が手すりに腰を預けてこちらを向く。手袋もしていないので、両手はウールのコートのポケットに突っこんだままだった。

「裁判で訴えられた時、相澤さんは事情を話してくれました」

「R」

加穂留が合いの手を入れると、新崎がうなずいた。一度両手をポケットから抜いて、激しく擦り合わせる。

「県警内部には、長い間巣食っているワルがいる。自分もそれに巻きこまれそうになったので何とか逃げたら、逆に目をつけられた。裁判で負けるとは思えないが、終わった後はい辛くなるかもしれない。もしかしたら県警と戦うことになるかもしれないが、その時は弁護を頼む、と」

「でも、相澤さんは……」

「亡くなりました」新崎はうなずいた。「裁判と脳梗塞《こうそく》は……私は関係があったと思います。新崎さんは、奥さんが事故に遭ってからずっと、ストレスフルな生活を送っていた。それを解消するためには、酒と煙草に逃げざるを得なかったんです。そうやって体を痛めつけてもストレスが解消されるわけではない……裁判が止《とど》めになったんだと思いますよ」

「それで新崎さんは——県警に復讐しようとした」

「そうしたいと思いました。ただ、私は一介の弁護士で、警察と戦う手段がない。誰かが警察を訴えれば、それに乗ることもできますが、なかなかそういう機会はない。だけどそこで声をかけられたんです——浜岡さんから」

「二重スパイの」

「浜岡さんは、相澤さんから私のことを聞いていて、声をかけてくれたんです。本部長が代わって、Rに対する作戦が密《ひそ》かに始まりました。相澤さんは、警察内部の信頼できる仲間に、Rの情報を流して共有していました。その仲間が立ち上がったんです。浜岡さん、岩下課長、そして……」

「美月さん」加穂留は話を合わせた。

「内間さんも、苦労した人です。奥さんを亡くした相澤さんを精神的に支えて……相澤さんは、内間さんとの結婚も考えていたようですけど、それは叶わなかった。内間さんにすれば、Rの連中には相澤さんを殺した責任がある」

「そして新崎さんには、相澤さんに対する思いがあった」

「どういう形で決着がつくかは分かりませんでした。まず揺さぶって様子を見るということでしたけど……あなたの暴走はひどかった」

「首を突っこまずにいられない人間なので」加穂留は肩をすくめた。

「いつか大怪我しますよ」

「今回、もう怪我しました」

「そうでしたね……失礼。でも、あなたのような人は、失敗してもあまり学ばないのではないかと思います」

「失礼な、とは言えないのが悔しいですね」

二人は薄い笑みを交わし合った。何というか……絆ができたような、そうでもないような。

「あなたは暴走しましたけど、これで一段落だと思います」

「Rを全滅させられたと？」

「それは分かりませんが、私はこれ以上、首を突っこめない――突っこまないことにしました」

「どういう意味ですか？」

「県警を離れようと思います」

「辞めるんですか？」加穂留は一歩詰め寄った。

「弁護士の業務に戻ります」

「それでいいんですか？」

「相澤さんに対する義務というか……復讐ですかね。それは終わったと思います」

「訟務課の仕事には、魅力は感じませんか」

「弁護士になるのが人生の目標でした。相澤さんのために、弁護士としての仕事は一時棚上げしましたけど、そろそろ本業に戻りますよ。それが家族の願いでもありましたから」

「新崎さん、ご家族は……」いないはずだ。だからこそ、襲われた時に加穂留に連絡してきたのだろうし。

「亡くなった父親も弁護士だったんですよ。弱い人の味方になれって、子どもの頃から言われてましてね。弁護士になれとは言われなかったけど、言われたも同じでしょう？」

「親は、はっきり言わないものですよね。今時、自分と同じ仕事をしろなんて言うのは、時代遅れな感じがしますし」

「ええ。でも私は、父親を尊敬していました。その父親が、私が大学に入ったばかりの頃に病気で亡くなったんです。母親が頑張って、大学に通わせてくれたんですけど、父親の後を追うように同じ病気で亡くなりました。だから私にとって、父親の願いを叶えることには大きな意味があったんですよ」

「……相澤さんは、新崎さんにとってお父さんのような存在だったんじゃないですか」

一瞬躊躇《ためら》った後、新崎が素早くうなずいた。両親を亡くした時、新崎は二十歳前後か……まだ人間として完成していない年齢で、しかも司法試験の重圧に悩まされていたはずだ。そこに現れた相澤との関係が、彼を癒《いや》していたのは間違いないだろう。だからこそ、相澤の悔しい思いを晴らさずにいられなかった。

「私が止めることじゃないですね」

「止められても、思いとどまることはないですよ」

新崎があっさり言ったので、加穂留は苦笑せざるを得なかった。そして自然と、自分の身の上に思いが寄っていく。

「前にも話しましたけど、私の父親も警察官でした。去年退職しましたけど」

「数字の水さん」

「父を知ってるんですか？」加穂留は目を見開いた。

「あなたは……知らないんですか？」今度は新崎が目を見開いた。「水沼さん――お父さんも、反Rのメンバーだったんです」

「まさか」散々話をしたのに、そんな素振りは全く見せなかった。上尾たちが逮捕された後も、特に連絡はない。退職してしまったら関係ないというスタンスなのだろうか——ただし、手を出すなと忠告を受けていたことを思い出す。

「本当です。ハブの一人でした。Rのメンバーは捜査一課経験者が中心でしたけど、お父さんは捜査二課……距離がある分、客観的、かつ安全に情報収集できたんだと思います。ちなみに、相澤さんとは所轄時代の先輩後輩の関係でした」

「結局警察は、そういう関係を退職まで引きずるんですよね」いいことも悪いこともある——アンオフィシャルな関係で仕事の流れがスムーズになる一方、Rのように歪んだ集団が生まれてしまうこともあるわけだ。

「警察というのは、日本的な組織の典型かもしれませんね」

「うちは、母も警察官でした。ただし警務畑が長かったので、父のように捜査の現場にいたことはほとんどないんですが……父はあまり家にいなかったので、私は母を見て警察官になろうと思いました。ただ、母は私が大学生の時に亡くなりましたけど」

「その後は別々に暮らしているんですね」

「今も年に一回、会うかどうかです。喧嘩したんです」

「どうしてまた」

「私が警察官になりたいと言った時に、大反対されました。私は刑事になりたかったのに、お前には無理だと……理由も言わずに、いきなり決めつけたんです。それで、警察で働きたいなら事務職員になれと。私はそれに反発して、家に戻らないことにしました」

「そして警察官になって……」

「結果的に今は、希望の捜査一課じゃなくて訟務課にいますけどね」加穂留は肩をすくめた。

「父親の差金だとは思いませんけど」

「ずっと訟務課にいるつもりなんですか」

「どうしましょう」自分でも答えが分からない――何が正解なのか、まったく分からないのだ。

「新崎さん、いつ警察を離れるんですか？」

「キリがいいタイミング――三月いっぱいですかね。その頃には、今回の事件についてもある程度見通しがついているでしょう」

「送別会は……やらないと思いますよ。コロナ禍以降、警察でも吞み会はあまりやらなくなりましたから」

「でもあなたとは、あのパスタの店で会うかもしれない」

「――まあ、そうですかね」

加穂留は微妙に落ち着かなかった。新崎とは、難しい案件の調査を一緒にやった仲間とも言える。警察内部でそういうことがあれば絆が強まり、それこそ一生続く関係ができたりするものだ。しかし新崎は警察を離れる。しかも彼は性格に難ありというか……自分とはどうにも合わない。それは互いに立場が変わっても同じだろう。

そして新崎という存在は、事件の嫌な記憶と結びついてしまう。あちこちで白い目で見られたこと、拉致されたこと、人生で初めて死を意識したこと――そんなことは軽々と乗り越えるべきかもしれないが、自分はそんなに強くない。

「あなたが訴えられるようなことがあったら、私が弁護しますよ」

「そんなことは、ない方がいいですね」

「あるかもしれないと想像して備えておく――想像力のない人は、それができないから、失敗するんです」

「覚えておきます」本当は「大きなお世話」と言いたかったのだが。去り行く人に、そんなことを言わなくてもいいだろう。


「どうした」父が冷たく言ったが、目は驚いている。

「どうしたって、何が」

「お前が料理をするとは知らなかった」

「料理ぐらいするわよ」

実際には、理香のアドバイスで何とか完成した料理だ。豚肉のビール煮込み。ドイツの料理で、理香は以前勤めていたレストランの賄《まかな》いで覚えたのだという。

料理を温め直し、皿に盛る。これに合うのはビール……と思ったのだが、理香は「ビールダブりよ」とあっさり否定した。というわけで、そこそこいい赤ワインも持ってきている。加穂留にすれば大サービスだ。

「どうぞ」

父がほんの少量をスプーンですくって口に運ぶ。「なるほど」とつぶやくと、今度は大きな豚肉の塊にナイフを入れた。ほとんど力を入れずに切れる――加穂留も驚いたが、肉が異様に柔らかくなるのだ。理香によると、ビールの成分が影響しているらしい。ほのかに苦いのが、大人の味という感じだ。

「これだけ作れたら大したもんだ」

「煮込みは火にかけてるだけって、父さん、言ってたよね」

「まあな。でも、味つけは大事だ……それで、どうしてわざわざこんなものを？」

「接待」

「ああ？」

「父さんに、私の言うことを聞いてもらおうと思って。私、捜査一課に行くことにしました。もう希望を出したし、多分通る」

「――ああ」

「もしかしたら知ってた？」またか……退職した人間は、警察の連絡網からは外すべきだと思うのだが。

「まあ、いいじゃないか」

「どう思う？」

「思うも何も、決めたんだろう？　俺は退職した人間だし、何も言えない」

「退職しても親でしょう……父さん、今でも私は刑事に向いてないと思う？」

「ああ」

　父があまりにもあっさり認めたので、加穂留は苦笑してしまった。

「どうして？」

「お前は……のめりこみ過ぎるんだ。昔から、凝ったら一直線じゃないか。そういう人間が刑事になると危険なんだ。刑事は、対象と一定の距離を置かないといけない。それができないと、相手に同情して状況が見えなくなったり、怒りのあまり暴力的になったりする。そういう性格は、警察学校でいくら叩かれても治らないものだ。それは周りの人間にも分かっているから、お前は本部では捜査畑にいけなかった」

「そういう低い査定だったわけね」思わず溜息をついてしまう。

「しかし、訟務課では上手くやった。今後もあそこなら、力を発揮できるだろう」

「父さん、今回私がRに対してやったことは何？　捜査だとは思わない？　中核メンバーを逮捕して、トップを警察から追い出したんだから。こういうのって、通常の事件捜査と同じぐらい難しいと思うけど、どうかな。それができたんだから……」

「一課の仕事と比べるものじゃない」

「私が一課へ行くのは、大掃除をするためでもあるの」

「まさか」父が眉をひそめる。「捜査一課の中にいるRの残党を蹴り出すつもりか？」

「蹴り出すか、改心させる。今回の調査をやり遂げた私なら、できると思う」

「しかしお前自身が危険な目に遭うかもしれない。反撃を食《く》う可能性もあるぞ」

「でも私は、一人じゃないから。今回一緒に仕事をした人たちが、見守ってくれる。それに私は直接面識はないけど、相澤さんの思いも引き継ぎたい」

父が、まじまじと加穂留の顔を見る。本気かどうか、見極めようとしているようでもあった。やがてふっと息を吐くと、スプーンを置いた。

「相変わらずだな」

「何が？」

「すぐに首を突っこむ。そして入れこみ過ぎる。その性格は変わらない」

「父さんの娘だから……父さんだって、絶対に譲らないじゃない。今でも、私が捜査一課に行くことに反対している」

「それは、状況をきちんと分析して出した結論だ——しかし、しょうがないな」

「諦《あきら》めるの？」

「諦めた」父が肩をすくめる。「お前みたいなタイプには、何を言っても無駄だ――一つだけ忠告しておく。今回の件で仲間ができたと思っているなら、何かあったらすぐに相談しろ。助けてもらえ。それは恥ずかしいことじゃない」

「父さんは、相澤さんを助けられなかった――」

「その件とは関係ない。とにかく、助けを求めるのは普通だ。それでもどうにもならなかったら、他の部署へ避難して、またやり直せばいいんだ」

「そんな足踏みは……」

「お前は三十になったばかりだろう。これから定年も延びるし、お前は七十歳まで仕事ができるかもしれない。だから、何度でもやり直せる」

「そんなに年を取っても？」

「やり直す気のある人間だけがやり直せるんだ。俺も、母さんが亡くなってから、何とか人生を立て直したつもりだ」

「それは……認める」これだけ家を綺麗《きれい》に保ち、料理を作り、健康にも気を遣う。五十歳を過ぎてからそんな風にできるのは。素直に尊敬できる。

「まあ、いいだろう。三十歳になったんだから、自己責任でチャレンジすればいい。俺は賛成できないというだけだ」

「父さん、素直じゃないわね」

「お前の父親だからな」

思わず吹き出してしまった。まったく面倒臭い父親――そして自分は、面倒臭い娘なのだろう。

本作は書き下ろしです。
この作品はフィクションです。
実在の人物・団体・事件とは一切関係がありません。

堂場瞬一（どうば　しゅんいち）
1963年茨城県生まれ。青山学院大学国際政治経済学部卒業。2000年『８年』で第13回小説すばる新人賞を受賞。著書に「警視庁追跡捜査係」「警視庁総合支援課」「捜査一課・澤村慶司」「ラストライン」シリーズのほか、『天国の罠』『黒い紙』『十字の記憶』『約束の河』『砂の家』『刑事の枷』『デモクラシー』など多数。

守護者《しゆごしや》の傷《きず》

2024年２月26日　初版発行

著者／堂場《どうば》瞬一《しゆんいち》

発行者／山下直久

発行／株式会社KADOKAWA
〒102-8177　東京都千代田区富士見2-13-3
電話　0570-002-301（ナビダイヤル）

印刷所／旭印刷株式会社

製本所／本間製本株式会社

●お問い合わせ
https://www.kadokawa.co.jp/（「お問い合わせ」へお進みください）
※内容によっては、お答えできない場合があります。
※サポートは日本国内のみとさせていただきます。
※Japanese text only

定価はカバーに表示してあります。

ISBN 978-4-04-114208-0　C0093